中国作家协会"时代楷模"报告文学重点作品扶持项目

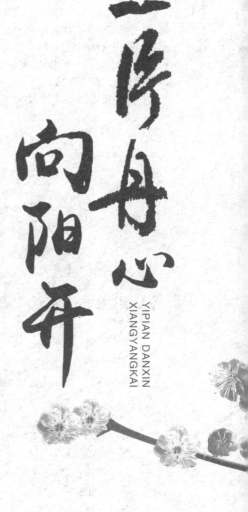

一片丹心
向阳开

——『最美奋斗者』阎肃的艺术人生

YIPIAN DANXIN
XIANGYANGKAI

仇秀莉 ◎ 著

河北出版传媒集团
花山文艺出版社
河北·石家庄

图书在版编目（CIP）数据

一片丹心向阳开："最美奋斗者"阎肃的艺术
人生 / 仇秀莉著.—石家庄：花山文艺出版社，
2020.10（2023.8 重印）
  ISBN 978-7-5511-5271-6

Ⅰ.①一… Ⅱ.①仇… Ⅲ.①传记文学－中国－
当代 Ⅳ.①I25

中国版本图书馆CIP数据核字(2020)第174560号

书　　名：一片丹心向阳开
　　　　　——"最美奋斗者"阎肃的艺术人生
著　　者：仇秀莉
封面摄影：郭幸福
策　　划：李　爽
责任编辑：刘燕军　王李子
责任校对：李　伟
装帧设计：陈　淼
美术编辑：胡彤亮
出版发行：花山文艺出版社（邮政编码：050061）
　　　　　（河北省石家庄市友谊北大街330号）
销售热线：0311-88643299/96/17
印　　刷：北京一鑫印务有限责任公司
经　　销：新华书店
开　　本：700 毫米×1000 毫米　1/16
印　　张：16
字　　数：200千字
版　　次：2020年10月第1版
　　　　　2023年8月第2次印刷
书　　号：ISBN 978-7-5511-5271-6
定　　价：58.00元

目 录
CONTENTS

源 起 …………………………………………… 001

第一章 志存高远，青春无悔新生路……… 003

   1. 生逢乱世一路向南逃亡 …………… 003

   2. 多才少年熟读唐诗宋词 …………… 007

   3. 进步信仰在心中扎根 ……………… 009

   4. 难忘的朝天门码头 ………………… 014

   5. 战火硝烟中选择从军路 …………… 016

第二章 扎根军营，坚定报国信念………… 019

   1. 改名后的阎肃仍活跃 ……………… 019

   2. "一专多能"的多面手 …………… 023

   3. 感受基层军营火热生活 …………… 026

   4. 情注祖国神圣的蓝天 ……………… 031

   5. 经典歌曲激励后人 ………………… 034

第三章 "红梅"精神，一个时代的精神符号

   …………………………………………… 037

   1. 才子佳人喜结良缘 ………………… 037

2. 从小说《红岩》中寻找创作灵感 …… 044

3. 创作中结下的深厚友情 ……… 049

4. 刘亚楼将军关心"江姐" ………… 050

5. 得到毛主席亲切接见的幸福时刻 …… 055

6. 扮演"江姐"的五代空军文艺工作者

……………………………………… 058

7. 镌刻在人们心中的"文艺符号" …… 065

第四章　嘹亮军歌，激励官兵的"冲锋号"… 073

1. 海拔五千多米的高原上诞生了《雪域
风云》 ………… 073

2. 为军营男子汉写赞歌 ……………… 077

3. 谁在长空中吹响玉笛 ……… 081

4. 《长城长》唱出军人血性情怀 ……… 085

5. 一词一句为军吟 ……………… 088

第五章　京腔京韵，引领时代风貌的经典歌曲

……………………………………… 102

1. 京腔京韵溢真情 ……………… 102

2. 前门情思大碗茶 ……………… 106

3. "脸谱""变脸"唱响大舞台 ……… 108

4. 京腔京韵呼唤海外游子 ………… 114

5. 在 BTV 度过最后一个温馨的生日…… 116

第六章　词坛泰斗，站在时代浪潮上放歌… 122

1. 永葆童心的"80 后" ……………… 122

2. 敢问路在何方 ………………… 125

3. 《雾里看花》原是打假歌 ………… 131

4. 用真情抒写奥运情怀 …………… 135

5. 评委席上的"不老男神" ………… 139

第七章 经典红剧，成为人们永恒的记忆… 143

1. 新创歌剧《党的女儿》成为经典之作

………………………………… 143

2. 红色京剧备受当代青年热捧 ……… 148

3. "风花雪月"诠释当代军人赤诚情怀 152

4. 精彩晚会见证中国精神在升华 …… 156

5. "点子大王"忙得很 …………… 163

第八章 相濡以沫，风雨兼程五十余载…… 167

1. 浪漫金婚伴君行 ………………… 167

2. 龙龙凤凤是最爱 ………………… 179

3. 与时间赛跑的老人 ……………… 182

4. 没有名人架子的大名人 ………… 185

5. 艺坛"寿星"惹人爱 …………… 189

第九章 珍贵荣誉，此生最爱是戎装 …… 196

1. 人生中的第一场音乐会 ………… 196

2. 铁笔真情铸华章 ………………… 199

3. 越老越红的秘籍 ………………… 205

4. 一片丹心永远向阳开 …………… 210

5. 全军年龄最大的现役军人 ……… 213

6. 荣获"感动中国"年度人物 ………… 217

第十章 红梅花香，永驻人间留芬芳 ……… 220

　　1. 艺坛硬汉的最后辉煌 ……………… 220

　　2. 追梦中难忘的记忆 ……………… 224

　　3. 雪花飘舞诉说离别情 …………… 228

　　4. 红岩上红梅永盛开 ……………… 232

　　5. 永远年轻的空军蓝 ……………… 236

后记：年轻的心 …………………………… 244

源　起

　　阎肃，无愧于一个时代的传奇。他创作的歌词经久不衰，被人们时常提起，这个名字早已镌刻在华人记忆的深处，他的作品铸就了一个时代的变迁。他在创造了一个又一个奇迹之后，带着人们喜爱的歌曲，带着他对音乐的无限热爱，带着他那爽朗的笑声，永远地离开了喜爱他的众多粉丝，却永远走不出植根于人们心中那份美好的记忆。

　　在阎肃离去的日子里，我们回忆着这个令人振奋而又敬佩的名字，以及他留在这个世界上的歌曲、编写的戏剧、精彩的春晚策划等等那些经典的印迹。当人们重温那个时代的记忆时，阎肃创作的一千多首经典歌曲，静静地留存在歌迷心中，慰藉人们的心灵；它总是在不经意间悄悄地流出，融入人们心中的每一个角落，融进与时代一同跳动的脉搏里。

　　多年来，我时常在电视里观看各类晚会或"青歌赛"，也很喜欢看主持人访谈背后的人物花絮，经常看到阎肃老师睿智精彩的点评，非常敬佩他的才华与为人。2015年5月9日，我去北京电视台采访参加录制节目的特邀嘉宾、台湾著名音乐人左宏元先生，让我格外惊喜的是，在贵宾室里还偶遇了应邀来录制节目的阎肃老师。那天，是我唯一一次近距离与阎肃老师见面，让我看到了生活中的阎肃老师，跟屏幕上的一样和蔼，跟他说话的感觉很轻松，他完全不摆名人架子，至今我还珍藏着当时和阎肃老师的合影照。在节目录制现场，阎肃老师精彩的发言和爽朗的笑声，感染着现场的观众，让人能更真切地感受到他在生活中作为普通人所不普通的一面。在阎肃看来，做事之道就是少说多做，关键时刻要冲上前，因此，许多人称他为音乐领域的"定盘星"。

就在阎肃老师离去一年多后，2017年初夏的一天，我走进他的家中，与他的夫人李文辉开始了第一次访谈。从她每一次动情的述说中，那段饱含着酸甜苦辣的难忘岁月仍让人历历在目。她说："我和老阎结婚五十五年，他最大的特点就是活到老学到老，在他八十岁以后，童心未泯，年龄越大，反而越爱学习，他喜欢学习一切新生事物。他从不被社会的负能量所污染，始终保持着一颗纯真的心，创作出许多被国家、军队和老百姓真正喜爱的经典歌曲、戏剧，策划了一台台经典的晚会，可以说他这辈子没什么遗憾了。"

经过数次拜访阎肃夫人李文辉后，我开始规划全书的结构。我要丢弃某些作者喜欢八卦、爱挖知名人士内幕的毛病，我要写的阎肃，是他的真性情、他的真爱、他与时代永不脱节的理想；写他创作出的那些作品能时刻滋养人们的心灵；写他在实现中国梦、强军梦中，精心创作出一批鼓舞士气振奋人心的经典之作。

就让笔者随着对《红梅赞》《我爱祖国的蓝天》《军营男子汉》《敢问路在何方》《前门情思大碗茶》《雾里看花》等一首首承载着一代代中国人集体记忆歌曲的回忆，带您走进空军政治部文工团创作员、文学家、剧作家、词作家、国家一级编剧阎肃的精神世界，让我们随着那些流光溢彩的歌词、荡气回肠的歌剧，去探寻它们背后的故事和情怀吧……

第一章　志存高远，青春无悔新生路

1. 生逢乱世一路向南逃亡

　　河北省保定市在殷商时期为北燕之地，西周至战国时期为燕赵之地，曾是直隶省会、直隶总督驻地，也是河北省最早的省会。它位于华北平原北部、河北省中部，与北京、天津构成黄金三角，自古有着"北控三关、南达九省、地连四部、雄冠中州"的"通衢之地"美称（即四通八达、宽敞平坦的道路）。

　　就在这座历史悠久、文化底蕴深厚的文明古城里，曾出现过中国历史上两位伟大的戏曲家。一位是元曲四大家中名气最响的关汉卿，祖籍河北祁州（今保定市安国市）他在中国乃至全世界都享有崇高的地位，在中国戏剧史和文学史上，被称为"元杂剧的鼻祖"；据各种文献资料记载，关汉卿编有杂剧六十七部，现存十八部，最著名的是《窦娥冤》。另一位是祖籍河北定兴（今保定市定兴县）的元代著名杂剧作家王实甫，他与关汉卿齐名，其作品全面地继承了唐诗宋词精美的语言艺术，又吸收了元代民间生动活泼的口头语言，创造了文采璀璨的元曲词汇，成为中国戏曲史上"文采派"的杰出代表。《西厢记》不仅是他的代表作，而且是元代杂剧创作中最优秀的作品之一。

　　不知是历史的巧合还是上天有意的安排，继关汉卿和王实甫之后，当代的保定市又诞生了一位声名远扬、令人敬佩的著名军旅词作家、戏曲家、剧作家——阎肃。

河北省保定市东大街，初建于宋淳化年间，是一条贯穿东半城，以现莲池北大街相隔，与西大街相连的通衢道路，全长约七八百米。清朝时，这里曾驻有保定通判署、河盐捕局和后营守备署。清中期以前，在东大街西税务角以东到大慈阁这一段，是保定城内最早的商业闹市。自清光绪二十八年（1902 年）建立保定军校后，这里开始逐渐繁荣起来。1923 年保定军校没落时，却是保定市东大街的最鼎盛时期。根据史料记载以及附近的老年人讲，当时这里有许多特别有名的商号，如：太和祥茶庄、宝安堂药店、国光文具店、宝书成笔墨店、德顺风箱铺、茂盛恒铁铺、保仁水社、保定银行等等，可谓百业杂陈。伴随着历史的进程，东大街留给后人对往昔的无限回味与思绪。

1930 年 5 月 9 日清晨，在东大街一个普通的小院里，年过四旬的

保定市东大街（旧照）

男主人阎襄臣着急地在堂屋内来回踱着步，眼睛不时地向屋里张望着，嘴里不停地念叨着："希望母子平安，让我家有后！"

此时，太阳初升，朝霞满天，几只喜鹊在大树上欢快地叫个不停，似乎在安慰着阎襄臣。请来的接生婆在屋内忙碌着，不时传来他太太临产前痛苦的喊叫声，也让阎襄臣的心提得很高，很高！

突然，响亮的婴儿啼哭声从里屋传了出来。

"生了，生了，是个男孩！"接生婆跑出来，高兴地向阎襄臣报喜。

常言说，不孝有三，无后为大！一听说是儿子！阎襄臣高兴极了，他大声喊："男孩，我中年得子了，我阎家有后啦！"激动与兴奋的喊声似乎在向世人宣布阎家这一喜讯。

阎襄臣出生于保定农村一个普通家庭，青年时期，他出外闯荡，在那个兵荒马乱的年代里，很难在外立身，直到四十一岁那年，回到了家乡。人的缘分似乎上天早已注定，村里的媒婆得知他仍是单身，于是，热心为阎襄臣说媒，把未出嫁的陈亚贤介绍给他。经媒人传书达情，他娶到比自己小十五岁贤惠能干的妻子。如今，人到中年喜得贵子的阎襄臣，怎能不高兴呢？

妻子陈亚贤抱着刚出生不久的儿子，欣喜地对阎襄臣说："别看儿子现在身子骨小，只要有骨头就不怕长肉，儿子很讨人喜爱，快给儿子起个名吧。"

阎襄臣疼爱地看着襁褓里的儿子，听着儿子发出响亮的哭声，按照家中祖谱的规定，孩子的名字属于"志"字辈，沉吟片刻，说："这孩子长大后，没准能成大器，就叫他阎志扬吧，希望他长大后有志气，名扬天下！"

尽管给孩子起一个吉利的名字，是天底下所有父亲对儿子寄予的最大厚望，但这个愿望如同坚实的种子，竟然真的在这个名叫阎志扬的男孩身上发生了奇迹！真的如父所愿，后来，他在中国艺坛上成为声名远扬的泰斗级人物（他后来改名为阎肃）。

由于阎襄臣和陈亚贤夫妇家中贫穷，阎志扬在懵懂的童年时期跟父母去附近天主教堂祷告，听神父讲圣经故事、唱圣诗。教堂里那一首首美妙的圣歌、圣经里一个个精彩的故事，还有对生命的虔诚，都留在阎肃童年的记忆里，也为他后来与音乐结缘埋下了伏笔。

阎志扬是家里的长子，他还有两个弟弟分别叫阎志强、阎志刚，妹妹名叫阎志翔。因人们对阎志扬这个名字并不熟悉，笔者在全书中使用本书主人公更名后的名字——阎肃，也便于读者阅读。

阎肃的爸爸做小本生意，因此，一家人的生活还算过得去。阎肃到了上学的年龄，就读于保定的莲花池小学，也就是现在的河北保定师范附属学校，在那里，开始了他人生中求学的第一课。

但是，日子并没有像阎肃父母想象的那样，可以平平安安地生活。1937年，日本侵华战争全面爆发，北平、天津先后沦陷，战火很快烧到保定，城内的人们每天都能听到轰炸声、炮火声、饥民的哭喊声，硝烟弥漫，尸横遍野，民不聊生。阎肃七岁那年，跟随父母，和许多逃难的家庭一样，一家老小离开保定那条熟悉的东大街，开始了南下的逃亡生涯。

阎襄臣经商时积攒的一点儿家底，在颠沛流离中几乎散尽，全家人饥一顿饱一顿，终于到达湖北武汉。还没来得及安顿下来，战火硝烟紧随其后，全家人又继续向西逃，风尘仆仆，来到当时国民党政府的陪都重庆。

当地教会将他们安顿在重庆近郊一间小房子里，一家人忙碌着打扫满是灰尘的房间，整理零散的行李。就在这个简陋的屋子里，全家人终于吃了一顿安稳饭，带着期盼的心情，迎接着新生活的到来。

保定在阎肃童年的记忆里，一片狼藉，面目全非。1955年，他由重庆调到北京工作后，因为保定已经没有他的亲属，再加上他忙碌的工作状态，一直没有机会回家乡看一看。直到2010年，阎肃应邀参加保定市举办的名人聚会活动，终于踏上了久别的家乡，但是，家乡和祖国各地一样早已旧貌换新颜，昔日的旧街道商铺，如今已被宽敞笔直的道路和高楼大厦取代，保定早已发生了巨大变化。

阎肃走在街上，感受着保定浓厚的历史文化底蕴，内心久久不能平静，深为自己是一名保定人而感到激动、幸福与自豪。因为保定有着滋养他文学的根，那根，多年来始终保持着温度，无论岁月如何变迁，都如同炽热的烈火，让他始终保持着创作激情。

阎肃曾多次跟老伴李文辉讲："如果还有来世，我一定还要生在保定，还要在母校上学，来享受母校这样的笃行践学，企盼学校拥有更加美好的明天。"但是，他没有机会亲自对母校的老师和校友们说出自己心里话，这也成为他此生的一大遗憾。

阎肃的夫人李文辉没有忘记，她会替老伴转达，有上天做证，大地能听到，喜爱阎肃的保定人能理解。

2.　多才少年熟读唐诗宋词

年仅九岁的阎肃跟随父母到重庆后，本以为可以过上安稳的日子，但全家人刚落脚不久，日军的战斗机又在重庆实施大轰炸，全城四处燃起了大火，浓烟四起，哭声和防空警报声响成一片，整个天空布满了灰色烟尘。一颗燃烧弹把阎肃家里所有的东西烧光了。这一切如噩梦般发生得太突然了，看着眼前憔悴的妻子和年幼孩子们无望的眼神，阎襄臣堂堂七尺男儿流下了不轻弹的泪。

万事开头难，一人挑重担。阎襄臣安慰着家人，四处找工作，凭着过去的人生经历和社会关系积淀，终于在一家旅行社找到一份差事，每个月可以领取一份薪水，维持家中日用生活所需。因家中那点钱仅满足于家人温饱，难以支付阎肃的学费，只能让他在家中学习识字。阎襄臣看着一天天长大的儿子，担心这样下去会影响他的未来，于是，找当地教会帮忙。神父发现阎肃聪明听话，就介绍他到附近的天主教堂教会学校学习，这样还可以免掉学习的费用。

陈亚贤为了感恩教会，带着二儿子到南岸慈母山的教堂寄宿，每天为教堂里的神父洗衣服、打扫卫生。

阎肃好奇地看着教堂的一切，在他眼里的人和事都是新鲜的。

伴随着战火硝烟，一晃五年过去了，阎肃学会了英文、拉丁文，每次考试成绩都能名列前茅。

每到圣诞节、复活节等重大节日，教会都会组织学生们参加宗教节目演出，阎肃扮演的角色活灵活现。在唱诗班，他唱赞美诗很认真，回家后，还教弟弟妹妹们一起唱，全家人在这种温馨祥和、以苦为乐的氛围里度过了一天又一天。正因为阎肃经历过这样的苦难，新中国成立后，人们的生活有了改善，也让他养成了乐观面对一切的性格。

教会学校的老师大多是洋神父，只有一位教国文的老师是华裔神父，他是民国时期的老秀才，满口都是"之乎者也"，熟读四书五经，他要求学生背诵大量的唐诗宋词。阎肃爱学习肯动脑，每天起床第一件事就是按老师的要求背诵古诗，晚上再温习一遍，日积月累，他居然能把近千首古诗熟烂于心。那些诗词，在阎肃八十多岁高龄的时候，只要有人随便说出上句，他立刻能接出下句。也正是因为有了那段学习经历，让阎肃始终保持着学习的热情，为日后走上乐坛成为词坛泰斗级人物，奠定了扎实的文学艺术基础。

阎肃夫人李文辉在接受笔者采访时深有感触地说："阎肃很爱学习，家里一直珍藏着他在中学时代拍的照片，那时的他身板挺直，青春焕发，朝气蓬勃。结婚后，才发现他真是一名工作狂，节假日几乎从没休息过，常常是一杯茶、一根烟，就能与书相伴一天。即使他有空去戏院看戏，也是为了学习戏中的精华语言，而不是为了消遣和打发时间。"

随着时间的推移，由于长期伏案看书、搞创作，昔日的小阎，在李文辉眼里，已变成了"罗锅"老阎，驼背就是他勤奋好学的最好证明，从他创作的那些歌剧、歌词中都能感受到作品中蕴含着渊博的音乐文学艺术知识。

3. 进步信仰在心中扎根

新中国成立前，在那个"追求进步就是民心所向"的年代里，每个人都有选择信仰的自由，那时的阎肃还是一个饱尝战乱之苦、寄读于教会学校、对未来茫然的少年。

面对苦难深重的旧中国，阎肃在教堂里听着虔诚的祷告声，却在现实生活中看到受难的老百姓，他脑子里闪现着无数个"为什么"，却在现实生活中找不到答案。

恰在此时，阎肃父亲的好朋友来家里做客，他见多识广，人很开明，看到日渐长大的阎肃，极力劝说阎襄臣，希望让阎肃接受社会学校的教育，这样对孩子今后发展有帮助。

外面的世界是什么样子？外面的世界究竟有多大？渴望求知的阎肃对教会外面的世界充满了好奇。阎襄臣听从了好友的建议，让阎肃离开那所读了五年书的教会。凭着扎实的文化基础，阎肃在十六岁那年顺利考上了重庆南开中学。阎襄臣和他的朋友为此而感到高兴，同时，双方也有了攀亲的想法，因为那位朋友家有一位和阎肃年龄相仿的女孩，两家门当户对。

阎肃就读的南开学校，始建于天津。张伯苓原为北洋水师见习军官，目睹了甲午战败后"国帜三易"的悲愤一幕后，立志教育救国，遂弃武从教，在严修家馆讲授新学。九一八事变后，华北形势危急，为了实现教育救国的理想，并保证教育工作不因时局变化而中断，已过天命之年的张伯苓校长决定把南开学校办到全国各地，除已建成的中学、大学（在天津）外，另在四川、上海、东北各添办一所中学。

1948 年，阎肃（左二）在南开中学高中二年级学习时

1935 年 3 月，张伯苓派次子、南开大学的张锡羊到四川成都负责筹建南开大学分校的选址和购地，在成都校友协助下，购得华西坝学府地带八十亩土地作为建校基地，但此后建大学分校事再无其他进展。同年 11 月，张伯苓校长赴四川考察，并决定在四川设立南开中学，作为将南开学校办到全国各地的发端，几经周折，最终决定选址重庆。校名原拟定名为重庆南开中学，因按部章，私立学校不准设立分校，定校名为"南渝"，取南开与重庆结合之意。

阎肃到重庆南开中学读书后，随着年龄的增长，知识和阅历都有了相应积累。那年，恰逢南开中学建校十四周年，学校举办了各种文艺活动，一些思想进步的老师教学生们学唱来自延安的歌曲，当那些积极向上的歌曲在学校里流传时，当那振奋人心的旋律在周围响起时，学生们热血沸腾地接受着进步思想教育。每当阎肃想到当年的选择时，认为那是他一生的幸运与荣耀，毕竟南开中学的校长是伟大的教育家，是进步的办学理念给予阎肃走向艺术事业的启迪。

南开中学组织的各种文艺活动，阎肃都积极参加，诸如英文剧、朗诵、相声、快板、小话剧等演出中，都有他的身影，日子过得充实而有激情。同时，他还接触到了戏剧、武侠剧，他所具有的文艺特长正是从那时开始渐渐显现出来，对他今后的人生道路产生了巨大影响。

阎肃如饥似渴地阅读五四运动以来的新诗、老舍的戏剧、巴金的小说，喜欢唱《山那边哟好地方》《兄妹开荒》等一些富有革命色彩的歌曲。最令他心驰神往的是红色延安传来的先进思潮，让他认识到只有在共产党的领导下才能让老百姓过上富足平安的生活。周恩来在重庆红岩村办的《新华报》，在阎肃和周围思想进步的同学们之间悄悄传阅着，很是振奋人心。

1946年2月10日，重庆较场口发生了令人震惊的惨案，有几位思想进步的老师被国民党特务逮捕杀害，血腥事件让阎肃非常愤怒。1948年4月，因《挺进报》案件，高层领导叛变，重庆和川东地下党组织遭

1949年8月28日，阎肃（前排右二）与学生社团的同学们合影

到国民党特务的严重破坏。尽管解放前的重庆处于极度白色恐怖之中，但随着全国革命形势的发展，重庆的民主革命力量仍以不可阻挡之势日益发展壮大，并在 1949 年上半年爆发了大规模的学生运动，向国民党政府、向统治当局发出了"正义与愤怒的吼声"，传递着革命即将胜利的消息，并互相鼓舞着革命的斗志、信心和决心。那时，革命的浪潮已经席卷大地，中国共产党领导的人民军队取得一个又一个胜利，消息传来，让阎肃更加深刻地认识到，只有跟着共产党才能走出黑暗，走向光明。

1949 年 8 月中下旬，被誉为中国四大火炉之一的重庆，酷热难耐。那些天，阎肃约几名思想进步的同学聚在一起，为迎接全中国的解放精心排练《黄河大合唱》，认真排练自己编写的话剧《张天师做道场》，他们呼吸着来自革命热潮的新鲜空气，在一起合影留念，希望永远记住这段青春时光。这段终生难忘的激情岁月，给阎肃打下了为党为革命事业奉献一生的艺术基础。

1949 年 11 月，中国人民解放军第二、第四野战军各一部由鄂西和湘西分路出发，突破国民党川鄂湘防线，占领秀山、酉阳、彭水等地，歼敌宋希濂、罗广文兵团大部。30 日蒋介石匆忙逃离重庆，当日，重庆解放。

阎肃在重庆解放前，就已经如愿考上了重庆大学工商管理专业，那是一个旧日换晴天的时代，是人民被解放，轰轰烈烈的革命时代。阎肃在大学期间，阅读了《共产党宣言》《新民主主义论》等革命书籍，光荣地加入共产主义青年团，成为学校最早的一批共青团员。

就在这时，当初那位让阎肃报考南开中学的叔叔的女儿李效兰也考入南开中学。而阎肃在重庆大学学习时间较短，读了一个学期，同年 9 月份，新民主主义青年团西南工作委员会正在组建青年艺术工作队，决定调阎肃去艺术工作队工作，希望他利用文艺特长到工作队搞宣传。阎肃很愉快地接受了组织安排，在没有读完大学的情况下，离开学校，加入西南工委青年艺术工作队，从此走上了革命道路。

让阎肃没想到
的是，他的这番举动
引起了李效兰与她
家人的不解：放着好
好的大学不读，却
要当什么"戏子"？
为此，两家人渐渐来
往得少了。那个年
代，人们对搞文艺的
人持有偏见，认为当
"戏子"上不得台面，
没有什么前途。

当时，阎肃觉得
李效兰全家瞧不起
搞文艺的人，而自
己和父母没有主动
去找女孩的家人商

1949 年 10 月下旬，阎肃是南开中学高三年级学生，他抱着弟弟阎志刚与父母合影

量婚事，也没有想出什么好办法挽回此事。后来，两人的关系慢慢淡化，
成为有缘无分的路人。李效兰一家人不明白阎肃当初的决定是时代的召
唤，更不明白文艺工作也是一种伟大的事业，是一种能融入为党和人民
服务的事业。阎肃很喜欢这份事业，也希望能在自己未来的人生舞台上
大放光彩。

多年后，阎肃跟夫人李文辉回忆当时的情景时，深有感慨地说："那
时候我年龄还小，刚满二十岁，李效兰刚上高中，也就十五六岁，那个
年代的年轻人比较单纯，没有约会和谈恋爱的意识。尤其当时的人们对
唱戏表演行业人持有偏见，不像现在如此开明。"据说，那个女孩后来
考上北大，落户天津，再无往来。

回忆往昔，感慨人生就是一条无法预知未来的路，人生有多少的未知数？有多少的不明白？谁也不知道老天是怎么安排的，只有一路走来，才能把经历的事看得明白，看得清楚。

4. 难忘的朝天门码头

阎肃的青少年时代是在重庆度过的，多年后，他经常给老伴和子女们讲他当年在山城的日子，讲朝天门码头的热闹，讲临江门一带火锅的美味，讲他很爱吃辣子。只要一提起重庆的麻辣小面、麻婆豆腐等当地的特色小吃，阎肃讲得头头是道，那些早已留在他青少年时代的记忆里。许多年过去了，他喜欢吃辣的习惯一直没变，每次有重庆的朋友进京来访，阎肃能用一口流利的四川话与对方交谈，语言运用自如，幽默风趣，毕竟他在重庆度过了一生中最难忘的时光。

阔别几十年后，阎肃从没忘记他的根在重庆。阎肃的母亲操劳一生，当年，她跟随丈夫带全家人南下逃难、照顾家、养育着四个孩子，过着颠沛流离的生活。重庆解放不久，阎襄臣去世了。阎肃参军后，身为长子的他承担起了养家的责任，到北京工作后，心中最牵挂最放不下的就是老母亲了。

在那个最困苦的年代里，阎肃省吃俭用，每月近百元的津贴以及搞创作赚得的微薄稿费，都寄回重庆用来补贴家用，帮助全家人度过了最艰难的岁月。

阎肃的父母亲先后去世，墓地安放在重庆。重庆是阎肃的第二故乡，无论他走到哪里，重庆的一切都没有从他的生活中淡去，对他来说，离乡越久，思乡越浓，对故乡充满了无限的深情。

2010 年下半年的一天，阎肃带儿子阎宇回到重庆。阎肃没让亲人搀扶，自己硬是坚持爬上一百多级的台阶，去祭拜双亲，为父母扫墓。

尽管阎肃的身体还很硬朗，但毕竟已是八十岁高龄，当他站在台阶上的时候，早已累得气喘吁吁。跟在阎肃身后的弟弟阎志刚感慨地说："看来大哥是一片真心来给双亲扫墓的！"

阎肃在墓前失声哭泣，嘴里念叨着："父亲、母亲，我离家已经很久了，非常想念和牵挂你们，尽管儿子没有守在你们身边，但我没有辜负你们的养育之恩，取得了一些成绩，如果你们有在天之灵，也会为有这样的儿子感到自豪吧……"轻轻诉说，表达着对父母深深的思念。家人们听到那些肺腑之言，也为之动容，都盼望着阎肃健康长寿，继续为歌迷写出更多脍炙人口的作品。

阎肃夫人李文辉接受笔者采访时，清楚地记得当年阎肃妈妈去世之时，正是他准备春晚最关键的时刻，夫妻俩商量着如何办妥此事。善解人意的李文辉对阎肃说："如果你回家乡，我陪你回去，一起送老人最后一程！"

当阎肃把此事告诉春晚总导演黄一鹤的时候，黄一鹤立刻急了，许多节目还没最后拍板，还有的细节需要阎肃把关，关键时刻，时间很宝贵。阎肃看到黄一鹤导演为难的表情，也想到，每年的春晚早已深植在全中国人民的心中，是呈现给全球华人的一场文化盛宴，最精彩的节目不能在中国最传统的节日里缺席。阎肃经思考后，决定留在北京，他给远在重庆的弟弟寄去钱，用作安葬母亲的费用，并给弟弟做解释。那些天，阎肃把时间和精力都用在当年的春晚准备上。当全中国人民在大年三十的夜晚，全家人聚集在一起欣赏春晚、吃着团圆饭的时候，一定不会知道，参与春晚策划的阎肃老师，为了这场丰盛的"春晚"文化大餐，忍受着失亲之痛。

人，一生中总会面临无数的选择，自古忠孝难两全。阎肃对自己选择的人生之路，毫不后悔，他凭着一身才气和满腔激情，真诚地为时代、为人民、为军队而歌，他创作的那些堪称经典的作品，都彰显着他艺术之旅的非凡与辉煌。

5. 战火硝烟中选择从军路

阎肃自从成为军队文艺工作者后,几乎走遍了祖国的山山水水。他舍不得脱下那身心爱的军装,也从没有去国外旅游度假的想法,在他的档案中只有去朝鲜一个国家的记录。那是 20 世纪 50 年代抗美援朝期间,他随文工团曾两次入朝,为志愿军官兵慰问演出。

1950 年 6 月 25 日,朝鲜战争爆发。美国为维护其在亚洲的领导地位和利益,立即出兵干涉。

1950 年 6 月 28 日,毛泽东主席发表重要讲话,号召"全国和全世界的人民团结起来,进行充分的准备,打败美帝国主义的任何挑衅"。同日,周恩来总理代表中国政府发表声明,强烈谴责美国侵略朝鲜、中国台湾及干涉亚洲事务的罪行,号召"全世界一切爱好和平正义和自由的人类,尤其是东方各被压迫民族和人民,一致奋起,制止美国帝国主义在东方的新侵略"。

1950 年 7 月 10 日,中国人民反对美国侵略台湾朝鲜运动委员会在北京成立,并在 14 日发出《关于举行"反对美国侵略台湾朝鲜运动周"的通知》。1950 年 9 月 15 日,美军第 10 军于朝鲜半岛南部西海岸仁川登陆,朝鲜人民军腹背受敌,损失严重,转入战略后退。9 月 30 日,周恩来发表讲话,警告美国:"中国人民绝不能容忍外国的侵略,也不能听任帝国主义者对自己的邻人肆行侵略而置之不理。"但是,美国不顾中国政府的多次警告,10 月 1 日美军越过北纬 38° 线,19 日占领平壤,企图迅速占领整个朝鲜,并公然声称:在历史上,鸭绿江并不是中朝两国截然划分的、不可逾越的障碍。同时,美国飞机多次侵入中国领空,轰炸辽宁丹东地区,战火烧到了鸭绿江边。

10 月 8 日,朝鲜政府请求中国出兵援助。中国应朝鲜政府的请求,做出"抗美援朝、保家卫国"的决策，迅速组成中国人民志愿军入朝参战。

1950 年，重庆青年团西南工作委员会在青年艺术工作队基础上，成立了西南青年文工团，阎肃正式调到文工团，先后担任演员、分队长，他在工作中表现很活跃，独唱、合唱、跳舞蹈、负责乐队剧务。像阎肃这样的大学生非常少，可谓凤毛麟角。在火热的生活中，身处战火纷飞的环境下，动人的事迹，感人的场面，一直激发着阎肃的创作灵感。他利用业余时间经常写一些短的曲艺、戏剧及活报剧。

1951 年 5 月，由于阎肃工作热情高涨，表现积极，被单位评为模范，戴上光荣的大红花。

1952 年，阎肃作为共青团西南青年文工团宣传员，凭着多才多艺的本领，演戏、唱歌、剧务之类的工作都能胜任，哪里需要就冲到哪里，多次出色地完成任务。

当"雄赳赳气昂昂，跨过鸭绿江"的歌声传遍祖国大地时，一批批热血青年积极报名参军，在中国大地掀起了"抗美援朝、保家卫国"的热潮。

那时，还没穿上军装的阎肃，接到赴朝慰问演出的任务后，义无反顾地跟随西南青年文工团，到抗美援朝最前线慰问志愿军官兵。

阎肃第一次来到炮火隆隆、枪林弹雨的前线，目睹了什么是"生死一瞬间"的悲壮。残酷的战场，让他痛心！每到一个连队演出时，头一天，阎肃还能看到一张张鲜活年轻的面孔，他们还是一群围着演出队

1951 年 5 月，阎肃被评为模范戴上了光荣的大红花

有说有笑的年轻军人，第二天，他们就成为战场上抬下来的一具具被炮弹炸得残缺不全的遗体，有的甚至连遗体都没有找到。

阎肃在赴朝鲜慰问志愿军的日子里，每一天的所见所闻，都给他的心灵带来了强烈的震撼。一天，他和宣传队队员徒步去另一个阵地演出，翻过一座大山的时候，被眼前的一幕惊呆了，满山都是烈士墓碑，墓地里面，那是一个个曾经鲜活的生命呀！碑上刻着烈士的姓名、年龄、部队代号、入伍和牺牲时间，简单几行字，概括了一个年轻战士的一生。还有的墓碑上连姓名都没有，整整一座山林上，耸立着数不清的墓碑。

阎肃在墓碑前伫立良久，泪水夺眶而出，悲壮之情在胸中燃烧，内心久久不能平静。这些年轻可爱的官兵为了保家卫国，告别骨肉亲情，以血肉之躯奉献在异国他乡，是什么力量支撑着他们远离故乡、为国战死他乡？

从朝鲜战场归来，那些墓碑时刻在他的脑海里闪现着，他想了很多很多：青山处处埋忠骨，何须马革裹尸还，他们为了祖国的利益，奋勇杀敌，甚至献出了年轻的生命，而自己在和平的环境里，更要为党为祖国做贡献。

经过战火硝烟的洗礼，阎肃更加坚定了对共产党忠诚的信仰，从那一刻开始，阎肃做出了一生无悔的重大选择：我要当兵，报效祖国，至死不渝！

从此，坚定的理想信念奠定了阎肃的艺术人生，那一部部闪烁着革命智慧的作品，都饱含着他对党、对祖国、对人民军队炽热的情怀，那一个个欢快跳动的音符，让歌迷们感受到了一个优秀艺术家的报国情怀和那份沉甸甸的责任。

第二章 扎根军营，坚定报国信念

1. 改名后的阎肃仍活跃

经过战争洗礼后，阎肃从朝鲜战场回国了，1953年4月一个春光明媚的早晨，经组织批准，他光荣加入了中国共产党。从他握紧拳头向党旗宣誓的那一刻开始，他的心与党紧紧贴在一起，激动之情溢于言表。工作中，他表现得更加积极了。同年6月，阎肃所在的西南青年文工团归西南军区青年文工团，列入部队建制。

阎肃穿上了梦寐以求的军装，成为一名光荣的军队文艺工作者，让他没想到的是，这身军装竟然伴随自己走过了光辉的一生，军人的神圣感和庄严感让他暗自发誓：我一生都要做忠诚于党的文艺战士！从此，他把自己的人生追求牢牢定格在为党为军队做贡献上，无论面对什么样的环境和考验，他都矢志不渝信党爱党跟党走，把歌颂党、鼓舞人民、激励士气作为自己的政治责任。

树高千尺不忘根，喝水永记打井人。阎肃深爱着军营这个大家庭，爱得真切、爱得实在。1954年3月，西南军区青年文工团派队员赴朝慰问，阎肃积极报名参加慰问团。

当他第二次赴朝慰问志愿军时，心情非常激动，这一次，他是以一名军人的身份走上战场的，他再次被志愿军英勇顽强的战斗精神深深鼓

阎肃参军后的军装照

舞着。每一次演出、每一次与志愿军官兵交谈、每一次与朝鲜人民军交流，阎肃都给他们带去最真诚的问候与温暖，竭尽全力为最可爱的人表演。

阎肃和演出小分队成员们为参战官兵们献出一个又一个鼓舞战斗士气的歌曲与小品。精彩的演出，表达了祖国对志愿军的关怀，让参战官兵更加坚定了英勇杀敌的决心。

阎肃从朝鲜战场回国后，在西南军区文工团期间，由于学识深厚，平时不断学习，与时俱进，语言能力不断增强，表达能力进一步丰富。

同时，他平易近人，从不居高自傲，他的乐观性格融入表演中。只要他一登台表演，扮演的角色立刻熠熠生辉，风趣幽默，闪耀着智慧。有时，他随便讲个故事也能抖出意想不到的包袱，逗得观众笑声不止，许多跟他共事的战友都感觉很轻松。

那时，新中国是在一穷二白的基础上成立的，人们的生活水平普遍比较低，吃不饱，衣着也很朴素，日子过得清贫。阎肃也不例外，每月把大部分津贴寄给远在重庆的家人，希望能让他们改善生活，而自己很节俭，每天都是军装在身，从不舍得花钱买便装或是改善伙食，总是以苦为乐。

阎肃登台表演时总是满脸的笑容，有人跟他开玩笑地说："我们现在过的日子挺艰难，你每天还那么高兴，好像没有什么烦恼，怎么一点儿也不严肃啊？"

阎肃听到这些话，若有所思地说："现在的日子虽然比较苦，但比新中国成立前的生活好多了，总不能天天摆出一副苦瓜脸吧，既然大家看我不严肃，那我干脆把原名阎志扬改成阎肃，同音不同字的谐音，也借此让自己严肃些。"他说到做到，从此，阎志扬更名为"阎肃"，名字虽然改了，但他总想通过自己的表演给观众带去快乐，用幽默的语言让周围的战友们忘却困苦、忘却烦恼。在人们看来，改名后的阎肃还是严肃不起来，他只要一开口讲话，仍给人温暖的感觉。然而，阎肃这个名字越叫越响亮，后来竟然红遍了全国，几乎家喻户晓。

阎肃无论面对什么困难，都能坦然面对，无论二十多岁还是八十多岁。许多和阎肃共事多年的老战友、老同事、老朋友形容他是永不改变的"老顽童"，以至于有的年轻人看到没有名人架子的阎肃，都亲切地称他为"阎老肃""阎老爷子""老阎肃"。

在阎肃看来，用什么名字不重要，重要的是，一个人无论面对什么样的生活，心态都要摆正，遇到烦恼的事情，不跟别人较劲，也不跟自己较劲，把一切烦恼都当成浮云。事实证明，阎肃一直保持着乐观，对

　　生活充满美好期待，与世无争，却获得了许多让人们羡慕的至高荣誉与大众对他的尊敬。

　　相由心生，阎肃晚年的时候，他那乐观的心态仍感染着无数人，他认真对待工作的激情仍激励着无数年轻人不断进取，他坦然面对生活中的挫折让人们心生敬佩。

1954 年冬季，阎肃（前排中）与西南军区文工团的战友合影

1954 年冬季，阎肃（左二）与西南军区文工团的战友合影

　　少年人常思未来，老年人常思既往。在晚年的时候，阎肃和老伴一起翻看在西南军区文工团拍摄的老照片，回忆着当年在西南军区文工团更名的经历时，感慨不已。那时，他们都是西南军区文工团二十多岁的青年人，一晃半个多世纪过去了，历经风风雨雨，昔日风华正茂的小伙子、小姑娘，如今已是白发苍苍的老人。阎肃夫妇与有的战友仍保持着联系，时间久远了，那些珍贵的照片，却仍旧保持着年轻的容颜。

　　阎肃经常念叨："当年那些亲爱的战友啊，你们还好吗？你们在哪里呀？如果有机会，我们再相聚时，你还记得当年一同工作时经历的事情吗？还记得在一起表演时的欢笑声吗？"

无数次的呼唤、无数次的思念，让阎肃在每一次回忆里感慨万千！

2. "一专多能"的多面手

在回顾自己的艺术人生时，让阎肃最难忘的事，是西南军区文工团的日子。年轻的他精力充沛，仿佛浑身充满了艺术细胞，上台唱歌、跳舞、演戏、说相声、打快板，样样都能露一手，很快成了全团"一专三会八能"的标兵。演出时，如果遇到什么麻烦事，大家首先想到的人就是阎肃，只要他一来，立刻能"解危和救火"。

阎肃回忆那段经历时，常常乐观而风趣地跟家人说："其实，年轻人多干点活，没什么大不了的，只要简单休息一下，从床上爬起来，照样是一条好汉，累不到哪里去，反而能积累许多经验。"正是那段经历奠定了他在音乐艺术上的牢固根基。

"当你养成认认真真做事的习惯时，你离成功的门槛就会越来越近了。"这句话几乎成了阎肃的口头禅。他常告诫年轻人，"不管你是干什么的，必须脚踏实地往前走，千万不要指望'一口气吃个大胖子'。"

1955 年，阎肃所在西南军区文工团大部并入空政文工团，这意味着他将要离开生活多年的重庆，从此要在北京工作了。北京！那可是令无数人向往的中国首都啊，意味着他将开启新的征程。对于未来，阎肃充满了信心。

就在离开重庆的前一天，阎肃心情格外激动，他站在镜子前，一遍遍整理军容，身边爱好摄影的战友特意给他拍了一张照片，从照片中不难看出，当时，阎肃掩饰不住内心的喜悦，仿佛内心洒满了阳光，对未来充满了美好的憧憬。

阎肃从陆军转到空军，工作地点转移了，军兵种变了，但他坚持为

1955年春，阎肃在离开生活了十五年的重庆，去北京之前留影

阎肃与战友合影

兵服务的理念没有变，他在空政文工团的头五年，像长了三头六臂，浑身有使不完的干劲。一年演几百场，从没请过一次假，合唱节目、集体舞蹈都少不了他，他还说相声、打快板、演双簧，催过场，一个人干七八个人的工作。他只要走上舞台，就特别有感觉，经常把演出氛围搞得非常活跃，极大地调动了官兵的士气。

那些年，阎肃把每一项工作做得很认真、很细致，而且要做就做到最好，因此，他连续多年被评为先进工作者和劳动模范。

1956年5月7日，阎肃意外收到一名观众寄来的信，信封内有一张阎肃的二寸照片，照片背面有一行整齐的字："全面专家阎肃同志，空军某一角落观众。"至今阎肃夫妇也无法辨认出落款是大"花"还是大"征"敬赠。那时，阎肃看到有人称自己是"全面专家"，内心有些忐忑不安，自己仅有二十六岁，还很年轻，怎敢与"全面专家"的称呼画等号呢？

事隔多年，阎肃在军内外的名气越来越大，真正成为音乐艺术界名副其实的"大家"了。老两口每次看到这张照片，都很感慨，真不知道那位观众怎么能预测到阎肃将成为全面专家的？不知道那位观众当年是

阎肃年轻时的照片　　　　　　　阎肃年轻时的照片背面

因为怎样的心情而寄来照片？不过，有一点可以肯定的是，那位不知姓名的观众一定是阎肃最忠实的粉丝！

　　天地苍苍，人海茫茫，人与人之间的缘分也许在那一瞬间就注定了，也许有缘人能相识相知一辈子，而有的人，只是擦肩而过。多年来，阎肃夫妇很想找到当年那位寄照片的观众。可惜，一面之缘，也许，那位观众经常在舞台下、在电视机前、在收音机旁经常陶醉于阎肃创作的那一首首脍炙人口的歌，他一定为阎肃取得的辉煌成绩而感到欣慰吧。

　　岁月无情人有情，音乐无界传心声。在阎肃看来，无论喜爱自己歌曲的观众身处何方，无论对方姓甚名谁，大家都是因为音乐成为有缘人，也成为激励阎肃创作热情的不竭源泉。

　　20世纪50年代末，阎肃每月的津贴费近百元，他从不舍得花在吃穿上，除了给老家寄钱之外，把节省下的钱都用在去戏院看戏了。别人看戏是看热闹，而阎肃看戏就要看出些名堂来，他看剧情的设置、看演员的表演，看舞台的设计以及灯光音响，还要听乐曲的旋律等等，就连观众对每出戏有什么样的反应，他都要尽收眼底。回到宿舍，他立刻写一份看戏的心得体会。只要有时间，他就把自己关在屋子里，认真阅读大量中外文艺作品和文艺理论，温习年少时背诵的唐诗宋词，这为他以后创作出大手笔的佳作奠定了坚实基础。

1958 年，阎肃迎来创作生涯中的一个小高峰，他根据党中央提出不唯书、不唯洋、不唯古、不唯权威的精神，写了个小话剧《破除迷信》。剧中有古胜今、崇权威、全凭书、洋越汉四个角色，他们为考证一个物件争论不休。坐在台下的一位"红领巾"忍不住说出口："那不就是一台水稻插秧机吗？为什么把简单的事变得如此复杂呢？"这出妙趣横生的戏在天安门、中山公园演出时大受追捧。

文工团的领导看到阎肃又勤奋又很有成效，高兴地称赞他：是块搞创作的料！

3. 感受基层军营火热生活

阎肃读大学时，尽管读的是工商管理专业，但他却从事了最喜爱的文艺事业，有人说这是天赋，但他认为是自己付出辛勤努力，是自学成才的。他能唱，能说，还能写，只要与舞台表演有关的内容，他都要尝试一下。

在老照片里，有一张是 1958 年，阎肃在台上表演了自己创作的相声，一个又一个包袱逗得观众笑声不止。还有一张拍摄于 1966 年，他来到位于北京灯市东口文工团小礼堂排练，年轻的阎肃，对未来充满了信心。

阎肃在空政文工团时，先后担任过演员、业务秘书、分队长、四声部部长、业务助理，干过的岗位虽然多，但他从不间断学习新知识，干一行爱一行，不断尝试创作歌词，把年少时积累的诗词知识挖掘出来，结合现实生活，凝练主题，升华艺术。因他的嗓音浑厚，每次登台唱歌，台下都能响起一片热烈的掌声，尤其是他还擅长说相声，有时连讲七段，包袱一个个往外抖，结局总是出乎意料，惹得观众呼声很高，不让他下台。

阎肃走上创作道路之初，发表歌词并不是一帆风顺的，也经历过投稿、退稿、修改后再投稿及发表这一过程。他创作的歌词《我的银燕是祖国造》在上海的歌词刊物《满江红》发表了，阎肃看着变成铅字的名字，心中有说不出的高兴，可惜当年发表作品的那几本杂志，不知遗留在哪里了。

阎肃的夫人李文辉在接受笔者采访时，她说，真的很遗憾，那些年，每次搬家，她都把阎肃喜欢的书籍整理后打包，再搬入新房子里，但家中的书籍实在太多了，无法一一统计。不过，当年阎肃能在如此高规格刊物上发表作品，给了他极大鼓励，让他的创作热情更加高涨了。

1958年初的一天，空政文工团团长黄河找阎肃谈话，对他说："你去创作组搞创作吧。"那时的阎肃正是春风得意的时候，每回下部队演出都很火爆，尤其是说相声，不返场六七

阎肃（第三排右一）手握红宝书表演

1958年阎肃（右）和同事合说相声

次甭想下台。阎肃暗想：自己在业余时间搞创作，多次受到领导表扬，搞创作不如表演更过瘾！如果让他走下舞台，改行当编剧，他打心眼儿里不太情愿。

但是，阎肃知道，作为一名军人，组织决定的事，就必须服从命令听指挥。

1959年春节后的一天，团长黄河对阎肃说："艺术来源于生活，要高于生活，组织上决定，让你和文工团的另外三名同事去基层部队体验生活，了解基层官兵所思所想，去基层挂职锻炼一段时间。"阎肃问黄团长："我们在基层部队待多久呢？"黄团长意味深长地对他说："你们就安心在基层锻炼，等团里的通知吧，什么时候让你们回，单位会及时通知的。"

军人以服从命令为天职，那时的阎肃可谓是空政文工团的"台柱子"，部队文艺战线的"大红人"。如今，组织做出的决定，必定有领导的考虑，也是阎肃人生中的一个重大改变。

阎肃二话不说，和另外三名同事来到广东某空军部队报到，开始了兵之初的基础训练。稍息、立正、向前看齐、踢正步，每一个队列动作，他都力争达到最标准；打背包、晚上急行军等严格的军事化训练，也从不甘落后。

除了参加正常的军事训练之外，阎肃还虚心向连队官兵学习，比如炊事员如何在分管的菜地里育苗、锄草、捉虫、淘粪、浇水。劳动后的快乐，体现在果实的收获上。阎肃看到战士们品尝到自己亲手种的蔬菜时，感觉充实而快乐。连队官兵听说阎肃是上面派下来的文化干部，看他待人亲切、温和乐观，还主动教大家学唱军歌，学习乐理知识，官兵们都喜欢跟他说一说知心话。

夜深人静之时，阎肃看着经常握笔杆子的手，暗自思索着，自己在基层锻炼期间，应该写出什么样的作品呢？他反复思索着黄河团长说的那些话，再联想到基层的生活体验，终于明白领导的用心，目的是让他踏踏实实从当兵开始锻炼。想到这些，创作的冲动始终在他心底激荡着，他把在连队锻炼的机会当成人生中的重要实践课，他要让自己的军旅生涯更加丰富，艺术生涯更贴近基层、贴近官兵、贴近生活，让自己的创作从一开始就接地气、富有兵味特色，把"要我当兵"变成"我要当兵"。

当年，文工团领导让阎肃在基层部队挂职八个月，没给他布置创作任务，只让他和文工团另外三名同事深入军营体验基层生活。但是，阎肃主动和官兵交朋友，就连擦飞机这样的活干得也很认真，因为，他听老兵说："别看飞机在天上很神气，但离不开地勤的有力保障，清洁卫生非常重要，关系到飞行员能否正常飞行。"

于是，阎肃拿着小刷子蘸上油，半蹲着身子，把缝隙里的灰土刷得干干净净，后来，他还学会了给飞机加油、分解轮胎、加冷气、钻气道等技术活，成为一名合格的机械兵。尽管他每天累得腰酸背疼，却赢得了周围战友们的认可。

阎肃在基层部队挂职锻炼期间，经常跟着机械兵学习擦飞机、充氧、充冷、充气、加油等基础知识；跟着机务队拧螺丝、上机油等每道工序都要认真学习操作；还与飞行员、机务人员成了"掏心掏肺"的好战友、好兄弟。每天的日子过得充实而快乐，他感觉有许多知识需要学，也让他对基层官兵的工作生活有了更深刻的体会。

每天天刚蒙蒙亮，阎肃和三名同事去停机坪擦飞机，观察有经验的机械师做基础飞机维护工作，他们站在一旁打下手递工具。等维护工作结束后，飞行员们驾驶着战机飞向长空进行训练，训练完毕，阎肃跟随机械师再次给战机加油，晚上再把战机送回"机窝"，每天的任务都是如此，看似单调，却艰巨而光荣。

工作之余，阎肃发挥自己的特长，同官兵们一起侃大山、唱歌、变魔术、演节目，把连队的文化工作搞得红红火火，真正把自己融入连队，时间久了，大家都把阎肃当成连队中的一员。有趣的是，一天，空政文工团来到阎肃挂职的广州某基层部队慰问演出，他作为代理指导员代表部队官兵上台致欢迎词，现场响起一片开心的笑声，就连文工团和连队的官兵也搞不清，阎肃究竟属于哪个单位的。

每当阎肃回忆当年在基层部队挂职锻炼的日子时，常对老伴李文辉说："如果没有那段经历，也就没有后来我创作的那些被军内外听众喜爱的歌曲了。"

那些年，年轻气盛的阎肃跟时光较上了劲，他把大量时间用在创作上，他的人生和艺术正是因为有着丰富的精神沃土，才让他有了为广大官兵创作的激情。

在阎肃后来的艺术生涯中，他创作的众多经典军旅歌曲得到了印证，而且一干就是六十多年，从一名年轻的普通军官成长为全军文化艺术领域中文职特级的现役军官。这位军队文艺战线上的耄耋老人，始终把自己的人生追求牢牢定格在做一名文艺战线上对党忠诚的工作者，无论顺境逆境，无论得意与失意，无论面临什么样的严峻考验，都矢志不渝地信党爱党跟党走，把对党、对国家、对人民和对军队的深厚情谊著成光彩夺目的锦绣华章。

阎肃到空军部队体验生活，爬上战斗机留影

空军政治部自从有了文工团，就建立了创作组，在创立之初，就建立了让创作员深入基层部队锻炼、体验军营生活的工作规则。多年来，一直传承着这种好做法。像阎肃、姜春阳、文采和羊鸣等一起下部队代职锻炼，都是从战士开始，后来在连队代职，与官兵们同吃、同住、同工作，时间久了，他们对军营、对官兵、对飞机，都产生了深厚感情。

阎肃到了不惑之年，当他再次去航空部队体验生活时，不顾年轻干部的劝阻，执意爬上战斗机悬梯，好好摸一摸机身，认真看一看那熟悉的仪器，一切都是那么亲切！身边的同事看到他意气风发的样子，及时把他微笑的那一瞬间，永远定格在照片里。

4. 情注祖国神圣的蓝天

阎肃在去广州航空某部体验生活之前，已经写了《受阅飞过天安门》《我的女儿当了飞行员》《飞行员壮丽青春放光彩》《乘着东风从天降》《祖国蓝天我守卫》《蓝天上创四好》等很多有关飞行员的歌词。他在基层部队挂职的八个月里，体验到了军营的火热生活，加深了对飞行部队军人生活的理解，对那片蓝天的感悟更加深刻，也造就了军旅经典歌曲《我爱祖国的蓝天》。这么多年过去了，这首歌仍然深受空军官兵喜爱，并在军内外传唱。

1959 年，阎肃在基层连队代理指导员期间，经常看到一架架战鹰在地勤战友们的注视下，呼啸着冲向天空，大家的心也随之悬在空中，望着远去的战机，大家的话很少。当飞行员执行训练任务顺利归来时，大家都等着战机安全着陆，缓缓滑行到指定地点，看到飞行员从驾驶机舱内出来时，这才露出欣喜的笑容。

那时，新中国成立时间不长，培养一名飞行员，拥有一架战斗机，所需费用非常昂贵，但为了祖国蓝天的安全，大家齐心协力一门心思都放在如何提高战斗力上。阎肃从这些细节中感悟着基层官兵的责任与艰辛。

一天，太阳快落西山之时，放飞训练的战机陆续归航了，只有阎肃所在机务小组的那架战机迟迟未归，他和全组人员静静地站在机场，一个个仰着头，眼巴巴地望着晚霞尽染的天空，没有人随意走动和说话，现场静得能听得见彼此的呼吸声，大家一脸严肃地仰望着天空。

突然，那架战机由远至近，向停机场跑道飞来，并传来熟悉的轰鸣声，眼尖的机械师惊喜地喊着："来啦，来啦！他们回来啦！""看到啦，就要安全着陆啦。"人们全神贯注睁大眼睛，看到越来越近的战斗机，有的人兴奋地跳了起来。当战斗机正常降落、沿跑道滑行的时候，大家不约而同地摘下军帽激动地向那架战机挥舞致敬，不停地欢呼着、跳跃着，有的人控制不住自己的情绪，眼里溢出了泪水。

这一幕感人的情景深深地打动着阎肃，让他对飞行员和地勤人员心生敬佩的同时，更触发了他的创作灵感，是啊，地上和天上的人，心都在天上，都有着大家共同的牵挂，因为那是新中国的空军，深深爱着祖国的这片蓝天。

那一刻，阎肃浑身热血沸腾，创作热情立刻迸发出来，他跑回宿舍，坐在书桌前，思绪如同自己坐进战机在蓝天里飞翔一般。当时，没有领导给他下达任务，完全出于一种对人民空军的热爱、对祖国蓝天的忠诚，同时，也是对于文艺工作者的一份责任与使命，促使阎肃铺开稿纸，把在航空部队的感悟与激情全都倾注于笔端：

我爱祖国的蓝天

作词：阎　肃　谱曲：羊　鸣

我爱祖国的蓝天，
晴空万里，阳光灿烂，
白云为我铺大道，
东风送我飞向前。

金色的朝霞在我身边飞舞，

脚下是一片锦绣河山。

啊！啊！水兵爱大海，

骑兵爱草原，

要问飞行员爱什么？

我爱祖国的蓝天。

我爱祖国的蓝天，

云海茫茫一望无边，

春雷为我敲战鼓，

红日照我把敌歼。

美丽的长虹搭起彩门，

迎接着战鹰胜利凯旋。

啊！啊！水兵爱大海，

骑兵爱草原，

要问飞行员爱什么？

我爱祖国的蓝天。

美丽的长虹搭起彩门，

迎接着雄鹰胜利凯旋。

水兵爱大海，骑兵爱草原，

要问飞行员爱什么？

我爱祖国的蓝天。

这首传唱至今的歌词，是阎肃一挥而就的（当年，应时代要求，在歌词中加入了：毛泽东思想指引着我们，人民空军勇往直前）。如今，歌词又恢复了原貌。

阎肃把创作的歌词给空政文工团作曲家羊鸣来谱曲。羊鸣接过歌词后兴奋不已，经过基层八个月的生活体验，让他们度过了与飞行员为伴的美好时光，蓝天、白云、晚霞、东风、飞行员们勤学苦练的那一幕幕情景，如电影般在他脑海里掠过。于是，羊鸣凭着对乐曲扎实的基本功，这首发自内心的旋律很快谱就，他用了过去不常用的三拍子，两人把这首歌曲交给文工团后，得到领导肯定。

后来，文工团的演员到各地演唱这首歌时，许多观众都陶醉在"在祖国蓝天里飞翔的感觉"中，这首歌成为空军官兵喜爱的歌曲，很快在全军推广。

这首歌如同插上了翅膀，飞遍祖国大江南北，在全国各地唱响，极大地鼓舞了全军官兵的士气。许多青年学生听了这首歌，立志当一名光荣的人民空军，要用自己的青春与热血守卫祖国的蓝天。

阎肃经过基层锻炼后，对军人这个特殊的职业有了更深刻的感悟，当他回到北京，坐在空政文工团分给自己的宿舍兼办公室里，坐在那张看似普通的写字台前，才思泉涌，在后来的日子里，创作出了一首首红遍军内外的军旅歌曲。

5. 经典歌曲激励后人

"我爱祖国的蓝天，晴空万里，阳光灿烂……水兵爱大海，骑兵爱草原，要问飞行员爱什么？我爱祖国的蓝天！"这首饱含真情舒缓的歌曲，唱出了飞行员的自信和豪迈。让阎肃和羊鸣两位青年人意想不到的是，此歌一经传唱，一炮走红，迅速唱遍祖国人大江南北，几乎家喻户晓，至今仍是空军传唱度最高的军旅歌曲之一。飞行员爱唱，机务官兵也爱唱，就连场务扫跑道的战士都爱唱，已经成为空军的代表性曲目，只要与空军有关的重要场合，官兵们都喜爱演唱这首歌。

2009 年国庆大阅兵中，空中梯队受阅时的伴奏曲，就是这首《我爱祖国的蓝天》歌曲。同年，国家举办了"空军和平与发展国际论坛"，邀请三十四个国家空军代表团和一百五十多个国家驻华大使参加，并观看了空政文工团的文艺演出。席间，一些外国友人说，中国军队的歌曲非常棒，很喜欢《我爱祖国的蓝天》，旋律优美，歌词壮丽，说完，径自唱起了这首歌，让在场的所有人感动了。由此可见，这首艺术感染力极强的军歌魅力无穷。

由阎肃作词的经典歌曲《我爱祖国的蓝天》，传唱了半个多世纪，伴随着一代代空军官兵保卫着祖国的万里长空，让祖国的蓝天更美丽。这首歌已成为时代前进的号角，有着长久不衰的生命力。

《我爱祖国的蓝天》有些圆舞曲的味道，一句大调，一句小调，上下起伏，错落有致，很符合空中飞翔的韵律。当时，空政歌舞团去上海演出，由 20 世纪五六十年代曾享誉全国的著名男高音歌唱家、空军政治部文工团歌唱演员秦万檀首唱了这首歌。

经秦万檀首唱后，一炮打响，不到一年时间在全国迅速流行起来。由于歌曲写得好，旋律优美，再加上秦万檀具有穿透力的演唱，历经多年的风风雨雨，这首歌曲仍然在人们心中唱响，历久不衰！赢得了一代代人们的喜爱。

这首歌是秦万檀的成名作和代表作，它能在全国流行起来，一方面由他实地演唱传播，另一方面广播电台的传播作用也功不可没。那时候，国家还不富裕，人们的生活水平也不高，电视还未普及，单位或家庭里如果拥有一台电视机，那简直就是一件高档奢侈品，大多数人家里收听广播的机会很多，广播电台里也在教唱，很快被大众所接受。1964 年，阎肃创作的《我爱祖国的蓝天》歌词获第三届中国人民解放军文艺会演创作优秀奖。

多年后，阎肃去基层部队采风的时候，总能遇到许多满脸兴奋激动的官兵，他们对阎肃说的第一句话就是："当年，我们就是听着您写的这首歌，下决心立志报名参加空军的。"

这首歌曲经得起时间的考验，豪情万丈，气势如虹，表现了我们英勇的空军热爱祖国，誓死保卫祖国蓝天的壮志豪情，激励着无数热血青年投身空军。这首歌赞颂了当代空军飞行员热爱祖国蓝天，积极投身国防建设，保卫领空，捍卫国家主权的决心。

这支歌有着旺盛的生命力，自 20 世纪 60 年代以来，一直激励着一代代华夏儿女放飞梦想，伴随一批批空军官兵保卫着祖国的万里长空。这首歌也是阎肃写"兵歌"的成名作，尽管短短几行词，却写尽了飞行的英姿与潇洒，写尽了空军指战员的信念与豪情，直到今天，这首歌仍然是强大中国空军的象征与经典。阎肃和羊鸣两人也成为配合默契合作多年的老战友。

阎肃一生创作的文艺作品有三分之二是写部队、歌颂空军的，这些源自蓝天的作品，在空军部队和广大人民群众中经久传唱，鼓舞着一代代青年人走入军营，报效祖国。许多歌唱家都演唱过这首歌，当阎肃听韩红演唱的《我爱祖国的蓝天》后，认为她唱出了当代人喜欢的韵味，每次听她唱这首歌，都是一种美的享受！

正是阎肃对祖国蓝天有着深深的爱，才写出《我爱祖国的蓝天》《我就是天空》《人民空军忠于党》等一系列有血有肉、脍炙人口的系列军旅歌曲，多次完成全国、全军的重大文艺晚会策划任务。

在人生道路上、在文艺创作中、在为兵服务的日日夜夜里，阎肃一直认为他的进步属于党的关怀、军队的培养、民族文化沃土的哺育，社会不断向前发展，是他永不止步的动力。

第三章 "红梅"精神，一个时代的精神符号

1. 才子佳人喜结良缘

阎肃和文工团其他几位同事一心忙工作，不知不觉已是大龄青年了，但婚姻大事还没解决，对此，空政文工团的领导非常关心这几名才华横溢的年轻军官，也希望能尽快帮他们找对象成家。

常言说，有缘千里来相会，无缘对面不相识。辽宁锦州兴城，年仅二十三岁的李文辉，正值青春妙龄，身材苗条，气质优雅，尤其还有一份令人敬重的医生职业，自然是当地小伙儿爱慕追求的对象。有热心的长辈为她介绍家境好的小伙，还有政府部门工作的小伙子主动给她写表达爱意的信，但李文辉不为所动，她对未来伴侣的要求较高，她希望对方不仅人品好，相貌堂堂，还要有文化、有理想、有追求。

一天，李文辉快要下班的时候，收到一封在北京工作的大姨林野的来信。林野从二航校转业后，已经安排到北京工作了，组织上看她工作能力强，委派她组建红旗越剧团，并让她担任团长职务。因为林野比周围那些曾经共同战斗的老战友的年龄大，他们都亲切地称呼林野为大姐。林野经常和空政文工团长黄河，总政刘大为（作家）、管桦以及沈阳的李劫夫等战友探讨工作方面的事，抽空也聚在一起聊天。

有一次，空政文工团团长黄河对林野说："我们团创作组有五个小

阎肃寄给李文辉的军装照

伙子年龄都在三十岁左右，你帮着看看新组建的越剧团里有没有合适的女孩，给介绍一下，尤其是创作员阎肃将来是最有发展前途的，给他特殊关照一下。"

林野是个热心人，她把越剧团的女演员在脑子里过了一遍，怎么想也想不到合适的人选，突然，她想到了从小聪慧漂亮的外甥女李文辉，不知她的近况如何。

于是，林野给远在辽宁锦州市兴城医院工作的李文辉写了一封信，把阎肃的情况

阎肃寄给李文辉的军装照

做了介绍，信中还寄来两张阎肃身穿军装的单人照片，希望他俩能有缘牵手。

照片上的年轻军官英俊潇洒，尽管比李文辉大七岁，但他那双炯炯有神的眼睛，瘦长脸，人很精神，充满着朝气。凭感觉，她认为照片上的年轻军官应该是瘦高个，尤其是还佩戴了两枚奖章，更是魅力十足。在那个崇尚军人的年代里，部队年轻有才华的军官，还有着去抗美援朝战场的经历，自然是众多女孩心中崇敬爱慕的对象。

生活中的许多事都是可遇不可求的，李文辉在大姨的建议下，开始与阎肃通过书信加深了解。李文辉在辽宁锦州，而阎肃远在北京，两人相距较远，见面不易，那时的通信没有现在发达，书信成为两人最方便的交流方式。

阎肃每周都给李文辉寄一封信，在信中把一周的工作情况如实向她汇报，语言精练有文采，有时他还把新创作的歌词也寄来，把身边发生的一些有趣的事用文字娓娓道来。尽管每封信没有什么华丽的辞藻，李文辉都能感受到阎肃的真诚。

李文辉至今仍清楚地记得，在收到阎肃的第二封信时，得知他写了一首《干字当头力量大》的歌词发表在《满江红》杂志上；接到的第三封信中，阎肃说他新写了一首《让红太阳照遍全宇宙》发表了。那时候他创作的歌词大多发表在一个叫《群众艺术》刊物上。虽然那时刊物比较少，印刷质量也不如现在，甚至还有一些是油印的刊物，但李文辉每次看到还飘着油墨香的铅字作品后，很是开心。在她看来，那些作品就是给她最珍贵的礼物。

李文辉每一次收到阎肃的来信，心情都格外激动，从来信中，可以看出阎肃的文笔很美，他把身边的人和事描述得如诗如画，他俩在信中谈理想、谈人生、谈信仰，谈对未来的美好向往。

那时，阎肃任文工团的文学与艺术欣赏教员，也是文工团学员班的文学教员，他给学员们讲文学、讲诗词。后来，李文辉发现只要收到比较厚的信封，就知道阎肃一定又给自己讲学员们新近发生的许多趣事了。

有一次，阎肃给学员讲宋代范仲淹的《岳阳楼记》，这篇古文超越了单纯写山水楼观的意境，将自然界风雨阴晴和"迁客骚人"的"览物之情"结合起来写，扩大了文章的境界。阎肃还要求学员们全背下来，提醒他们这是一篇很美的词，因为它不像唐诗短小、精干、顺口，容易记住。因此，有的学员能流利地背诵全篇，而有的学员挺费劲儿，几天过去了，仍没全篇背下来的学员，常被"罚站"。

信中，阎肃经常说发生在他生活中一些有趣的事，学员之间还互相起外号，比如"板凳儿""格格""史布拉吉"等等。李文辉在宿舍里每次读到这些趣事，常常笑出声来。

在阎肃认识李文辉之前，已经在《满江红》《长虹》《歌词月刊》《长江歌声》《北京歌声》《山西歌声》《解放军歌曲》《上海歌声》《创作歌选》《四川音乐》等刊物上发表了六十多首歌词、相声、独幕剧等作品。李文辉也很喜欢文学，工作之余写的小文章时常在县报上发表，两人有着共同的爱好，经过书信传情，感情日渐升温，心也越拉越近了。

两人通信近三个月了，李文辉在大姨林野的邀请下，特意跟单位请了假，1960年五一国际劳动节期间，去北京与阎肃见面。

林野把他俩约到红旗越剧团团长办公室，那是李文辉与阎肃通信后的第一次见面。然而，当李文辉满怀憧憬地见到阎肃时，却让她大失所望，因为眼前的阎肃本人和照片上的感觉不太一样，个头比想象中的矮了不少，相貌普通，还有点儿驼背，人看上去也不太精神，说话的表情很憨厚，完全不像李文辉想象中的帅气。

坐在一旁的林野跟阎肃聊天时，却发现眼前的小伙非常有才华有思想，很有发展潜质，当然，她也看出李文辉流露出的不满和内心的犹豫。

李文辉把阎肃送到楼下，返身回到办公室。林野就给外甥女李文辉分析说："这个小伙子知识面广，做事扎实，待人真诚，心地善良，实事求是，跟黄河团长说的一样，他很有才华。不过，他为人很低调，内秀，藏而不露，你呀，看人要看大方向，个子矮点儿不算什么缺点。"

在李文辉的心目中，大姨林野在解放前参军，是军队干部，有知识有远见，是全家人的主心骨，很关心家族中的每一个成员，全家人都很信任她。李文辉也很敬佩大姨。

经大姨林野的一番分析和劝说，让李文辉对选择配偶有了全新的认识，她答应继续和阎肃相处一段时间。在后来的通信过程中，李文辉发现阎肃的每封信里充满了才华与正气，没有缠缠绵绵的情话，跟见他本人一样不会花言巧语。

阎肃自从与李文辉见面后，每次想到那个穿着得体大方、聪慧美丽的女孩，心里都感到暖暖的，更激发了他的创作热情，几乎每隔一周，他肯定有新作品发表，这让李文辉打心眼儿里佩服。

尽管两人远隔千里，不能直接见面交流，但是，每周通信是必不可少的。一封封往来于北京和锦州的信件让他们话题越聊越多、越来越有感觉，感情逐渐升温，心与心的距离也越来越近了，阎肃在李文辉眼里的那些"缺点"也慢慢淡化了。

又过了半年，阎肃终于按捺不住内心的情感，在信中大胆向李文辉求爱了：我喜欢你正直善良的品格，喜欢你爽朗率直的个性，喜欢你美丽大方的形象，喜欢你治病救人的职业，喜欢你做事认真、做人诚恳……一连串的喜欢，尤其是结尾的文字更是简洁而坦率：我们结婚吧！

这封信让李文辉看了后脸红心跳。

当李文辉征求父母的意见时，父母很开明，很尊重女儿的选择，认为只要女儿幸福就好。然而，李文辉周围的同事认为她头脑发热，自身条件这么好，人又漂亮，中专毕业，还有一份体面的医生职业，应该找个工作稳定、条件更好的小伙；而阎肃是一名军人，很难照顾家，将来她会吃不少苦头。尤其让李文辉哭笑不得的是，她那年仅七岁的小妹妹，竟然不喜欢姐姐找阎肃，在她幼小年龄的想象中，姐姐应该找一名高大帅气的姐夫。

李文辉静下心来，在宿舍里，认真看着阎肃寄来的近八十封信，每一封信都是情真意切的流露，两人经过一年的交流已经培养了真挚的感情。经再三考虑，她下定决心，答应阎肃的求婚！

1961年6月23日，李文辉从辽宁兴城坐火车来到北京，当她与阎肃见第二面时，就决定牵手一生了，两颗相爱的心热烈地跳动着。

6月25日，阎肃和李文辉兴奋地来到王府井八面槽办事处办理了结婚登记。

李文辉跟笔者回忆当时的情景时，能清楚地记得，当时的空政文工团设在灯市东口的一个院子里，那个院子曾是曹汝霖三姨太的公馆，属于哥特式建筑。一层大厅内的大吊灯很大，也很漂亮，大门很气派，铺的都是实木地板，二层共有三套房子，分别由文工团团长、政委和副团长居住。院子后边还有一栋楼，是文工团其他成员居住的，院子像花园，尤其有一个跟颐和园相似的长廊，大家都很喜欢坐那里看书学习，楼房的阳台是漂亮的椭圆形。几年后，因那里需要改建，也就拆掉了，从此，文工团也从那里搬走了。

据李文辉讲，尽管当时的生活条件很艰苦，但院子里的环境挺不错的，给早一批的文工团成员留下许多美好记忆。

阎肃夫妇的新房距离王府井百货大楼很近，走在大街上，就能看到东安市场和百货大楼。领到结婚证的李文辉，高兴地来到王府井百货大楼买了一块花布，给自己做了条裙子，作为婚礼服。

那时，国家正处于困难时期，国民经济在缓慢恢复中，部队工资不高。阎肃夫妇就是在这样的条件下走到一起的。文工团领导在单位会议室内，为阎肃和李文辉举办了俭朴而热烈的婚礼。那天，阎肃身穿崭新的军装，佩戴上尉军衔，显得精神帅气。尽管没有喜宴，也没有买到糖果，夫妻只能让前来道喜的领导和同事们喝杯白开水，但这些相处多年的好战友都在现场表演了一个又一个搞笑的节目，婚礼充满了喜气的氛围。

为此，阎肃成为文工团创作组五个光棍中第一个成家的人。他们的婚房面积仅有十多平方米，只能放一张床，一个衣柜，一个五屉柜。李文辉最喜欢家里的那套茶具，把它视为宝贝。那天，阎肃很高兴，还在新房内拍照留念，在他们看来，当时那个年代的房子再小，毕竟有个温暖的家，哪怕东西再少，也值得怀念、值得回忆！

阎肃夫妇结婚照

阎肃夫妇结婚第二天，他就把近期创作的歌剧《风云岭》拿出来让李文辉看，并递给她一支笔，谦虚地说："给我的作品提提意见吧，你对稿子有什么看法，就在旁边写出来。"那时的李文辉参加工作时间不长，只看过《白毛女》《血泪仇》，看过的电影比较少，也没机会看歌剧。如今，望着那一沓手写稿，她谦虚地说："我这水平怎么能

结婚后，阎肃在婚房内留影

给你提意见呀？要不你给我讲讲你是如何创作这部剧本的吧。"

阎肃笑着回答："没事，你尽管批评就好，我会改正的。"

谈剧本、谈写作，对于阎肃来讲是一件很快乐的事，而李文辉则像一个学生，认真听讲，再认真看一遍剧本，尽管找不出什么毛病，但那样的生活充满了乐趣。从此，李文辉成为阎肃作品的第一个读者！每次看着字里行间流溢出充沛的才气，再看一眼自信满满的阎肃，内心充实又欢喜。

1961 年 6 月 26 日，结婚第二天，阎肃夫妇探讨文学作品

2. 从小说《红岩》中寻找创作灵感

　　1962 年，年轻的共和国刚刚经历了三年困难时期，老百姓连饭都吃不饱，当时，许多人心生困惑：新中国该往哪里去？共产党、社会主义到底好不好？因此，社会上很需要一些坚定信念、提振信心的文艺作品来提升国民士气，振奋精神！

　　那时，已是空政文工团创作员的阎肃刚刚成功创作了独幕歌剧《刘四姐》，紧接着他又从当时风靡全国的小说《红岩》中得到灵感，决定以小说中的主人公江姐为主线，创作出一部正能量的戏，反映共产党人的坚定信念和忠贞气节，热情讴歌只有中国共产党才能救中国的道理。阎肃决心在自己的创作中，要为党而歌，为人民而歌，为中华民族的振兴而歌。

　　小说《红岩》是由著名作家罗广斌、杨益言创作的，内容讲述了

1948 年春，中国人民解放军在全国范围内展开以战略反攻下，我地下党员江姐带着党的重要指示，率领游击队在重庆展开了轰轰烈烈的武装斗争。由于叛徒甫志高的出卖，江姐不幸被捕。被关押在重庆中美合作所渣滓洞集中营里，面对敌人的各种酷刑，江姐大义凛然。重庆解放前夕，敌人惊慌失措，决意杀害被囚的革命志士，江姐毫不畏惧，与战友告别后，毅然走向刑场，英勇就义。

在 20 世纪 60 年代，只要人们提到歌剧《江姐》，都知道这部剧在当时非常火，然而，深挖创作这部歌剧背后故事的人并不多。

1962 年 5 月初春的一天，阎肃给远在辽宁锦州医院工作的李文辉去信说：最近刚完成一项创作任务，我没什么事了，想征求一下你的意见，到你那里休假，行吗？

李文辉看完信后，猜测着平时忙碌的阎肃来这里休假，一定是想找个安静的地方，创作他最感兴趣的《江姐》剧本了。

果然，李文辉猜中了。半年前，阎肃就跟妻子提过长篇小说《红岩》的事，此次，他正是想借休假之际，创作歌剧《江姐》。这是阎肃参加工作以来第一次向单位提出休探亲假，很快得到组织的批准。阎肃坐了十多个小时的火车，从北京赶到锦州，当他突然出现在李文辉所在医院的大门口时，让她大为惊喜。

回宿舍的路上，阎肃激动地对妻子说："我想在休假期间，尽快把小说《红岩》改成歌剧，你白天不用管我，只负责给我准备一日三餐，怎么样，支持我吧？"

李文辉笑着说："干吗这么客气？我肯定会支持你的，你就在这里安心写作吧！"

半年前，阎肃曾对李文辉说过，刚出版的小说《红岩》中的故事情节很精彩，他从新华书店买回来之后，爱不释手，读了好几遍，连声赞叹这真是一部好小说。阎肃还写信让李文辉也赶快买一本，两人一起看。那时，他俩经常在信中分析这部小说的人物与剧情设置，如今，阎肃终于有时间把小说改编为歌剧了。

不过，让李文辉担心的是，根据小说《红岩》改编的戏剧已有许多版本了，在这种情况下，阎肃再花费大量时间和精力去创作，能否创新呢？能否让文工团的领导和广大观众接受呢？想到这些，她心里没底，把这些想法都跟阎肃提出来。

谁知，阎肃听后轻松地笑着说："我这段时间，天天琢磨这个事，放心吧，做任何事，只要认准了方向就好好去做，要对自己有信心！"两人会心一笑。

李文辉的宿舍比较小，室内摆放着书桌、椅子及衣柜，床上还有一张小饭桌。如果阎肃在书桌上写累了，他还可以换个位置，坐在床上的小饭桌前盘腿写作，可以伸腿在桌下活动活动筋骨，还可以躺床上休息。

李文辉每天上班前，提前把早饭给阎肃准备好，到了中午和晚上，再把饭菜提前买回家，放在书桌上，提醒阎肃趁热吃。有时，阎肃创作时注意力太集中，顾不上吃饭，饭菜凉了，李文辉回家后，只好重新再给他热好了，看着他把饭吃完。每天晚上，阎肃趁着吃饭的工夫，兴致勃勃地给李文辉讲当天创作的进度，讲他在创作中为了编好每场戏如何选用最恰当的词。李文辉总是认真地听着、想着，并习惯性地拿起笔，在每页稿纸上检查，看看是否有错别字、有语句不通顺的地方。

李文辉住的宿舍楼一层只有三户，住着几名未婚青年，没有小孩子的吵闹声，大家白天去上班，楼道内比较安静，丝毫不影响阎肃安心创作。

小说《红岩》里故事的地点，是阎肃很熟悉的重庆，他在七岁那年，跟随家人逃难到山城后，在那生活了近二十年。当年，他还不满十九岁，就跟同学们学唱进步歌曲、传阅进步书籍，他们一同走过了黎明前山城最黑暗的时期。阎肃知道，为了那个必将到来的黎明，许多年轻的共产党人前仆后继，面对屠刀不后退，面对酷刑不折腰，英勇就义，那是一片被鲜血染红的土地。有的革命者倒在了敌人的枪口下，倒在了黎明前。

在阎肃的记忆里，在那个风雨飘摇的岁月，革命者群体里的人都有江姐的气质，有着对党无限忠诚的信仰，他们就是民族的精魂，振兴中华的希望。

阎肃足不出户，在妻子那间不足九平方米的小屋里"闭关"，脑子里涌现着革命志士为党的事业奋不顾身的英雄壮举，思绪像奔涌的泉水、像爆发的火山，让他手中的笔无法停止。共产党人为了革命理想信念，面对屠刀不后退、面对酷刑不折腰的故事，一句句精彩的台词从笔端、从心中倾泻而出，写满了一页页稿纸。

日子就这样一天天过去了，常言说：小别胜新婚。而阎肃夫妇的小别，没有新婚夫妻特有的浪漫，没有花前月下的散步，没有到公园里逛一逛，去感受大自然的美景，没有去看一场电影，没有上街进商场购物。在阎肃看来，时间太宝贵了！如果把时间用在那些享受生活上，简直是一种浪费。他把这短暂的假期一门心思用在创作上，无法按捺内心的创作激情，心中只有一个念头：抓紧时间创作，一定尽快把歌剧《江姐》搬上歌剧舞台。

当写到第十七天的时候，李文辉像往常那样给阎肃送来午饭，阎肃激动地对妻子说："我快写完了，如果今晚写完，打算明天回北京。"

首次探亲，阎肃在夫人李文辉宿舍内聚精会神创作歌剧《江姐》

她看着丈夫熬红的双眼，为了创作出这个剧本，他的头发和胡子长了，也没时间去理发，很是心疼，丈夫的事业心太强了。她很清楚阎肃此时急切的心情，也很明白写出来的剧本，自己再感觉满意，也要征得领导的认可，还要得到大家的肯定。于是，李文辉善解人意爽快地说："好吧，还是要以工作为重，我支持你！"

说归说，但是从情感上讲，两人都有些难分难舍，毕竟阎肃休假的时间还没结束。李文辉清楚丈夫有着很强的事业心，也了解他说到就要做到的风格。她很快跑到医院跟领导请了假，陪着阎肃去火车站买了回北京的车票，依依不舍地目送那趟去北京的列车一点点离去。

关于阎肃创作歌剧《江姐》的过程，如今，人们传说最广的版本是，阎肃仅用了十八天的探亲假就写完了歌剧《江姐》剧本，好像他的写作过程很轻松。其实，李文辉最了解阎肃创作此剧背后鲜为人知的故事，他从最初的构思到动笔直至完稿，整整用了半年多时间。在阎肃动笔前，就把《红岩》小说认真读了很多遍，能把整本书的故事情节全背下来，书中每个人物好像都鲜活地站在他眼前，为写剧本做足了功课。这与李文辉对阎肃的大力支持是分不开的。

阎肃拿着新创作的《江姐》剧本初稿回到文工团，团领导看完剧本，喜出望外，很快呈送给空军司令员刘亚楼将军。

当年，阎肃写歌剧《江姐》之前，除了李文辉以外，没跟任何人说过此事。因此，网上流传阎肃写《刘四姐》剧本得了三百元稿费，他在请同事吃饭的时候说下一部戏将要写江姐的说法，并不符合事实。1962年9月，阎肃出版了第一版《刘四姐》剧本，每本定价为0.22元。当时的稿酬非常低，有时写一首歌只给　元或两元，最高只有四元钱。那时，正是国家困难时期，哪有钱请客吃大餐呢？1965年9月，阎肃出版第一版歌剧《江姐》剧本时稿酬很少，仅有二百五十多元，并没有像网上说的那么多。当时，阎肃拿到稿酬后，跟李文辉商量："这个稿酬不打算分给同事们，而是想请大家吃个饭，怎么样？"李文辉也很赞同丈夫的想法，那顿饭也不是人们想象得那么丰盛。

3. 创作中结下的深厚友情

歌剧《江姐》创作之前，小说《红岩》在全国广为流传，当时各地与《红岩》有关的戏就有许多种。而阎肃创作歌剧《江姐》最终取得巨大成功，并非偶然，是他熟稔于心精心创作的剧本，后续近两年时间的谱曲、排演、打磨，才让有着鲜活生命力的江姐形象呈现在广大观众面前。剧本作为一剧之本，编剧则起着至关重要的作用，凝聚着阎肃的心血。

那段时间，文工团三位曲作者金沙、姜春阳、羊鸣按着成型剧本用四川音调弄出了曲子，但是，给领导汇报审查时，居然一个音符都不剩，全被"毙掉"了，三位曲作者面面相觑，不知如何是好。

为了让歌剧《江姐》富有艺术感染力，为了寻找《江姐》的音乐魂，阎肃和金沙、姜春阳、羊鸣等人来到四川深入生活，走访了许多在世的地下党员和脱险的革命志士。他们用一年时间到全国各地采风，博采众家之长，学习了京剧、河北梆子、川剧、越剧、沪剧、婺剧、评剧等剧种和四川清音、四川扬琴、金钱板等民间说唱音乐，跟随婺剧、越剧团观看演出，汲取音乐素养。

后来，歌剧《江姐》被定义为民族歌剧恰如其分，因为三位作曲家除了搜集音乐素材，还学习民间乐器的使用、乐队的组成，采用了大量民族音乐素材和乐器。那时，阎肃、金沙、羊鸣几个人为歌剧《江姐》谱曲着了迷，有时走在大街上，突然听到一个曲调，感觉应该是江姐的调，就赶紧记下来。经过一年时间的采风创作，终于谱出了新曲。

阎肃创作的歌剧《江姐》剧本，几乎是一气呵成，他和几位作曲家用一年多时间，把曲谱从头到尾修改了几十次，又经过演员们一年多的认真排练，每个唱段已经达到张口就来的地步，就连食堂的大师傅也能跟着哼唱几句。

多年后，阎肃在创作京剧《红岩》时，和同事们来到重庆的渣滓洞，寻找创作灵感。为了体验革命者当年在监狱中遭受的酷刑，为了把作品打磨成能让当代观众认可的京戏，阎肃提出让创作组成员走进渣滓洞体验监狱生活。小说《红岩》作者罗广斌扮演监狱管理者，有人扮演行刑队队员，把每个"入监的革命者"都戴上手铐和脚镣，还为每个人编上号，阎肃是"3841"号，成为被"关"在阴森幽暗牢房里的名字。

在监狱整整待了一个礼拜，阎肃和同事们进入角色，体验到了坐牢的滋味，看到了国民党特务的各种刑具，想起十根尖利的竹签一根一根钉进江姐手指时的惨烈。还有拉出去"枪毙"，饱含共产主义真情为"牺牲"的战友唱《国际歌》……一切都按还原历史的场面进行，体验革命志士对共产主义的坚定信念。

那些天，来渣滓洞参观的游客看到奇怪的"犯人"，感觉不可思议。阎肃静静地坐在牢里，仿佛与许云峰、江姐做心灵对话。把对革命志士的崇敬之情融入京剧《江姐》的后期创作中，经过多次提炼，修改后的剧本一次比一次成熟了。他把这种切身体验转化为又一部经典之作！

4. 刘亚楼将军关心"江姐"

剧本是全剧的灵魂，1962 年 5 月底，空军司令员刘亚楼将军一口气看完阎肃把小说《红岩》改编成歌剧《江姐》的剧本后，连声叫好，指示空政文工团："一定要精雕细刻，一炮打响。"

1963 年 5 月，刘将军在空军文艺创作会议上做了关于国际形势、空军形势的报告，提出了空军文艺工作的根本任务，指出"我们不能只搞武装，也要搞文化。"会后不久，刘将军亲自把《江姐》等作品定为重头戏，并责成空政副主任王静敏具体落实。同时，刘亚楼将军还表示：

虽然国家经济还很困难，但要保证文工团团员的营养跟得上，让他们有精力排演好。

1963年9月，经过大家的共同努力，《江姐》进入试唱排练阶段时，完成了七场大型歌剧《江姐》的排演，终于可以请空军最高首长审看演出效果了。

由于刘亚楼将军在留苏期间曾看过《天鹅湖》《卡门》等知名歌剧，对西洋歌剧的套路颇为了解，也懂得民族唱法，所以他在观看《江姐》彩排时，又给阎肃提出新的要求，希望有个主题曲。刘亚楼将军充满期待地对阎肃说："国外的歌剧都有主题歌，咱们的《江姐》也要想办法写一个主题歌加进去。"无疑，这个重任又落在编剧阎肃的身上。

按照刘亚楼将军提出的意见，阎肃写了一段歌词："行船长江上，哪怕风和浪……"情不自禁地又拐到四川调上了，刘亚楼将军看后感觉不太满意，认为这个主题歌的味道与江姐这个女性形象不太相符，希望阎肃重新创作。

情急之时，阎肃忽然想起前些天，应上海音乐学院教授之邀，新写了一首歌，于是，他从衣兜里掏出一页稿纸，向刘亚楼将军请示说："我最近写了一首关于梅花的歌词，取名叫《红梅赞》，您看是不是离《江姐》的主题曲近了点儿？"刘亚楼很有兴致，让阎肃念来听听，阎肃抑扬顿挫地吟诵起来：

红岩上红梅开，
千里冰霜脚下踩。
三九严寒何所惧，
一片丹心向阳开。
红梅花儿开，
朵朵放光彩，
昂首怒放花万朵，

香飘云天外。

唤醒百花齐开放，

高歌欢庆新春来。

刘亚楼听完，高兴地说："好！这个词就很好啊，就是它了！"

这让阎肃信心倍增，他见到金沙、姜春阳、羊鸣三位作曲家后，高声吟诵起《红梅赞》的歌词，当他念到"三九严寒何所惧，一片丹心向阳开"时，三个人连声称赞这首主题歌写得太好了！

主题歌《红梅赞》的曲作者先后谱了八首，经反复比较选择，最终由刘亚楼将军亲自审定，才算定稿，至此，江姐的形象也呼之欲出。

在排练期间，这首歌很快在空政文工团原驻地灯市口同福夹道大院里唱起来，演员唱、家属院里的大人孩子也唱，就连文工团的一些战士也学会唱"红岩上红梅开……"。

歌剧《江姐》经过实地创作采风、数十次修改谱曲，一年多排练，前后用了两年半时间打磨后，将在剧院公演了，为此，阎肃夫妇内心很激动，他们希望功夫不负有心人，希望能得到社会的认可，希望能获得成功！

1964 年 4 月 18 日，阎肃夫妇来到部队附近的紫竹院公园里散步，此时，公园内的小桥流水，花草树木，尤其园内的杨柳已迫不及待地吐着稚嫩的小绿芽，花骨朵点染花枝头，颇有一番诗情画意，尽管还有初春的寒意，却挡不住来游园的四方游客。一直忙碌的阎肃，知道自己创作的剧本《江姐》就要公演了，本应该闲下来，跟妻子李文辉轻松一下，享受二人世界，欣赏大自然的风景，但他没有心思欣赏，而是坐在湖边，看着静静的水面沉思。尽管首长和同事们观看歌剧《江姐》彩排时，都认为在公演的时候肯定在社会上能产生轰动效应，但他没有沉浸于将要到来的成功上，而是想着下一步将创作什么题材的作品。

李文辉早已经习惯了阎肃的沉思，习惯了听他谈今后的打算，她没

阎肃坐在紫竹院公园的河边沉思

有多说话，生怕打扰阎肃的思路，她拿出随身带的相机，为阎肃拍了一张近照，然后，静静地坐在阎肃身旁，默默陪伴着他，期待着他再创作出好作品。

一切都跟空政文工团成员所预想的一样，1964年9月4日，在中国儿童剧场，歌剧《江姐》开始了首场公演，从剧情开始到高潮至结束，立刻引起观众共鸣，演员多次出来谢幕，掌声仍经久不息，观众们都不舍得离开剧场，可谓盛况空前。

演出喜获"开门红"，歌剧《江姐》好评如潮，每场演出前，在售票处的窗口，都能看到望不到头的长龙队伍，不仅在北京是这种场景，后来在上海演出，踊跃购票的观众队伍壮观得让人感动。当时，有一家报纸曾报道过一位男观众曾经连续五天排队购票观看，仍然意犹未尽，演出高涨的场面至今让人难忘。

随着歌剧《江姐》在社会连续公演，剧中主题歌《红梅赞》很快在社会上流传开了。人们对该剧的喜爱几乎到了痴迷的程度，无论走到哪里，到处都有江姐的影子，行走在街上，能听到人们哼着它的曲调，几乎达到家喻户晓的地步。

刘亚楼将军得知这一盛况后，分外高兴，以空军党委的名义宴请《江姐》剧组成员。当剧作者阎肃向他敬酒时，刘亚楼意味深长地叮嘱阎肃和剧组演职人员要戒骄戒躁，多听取观众的反映。在刘亚楼将军的指示下，文工团成员专门拜访了有关专家，向部队官兵征求意见。

每次演出散场后，剧组演职人员身穿便装，跟随观众挤上公共汽车，一路听取他们对歌剧的各种看法和感受，连夜整理收集。为此，刘亚楼的这一特别规定，让全体演职人员在以后的演出中都能虚心听取观众意见，并让这一做法形成惯例延续下来。

刘亚楼将军非常关心歌剧《江姐》，特意请来总参谋长罗瑞卿大将一同观看演出，当演到第七场《绣红旗》那场戏的时候，头四句唱词是："线儿长，针儿密，含着热泪绣红旗，热泪随着针线走，说不出是悲还是喜……"罗瑞卿沉思片刻，认为把第五句改成"与其说是悲，不如说是喜"更为妥当。

刘亚楼听了罗瑞卿的想法后，表示赞同："个人的一己之悲，终究不如革命大局之喜，两者孰轻孰重，确实可以明朗地说出，这大概更符合以江姐为代表的全体难友的心声。"这样一改，可谓"一字千金"。

最为感人的是，刘亚楼将军在上海治病时，仍心系《江姐》，空政文工团一到上海，他就接见了文工团的领导和主要演员，抱病参加了1964年11月19日在沪的首场演出。

1965年春，刘亚楼将军的病情开始恶化，但他仍询问演出情况。一次，他忍着病痛语重心长地对编导和演职人员说："你们的戏已经公演许多场了，到处受到好评，我赠给你们几句话，算是祝贺吧：谦虚谨慎，重视缺点，保持光荣，发扬光荣……"

5. 得到毛主席亲切接见的幸福时刻

1964年9月1日，《北京晚报》提前刊发了歌剧《江姐》公演的报道。9月4日，歌剧《江姐》在中国儿童剧场正式亮相，得到消息的众多观众，提前聚集在售票口排队，出现了一票难求的场面，当天的票很快全部卖完，场内座无虚席。歌剧《江姐》的成功，在社会上引起强烈反响，没有经历过那个年代的人，是无法想象当时盛况空前的场景。

周恩来总理和夫人邓颖超听说歌剧《江姐》在社会上非常有影响，在公演第四天的晚上，他俩没有通知空军政治部相关部门，也没带随行人员，自行买票进剧院观看演出。随着剧情的发展，周恩来总理很快入戏了，他情不自禁地用手打着节拍。当看到误捉"蒋对章"那段戏时，周总理忍不住笑出了声，邓颖超也笑个不止。看到江姐受酷刑那一幕时，他又皱紧了眉头。尽管当时的媒体没有发表相关报道，但周恩来总理观看《江姐》的"口头新闻"迅速在首都文艺界传播开了：大家都知道，空军搞出了一台大歌剧，把周总理都吸引住了！

10月13日晚7时，毛泽东在周恩来、朱德、董必武、贺龙、陈毅、徐向前、聂荣臻、杨尚昆、陆定一、罗瑞卿等中央领导陪同下，步入人民大会堂三楼小礼堂观看了歌剧《江姐》的演出。

帷幕一拉开，毛主席就被戏中剧情深深吸引了。演员表演得很认真，台下的中央领导人看得也很专注，随着剧情的跌宕起伏，边看边鼓掌，演到风趣之处，毛主席开怀大笑，演到江姐被捕英勇不屈时，他的神情肃穆。

演出结束后，毛主席接见全体演职人员，祝贺演出成功，他鼓励大家说："我看你们的歌剧演得很好，在北京打响了，你们还可以走遍全国去演出，去教育更多的人民群众嘛！"很快，毛主席接见剧组全体人员的合影照片在全国各大报纸头版刊登，并配文发表。年底，剧组按照毛主席指示，开始了全国巡演之旅。

《江姐》在北京公演了二十多场，场场爆满，反响强烈，迅速在全国掀起《江姐》热潮，各报社记者和观众纷纷撰稿赞扬，在各大媒体给予报道。

歌剧《江姐》于 1964 年 9 月份公演后，立即风靡全国，周恩来总理在开大会时曾带领大家齐唱《红梅赞》。上至国家领导人，下至普通群众，都给予歌剧《江姐》高度评价，这部歌剧让阎肃一举成名！

阎肃没有陶醉在成功的喜悦中，他像往常一样保持着平和的心态，每个周日仍外出看戏，有时也逛逛书店。他还到人多的地方观察各种人物言谈举止，深入生活，体验生活，这些习惯日积月累为他成为优秀编剧奠定了扎实的基础。

毛主席自从观看完歌剧《江姐》后，被剧情深深感动着。两个月后，毛主席表示要想见一见歌剧《江姐》的编剧阎肃。

1964 年 11 月下旬一个周六的晚上，阎肃照例去看戏，回部队的路上，经过一片建筑工地，迎面跑来两名空军政治部干事。他们看到阎肃后惊喜地说："哎呀，我们找你找得好辛苦啊！"阎肃奇怪地问："找我干什么呢？"

两名干事不由分说把阎肃拉进一辆军用吉普车里，激动地说："拉你去中南海啊！到那里，你就知道是什么事了！"阎肃听后一愣，到中南海？那可是中央首长居住的地方呀！他这才想到自己穿了一件黑色旧棉袄棉裤，脚穿一双老头鞋，尤其是刚才走的那段施工路上，灰尘较多，鞋上、裤腿上沾了许多灰土，这形象去中南海非常不合适。阎肃着急地说："我还是先回家换件干净衣服再去中南海吧。""不用，来不及了！"两名干事容不得他再说什么，让司机赶快开车。

吉普车载着阎肃一行人迅速向中南海方向驶去。进入中南海后，经过门岗时，不知司机跟哨兵说了什么，军车缓缓行驶在中南海的小路上。

车子在一幢小楼前停下，工作人员带着阎肃来到一个小会客厅，阎肃忐忑不安地站那里等候着。

突然，门被打开了，身材高大魁梧的毛主席微笑着向阎肃走来，身后还跟着两位工作人员，他们微笑着上下打量着阎肃。一时间，阎肃紧张得不知说什么才好，他没穿军衣，不能行军礼，于是，他向毛主席深深鞠了一躬。毛主席伸出温暖有力的大手紧紧握住阎肃的手，用一口浓重的湖南话高兴地说："你写的歌剧《江姐》很好啊……"当时的阎肃内心既紧张又激动，没有听清毛主席讲话的内容，但他凭感觉，毛主席那些话肯定是在夸奖自己！鼓励自己！于是，他谦虚地回答说："我写得还不好，请毛主席多批评！我今后一定继续努力。"

毛主席让工作人员取来一套精装的《毛泽东选集》送给阎肃。阎肃坚定地向毛主席表态："我一定好好努力！"

那是个静谧的周末之夜，那是个令人陶醉的夜晚，那是阎肃人生中最幸福的时刻，他在回家的路上，仍感觉是在梦中，轻轻抚摸着手中那套《毛泽东选集》，一股幸福的暖流涌遍全身，这一切证明，刚才发生的事是真实的。

每次阎肃跟夫人提起那天晚上见到毛主席的情景时，总是很遗憾地说："那天，我要是身穿军装，精神十足地去见毛主席该有多好呀！不过，毛主席并没有嫌弃我的穿着打扮，我看到他脸上流露出赞赏的神情时，心里踏实了许多。"

半个世纪以来，阎肃始终牢记自己向毛主席许下的"承诺"："我一定好好努力！"这七个字，看似脱口而出，实则源自心底。

阎肃一连搬了几次家，始终把毛主席送给自己的这套珍贵的《毛泽东选集》当宝贝一样，放在书柜最显眼的地方。每当他阅读时，内心很是感慨："如果没有党的正确思想引领，一个从旧社会历经坎坷走过来的穷苦人，就会迷失在人生的十字路口，我这一生的命运就会重新改写；如果没有党的培养，我一个普通的青年学生，就不可能当一名为党服务的光荣的文艺战士;如果没有党的关怀,我也不可能获得这么高的待遇以及这么多的荣誉。" 阎肃在中南海受到毛主席的接见,成为他人生中最难忘最幸福的时刻。

6. 扮演"江姐"的五代空军文艺工作者

红色经典歌剧《江姐》自1964年首演后,至2007年第五次复排以来,共进行了1064场演出。这期间,江姐的扮演者万馥香、蒋祖缋、郑惠荣、孙少兰、赵冬兰、杨维忠、金曼、铁金、王莉、伊泓远、哈辉、曲丹等五代空军文艺工作者,经历了整整五十多年的接续传承。这部经典之作,让观众百看不厌,有着长久的艺术生命力,主题歌《红梅赞》曾红遍大江南北,至今仍在传唱。

1963年9月,歌剧《江姐》进入试唱、排练阶段。确定扮演江姐的演员也分为A、B、C角,分别为万馥香、蒋祖缋、郑惠荣,这三位女演员被公认为"第一代江姐"。1964年,歌剧《江姐》初演时,万馥香、蒋祖缋、郑惠荣分别登台表演。

从1964年11月19日至翌年初,空政文工团到上海先后演出了四十三场,场场爆满,观众达七万多人。这期间还出现了一个小插曲,万馥香能成为"一号江姐"也有着曲折的经历,她原在苏州地方歌舞团工作,颇有艺术天赋,天生一副好嗓音,先后主演过黄梅戏《天仙配》《女驸马》,锡剧《白蛇传》,歌剧《三月三》等。1962年,空政文工团总团政委陆友率团到上海演出时,观看万馥香的演出后,认为她很有天分,有心把她调到空政文工团,她本人也渴望参军。但苏州方面不肯,说她不符合参军条件,原因是她的生父曾是国民党军官,有严重的历史问题,此事也就放下了。

不久,万馥香所在的歌舞团面临解散,她坚决报考空政文工团。经过一番周折，万馥香终于如愿穿上了军装，成为空政文工团的一名演员。1963年5月，空政文工团在遴选扮演"一号江姐"演员时，领导们立刻想到了进空政文工团不到半年时间的万馥香，有人担心她出身不好，与扮演革命英雄人物不般配。这事反映到空军司令员刘亚楼那里，他到空政文工团排练场观看，对万馥香的表演大为赞赏。在刘司令的支持下，万馥香获得了出演"一号江姐"的殊荣，并在全军文艺会演中荣获一等奖。

首演"江姐"之一的蒋祖缋又是怎样被选上扮演江姐的呢？当时，歌剧团让所有备选女演员每人当众唱一段，由领导全部审听后再做决定。蒋祖缋刚生完孩子，唱的那一段正好是"孩子啊快接过红旗去打天下"，她抱着一个孩子唱，立即投入到剧情中，结果戏没唱完，就哭得唱不下去了。没想到，她这一哭，反而哭回来个主演，确定演"江姐"。

1940年出生的郑惠荣，是空政歌舞团演员，是最后一个被确定为演"江姐"的。1963年9月，三位"江姐"扮演者受领排练演出任务后，反复阅读《红岩》原著和一些革命烈士的传记、诗抄，认真做好案头工作，深刻感受英雄人物的精神境界。因万馥香是南方人，学过南方戏曲，在表演和形体动作方面比较灵活自如，可是在声乐技巧和台词表达方面就有些薄弱；蒋祖缋曾接受过西洋发声训练，对人物的理解有一定深度，但在演唱民族风格的作品及形体表演方面有些不足。虽然郑惠荣有声乐训练的基础，演过歌剧，但过去演的都是年轻姑娘，扮演知识分子江姐这样的英雄人物还是头一次。她们三个人对每段唱腔、每句台词、每个眼神、每个动作，都要在一起认真研究，交流心得体会。

每天天不亮，她们一同起床到排练场练形体、对台词、练唱段，节假日也很少休息，努力克服自己存在的不足。郑惠荣进入剧组排练比万馥香、蒋祖缋二人较晚，所以就更加努力学习，加班排练。那段时间，她连吃饭和睡觉都在琢磨某个动作、某句台词，有时走在马路上，还哼唱着戏中的唱段，真有点儿到了如痴如醉的状态。

首场歌剧《江姐》演出成功后，摆在她们三人面前的考验，还有如何对待荣誉的问题。当时，虽然电台和电视台都把演出做了录音和实况转播，还灌了唱片，但演员没有分文报酬，即便这样，仍存在演出时谁露脸的场次有多少，谁能得到领导表扬频率高的情况。但是，她们不争不抢，经常用江姐这面镜子来对照自己的行为是否与"演江姐、学江姐"的精神相违背？要想塑造好舞台上的共产党员形象，内在修养也要接近英雄人物，才能使江姐的形象从形似走向神似，真正体现出英雄的气质和风度，她们把扮演江姐当作净化自己灵魂的过程。

1978 年，空政歌舞团决定重排已经停演了十三年的歌剧《江姐》，由于当年扮演江姐的演员相继离开空政歌剧团，剧组开始重新到各大军区物色第二代江姐人选。

走进公众视野的孙少兰，十三岁对歌舞有着特殊天赋，命运之神特别垂青她，十六岁那年，她去了昆明的空军指挥所文工团，这位纳西族少女便开始学起了京剧、豫剧、花灯等，为后来成功奠定了坚实的基石。曾在《洪湖赤卫队》《芳草心》《雪域风云》《爱与火四重奏》《女飞行员》等多部歌剧中担任女主角。当时，年仅二十岁的孙少兰在十一名"江姐"备选演员中脱颖而出。

"江姐"扮演者赵冬兰，生长在哈尔滨，她读中学时，唱歌的天赋被发现，部队来此招兵，她很幸运地当了一名文艺兵，开始接受专业的训练，并崭露头角，后来因出色的表演，考入空军政治部文工团，成为专业歌唱演员。

赵冬兰的表演和歌唱细腻质朴而又富于激情，很好地表现了江姐崇高、朴实、坚定、深沉的性格和丰富的精神世界。她因出演歌剧《江姐》，曾被选为全国人大代表，与战友们一起与邓小平合影。

杨维忠，从小爱好音乐，1970 年考入盘锦地区文工团后的第二年，团里排练京剧《沙家浜》，她饰演阿庆嫂崭露头角，表演水平有了很大提高。在 1975 年 9 月的沈阳市专业文艺会演活动中获奖。1977 年杨维忠调入沈阳空军文工团，同年参加第四届全军会演，因演出小歌剧《春夜明灯》获得总政颁发的表演奖。1978年上海电影制片厂准备将空政文工团1964年创作的歌剧《江姐》摄制成电影，她凭借自身坚毅、沉着、朴素的气质特点以及演与唱的综合能力在众多备选演员中胜出，由她塑造的江姐银幕形象获得观众的广泛认可。

1984年，空政文工团决定第三次重排《江姐》。金曼成长在美丽的黑龙江小兴安岭平顶山下，自幼能歌善舞。1981年，考入空政文工团，当年，她在首体举行的第四届"歌曲之友音乐会"上，以歌曲《金梭和银梭》一举成名。1984年，金曼被选中扮演第三代江姐。时间紧、任务重，她拿到剧本后，一个星期没出门，硬是在较短时间内把这部歌剧所有的台词与唱段背了下来，在历时二十二天的精心排练后，成功完成了对"江姐"的精彩演绎。1991年，金曼凭借歌剧《江姐》获得了中国戏剧界最高奖"第九届梅花奖"，用天赋和汗水塑造了鲜活的艺术形象。她是十届全国政协委员、全国政协科教文卫体委员会委员，任职期间，她为文化产业的发展奔走发声。

1991年，空政文工团决定第四次复排歌剧《江姐》。1988年考入空政文工团的铁金，在团里努力学习的态度及顽强奋进的精神，让冷永铭老师非常欣赏。铁金在冷老师的指导下，经过激烈的竞选，最终以富有激情的演唱和对角色的准确把握，成为第四代江姐的扮演者，成功塑造了江姐这一光辉形象，这是她渴望已久并倾注全部心血塑造的角色。她的名字是笔名也是艺名，更是真名，她的父姓铁，母姓金，合为铁金。也许命运格外垂青她，铁金曾荣获文化部民歌大赛"十佳称号"、全国少数民族比赛金奖等。她当选为第十届全国人大代表，中国声乐家协会常务理事，中国音乐家协会会员，中国音乐学院继续教育学院民族声乐教研室主任、教授。

2007年初，空政文工团接到上级通知，要为党的十七大献礼，准备第五次复排《江姐》。应时代要求，空军首长甚至宣布面向全国选拔第五代江姐，哪怕是地方演员，只要符合江姐这一人物形象，也要将其

本书作者采访铁金

特招入伍。于是，地方报考参选江姐的很快达四十多人，空政内部就有十多人。先是海选、再到十选八、八选五、五选三，最终确定了第五代扮演"江姐"的名单。

王莉是空政文工团歌唱演员，是我国新生代美声女歌手的领军人物，曾夺得中国广播文艺奖美声组最佳女歌手奖以及 2004 年第十一届青年歌手电视大奖赛专业组美声唱法金奖。她曾连续多次在央视春节晚会、中秋晚会登台献歌，给观众们留下了极其深刻的印象。

初次见到 80 后王莉的人，很难把她与江姐联系在一起，她说话快人快语。在挑选江姐的那段日子里，王莉对自己的圆脸形心里没底，认为自己与过去扮演江姐的演员形象有差别，同时，觉得自己是唱美声的，而《江姐》是民族歌剧，有些不对路，很担心！

一天，当王莉忐忑不安向阎肃征求意见时，阎肃给了她很大鼓励，他说："我觉得你很像江姐，你若不信，就回去翻看江竹筠的资料，照片上的她也是一张圆脸，你对镜子照照，真的很像！至于声音，不是问题，而且你的可塑性很强，怕什么？"一席话，让王莉喜出望外，对扮演江姐这一角色充满了信心。阎肃紧接着又说："如果确定你来演江姐，就要全身心投入到角色中。"王莉听了这番话，认真点点头说："嗯，我一定能做到！"阎肃很欣赏王莉认真的做事态度和坚强的毅力，相信王莉一定不负众望！

王莉从小听着江姐的故事长大，但她从没有想过有一天能成为这个英雄人物的扮演者。以前曾学唱过歌剧《江姐》里的片段，没想到，经过层层选拔，再加上四次专业考核，她成为这部歌剧中江姐的 A 角。

最让王莉觉得幸运的是，当年歌剧《江姐》的前四代江姐也都对自己关爱有加悉心指导，创作人员给她口传心授，那段日子，她抓住时机，虚心向前辈请教，南下至广州，寻遍街头巷尾找到了第一代江姐万馥香的唱碟。经过细心琢磨，王莉创造性地在剧中融入了美声，为了把第五代江姐形象达到形神兼备，从眉眼传神到举手投足，从唱法选择到气息运用，有着几近苛刻的要求。

阎肃指导王莉如何演好"江姐"角色

王莉演唱歌剧《江姐》主题歌《红梅赞》

　　2009 年年初，歌剧《江姐》作为国家大剧院落成后的首台剧目进行了公演，王莉用歌剧形式诠释了国内新一代美声唱法。

　　王莉作为第五代"江姐"的扮演者，和其他艺术家们深入到基层、农村、学校、厂矿等地，为社会各界和部队官兵倾情演出，经过全国二百多场的巡演后，她炉火纯青的中国式美声将这位具有英雄气概的"江姐"演绎得更加有血有肉有情，人物形象塑造得也更具人性化更接地气，让这部红色经典再生光辉。

　　身为 80 后的伊泓远是年纪较小的第五代江姐的扮演者，她毕业于沈阳音乐学院，拜黑龙江省歌舞剧院著名歌唱家曲冬梅和哈尔滨师范大学艺术学院谢艳丽为师，演唱技巧得到很大提高。2005 年，伊泓远考入空政文工团，成为一名专职独唱演员，她曾经两次参加央视举办的全国青年歌手电视大奖赛，并取得好成绩。经过层层选拔，伊泓远入选扮演江姐，她认为如何抓住人物真正灵魂、走入人物心里，对她来讲是很大的挑战。最终她不负众望,成功塑造了"江姐"的形象。

哈辉,1977 年出生于陕西汉中,十四岁特招入伍,毕业于解放军艺术学院,中国音乐学院艺术硕士。2000 年 7 月考入空政文工团担任独唱演员,每次下基层看到军人们以苦为乐默默在军营奉献,她下决心做一名"厚重"的军旅歌唱艺术家。她成为歌剧《江姐》的第五代扮演者,得到众多观众的认可。她是空军第十届党代会代表、荣立三等功三次,全国青联委员,后来成为中央民族大学副教授,中国国学推广大使,中华吟诵学会副理事长,中国国学推广大使。

曲丹是空军政治工作部文工团青年歌唱演员,是第五代江姐之一,军中"五朵军花"之一。她毕业于中国音乐学院本科班,中国音乐家协会会员。师从于著名声乐教育家金铁霖和著名女高音歌唱家吴碧霞教授,攻读中国音乐学院硕士研究生期间,师从著名声乐教育家邹文琴教授。荣获三次嘉奖,一次三等功;她长期致力于民歌的演唱和研究,取得了巨大的成绩,在国内许多含金量极高的音乐大赛中取得优异成绩,被誉为民歌歌坛的"灵动女声"。

几度芳华,红梅绽放。红色经典歌声唱响的岁月里,承载着几代人对革命先烈的缅怀与敬仰,给人们永远向前进的力量。

7.镌刻在人们心中的"文艺符号"

1964 年 9 月 4 日,由空政文工团剧作家阎肃编剧,金沙、姜春阳、羊鸣作曲的歌剧《江姐》首演后,立即在社会上引起轰动,曾创下一年演出二百八十六场的纪录,一曲"红岩上,红梅开,千里冰霜脚下踩……"的《红梅赞》,让无数观众热泪盈眶,成为家喻户晓、人人传唱的经典歌曲,在全国掀起一股"江姐"热。

在那个激情燃烧的岁月里,剧中江姐的蓝旗袍、红毛衣、白围巾,也成为那个年代姑娘们眼中最时尚的装扮。广播电台里经常播放《红梅赞》歌曲；在商场销售的暖瓶上、手帕上都印着"江姐"的头像；连理发店大门口也写着"本店专理江姐发式"，江姐的形象已深深融入人们的生活中。江姐和那些英烈们在生与死、血与火的斗争中锤炼出的"红岩精神"，一直激励着共和国热血青年成长。

"江姐"，已成为一个时代的精神符号。那时，全国各剧种和百余个剧团学习或移植歌剧《江姐》，纷纷开始排练，几乎在各地同时上演。仅在上海，就有六个剧团在同一时段同城演出。

由阎肃创作的歌剧《江姐》，可以说走遍了大江南北，红遍中华大地，它作为一个时代的音符，以其凝练质朴的对白、优美跌宕的旋律、饱含深情的歌声、生动逼真的舞美、气势恢宏的交响乐，谱写了"中国歌剧史上最经典的革命浪漫主义英雄史诗"。

1978 年，上海电影制片厂把歌剧《江姐》拍成同名舞台歌剧艺术电影，选用了来自沈阳军区空军文工团演员杨维忠扮演江姐。她把江姐的英雄形象演绎得出神入化，深受观众喜爱，成为那一代人的永恒记忆。

由于歌剧《江姐》把西方的艺术形式与中国的民族音乐和乐器、素材以及戏曲表演结合起来，既有强烈的戏剧性和鲜明的民族风格，又有优美流畅的歌唱性段落，生动刻画了英雄人物的音乐形象，契合了中国人民的传统审美习惯。其中《红梅赞》《绣红旗》《春蚕到死丝不断》《五洲人民齐欢笑》等已成为 20 世纪 60 年代风靡一时的"流行歌曲"，时至今日，仍是人们喜爱的歌曲，成为一个时代最难忘的记忆。

1964 年至今，空政文工团经过五次复排的歌剧《江姐》，在各级领导的支持下，经过文工团演职人员的共同努力，先后演出一千多场，场场爆满。当年，《江姐》移师南下，先后在南京、上海、广州、武汉等地公演。剧组每到一地，每天清晨，剧院售票窗口前排起了长龙般的队伍，预售票要提前五六天买，而且团体票也只能限购二十张。尤其是在上海演出的时候，一共演了五场，有的人连续五次排队买票，有的人

歌剧《江姐》导演冷永铭与阎肃在现场讨论演员排练情况

看了好几遍，连歌词、台词都能背下来了。

阎肃每次跟随剧组成员演出回北京后，都带着丰收后的喜悦回到家里，总是高兴地跟夫人李文辉讲述在各地演出的盛况。李文辉听到这些振奋人心的好消息，也为阎肃取得的成绩感到由衷的高兴。

一台戏能经久不衰唱了半个多世纪，这在新中国文艺史上是个奇迹，《江姐》成为新中国历史上影响最广、传唱最久的民族歌剧，被称为我国歌剧史上的一座丰碑。江姐形象产生的影响，已远远超出一部歌剧的魅力，以江姐为代表的共产党人所展现的"红岩精神"，鼓舞着一代又一代青年人坚定革命信念，积极奋发向上。

空政文工团著名作曲家姜春阳每次谈到歌剧《江姐》的成功时，深有感触地说："这部歌剧凝聚了集体的智慧，是大家共同辛勤努力的结晶，而阎肃创作出剧本，让此剧得以成功，起的作用最重要，功不可没！"

国家文化部原副部长董伟也多次赞扬阎肃："他在每个年代几乎都有堪称精品的代表作，甚至越老越红……他与时代同行，与人民同行，与祖国的发展壮大同行，这就是阎老永葆艺术青春的重要原因。"

大型民族歌剧《江姐》堪称我国本土歌剧史上的一座丰碑，这个时代为阎肃提供了可以施展才华的大舞台，而他也紧紧把握住了大时代的精神内涵。

第一代歌剧《江姐》剧中的小华扮演者冷永铭，当年她仅有二十多岁，是空军政治部文工团的演员，她在剧中扮演小华角色的同时，还留心关注全剧的演出情况。多年后，导演陈沙年龄大了、身体欠佳之时，黄寿康、冷永铭分别地接任了正副导演这一重任。如今，冷永铭已年过八十岁高龄，但她仍很关注《江姐》，发挥余热，关注歌剧事业，她还想竭尽全力培养新一代《江姐》的扮演者。第四代《江姐》剧中A组江姐扮演者铁金和第五代的伊泓远在排练期间，都得到冷永铭的悉心指导，她们努力学习的态度及顽强奋进的精神得到冷永铭的称赞。

阎肃非常赞赏冷永铭，她对待每一个角色的一招一式、对待每一场戏，都保持着严谨的工作态度。可以说，江姐精神一直引领着空政文工团的战友们几十年不断奋斗进取，歌剧《江姐》的成功，也是剧组全体人员共同传承的结果。

冷永铭曾参与空政文工团第二代至第五代歌剧《江姐》《伤逝》等十几部大型歌剧的导演工作。后来，她从事歌剧、歌唱表演艺术教育近六十年，曾获第四届全军文艺会演歌剧《江姐》导演奖，是我国著名的表演艺术教育家。

大型民族歌剧《江姐》作为中国舞台上一部重要的剧目，倾注了全体主创人员的心血和情感，从首演至今，红遍祖国大江南北，教育影响了几代人，被誉为红色经典歌剧。空政文工团先后五次复排，不断进行编创更新与艺术"升级"，"江姐"的扮演者也历经五代。对于三十五岁以上的人来说，每个人的心目中都会有一个形象清晰的"江姐"，因

阎肃（前排左一）与《江姐》导演陈沙、羊鸣等同事合影

1968 年，阎肃（前排右一）与《江姐》导演陈沙、羊鸣等同事合影

为江姐是一个时代的精神象征，无论是小说《红岩》，还是歌剧《江姐》，英雄形象早已铭刻在人们心间。

　　一部成功的剧目，在表现英雄形象的同时，还少不了反面角色的陪衬。著名表演艺术家黄寿康当时在歌剧《江姐》中扮演大反派沈养斋，他的演技高超，人物刻画非常精准，声音、步伐、手势都很独到、细腻，让人过目难忘。后来，黄寿康成为第一代歌剧《江姐》副导演，第二代、第三代的总导演。冷永铭先是当歌剧《江姐》副导演，后来成为第四代、第五代《江姐》的总导演。

在排练之余，阎肃和黄寿康仍沉浸在戏中，探讨如何把握角色，至今阎肃家里仍保留着两人坐在树下聊天时的照片。李文辉每当看到这张照片时，看着他们当年都是三十多岁、焕发着青春活力的年轻人，很是感慨。两位相处多年的老战友，如今都已驾鹤西去，那段美好时光，让人留恋、让人难忘。

第五次复排《江姐》时，由空军政治部文工团团长、空军政治部电视艺术中心主任郭旭新担纲艺术总监，空政文工团原团长、团艺术指导杨月林等文工团全体演职人员经过三个多月夜以继日的精心排练，在保留原剧精髓和风貌的基础上融入了时代特征。

影响了几代人的歌剧《江姐》，第五次复排后的首场演出，被上级安排在国家大剧院，这可是至高的荣誉！演职人员得知这一消息，都很

阎肃（左）与在《江姐》中扮演大反派沈养斋的演员黄寿康合影

高兴。在复排阶段，让空政文工团原团长杨月林印象最深的是，按照上级要求，把原来三个多小时的演出压缩到两个小时，也就意味着必须把阎肃凝聚心血写就的文字删去一部分。当时，接到通知的阎肃每删一段台词和唱词，就很心疼地摇摇头。不过，新版歌剧《江姐》在演出过程中，阎肃一边观看一边点头称赞："现在的条件好了，配器先进了，舞美更美了，离时代也更近了。"

新版歌剧《江姐》与前四版不同的是，在舞美方面运用了很多高科技的手段，让观众耳目一新。比如特务头子沈养斋在办公室威逼利诱江姐，"你别忘了这里是什么地方"，此话刚讲完，舞台在十五秒内立刻从办公室切换到阴森可怕的刑讯室，让人震撼。演到中华人民共和国成立、《义勇军进行曲》歌声响起时，渣滓洞各个牢房的灯，随着旋律一盏一盏相继点亮，让观众感受到温暖与力量。

歌剧《江姐》复排上演，一级演员孙维国扮演"华为"一角本已驾轻就熟，阎肃却劝他："突破一下自己，去演一把'甫志高'嘛！"为了尽快帮孙维国找到感觉，阎肃为他讲解如何把握分寸。当孙维国第一次在观众面前以饰演大反派角色亮相时，得到了观众的认可，当他偷眼看台口的时候，阎肃正冲他竖大拇指呢！

第五代《江姐》采用了以王莉为代表的崭新演员阵容，赋予《江姐》更新鲜的元素和青春光彩，作曲家羊鸣称赞这是一部"青春版的歌剧"。扮演江姐的王莉曾在央视青歌赛上取得佳绩，扮演蓝洪顺的是梁召今，扮演华为的刘和刚是央视青歌赛的冠军，扮演双枪老太婆的郑莉是一级演员。

这部红色经典歌剧登上了国家大剧院的舞台，穿越时空，人们看到"江姐"璀璨的英雄形象丝毫没有褪色，演出结束时，掌声如雷。《江姐》以革命英雄主义的精神光芒、革命浪漫主义的艺术魄力书写了中国歌剧史上的奇迹，堪称我国歌剧史上一座巍峨的历史丰碑。它的魅力是永久的，五十多年后的今天，人们欣慰地看到，歌剧《江姐》又被赋予新的思想内涵，经典的唱段和表演场景愈加深入人心。

阎肃给他们的评价是："新一代年轻演员的演唱能力，尤其对作品的感悟与驾驭能力，是历届《江姐》中最强的。"作曲家羊鸣则说："每一代扮演江姐的演员都要换，但江姐的事迹、江姐的精神始终没变。"

歌剧《江姐》为社会主义文艺事业开拓出一个新的领域和高度，也在中国民族歌剧史上留下浓墨重彩的一笔，成为广大人民心中抹不去的"文艺符号"。

第四章 嘹亮军歌，激励官兵的"冲锋号"

1. 海拔五千多米的高原上诞生了《雪域风云》

中国西部高原，常常被人们称为雪域高原，也就是青藏高原，地域辽阔，面积近 250 万平方千米，占中国国土总面积的四分之一左右，是中国最大、世界海拔最高的高原。拉萨位于西藏高原的中部、喜马拉雅山脉北侧，海拔 3650 米，地处雅鲁藏布江支流拉萨河中游河谷平原，拉萨河流经此处，在南部注入雅鲁藏布江。

南宋著名诗人陆游在《书愤·其一》写道：

早岁那知世事艰，
中原北望气如山。
楼船夜雪瓜洲渡，
铁马秋风大散关。
塞上长城空自许，
镜中衰鬓已先斑。
出师一表真名世，
千载谁堪伯仲间！

"楼船夜雪瓜洲渡"中的"楼船"（指雄伟的战舰）与"夜雪"，"铁马"与"秋风"，意象两两相合，便有两幅开阔、壮盛的战场画卷。此诗描写的是1161年深秋，南宋军队痛击入侵金兵时的情景。"楼船"与"夜雪"便有了金戈铁马、誓死卫国的意境。

少年时代的阎肃非常喜欢背唐诗宋词，当他成为一名手握笔杆胜过枪的军队文艺工作者后，对古代戍边的军旅诗尤为喜爱。1964年，阎肃为写一部反映雪域高原官兵的剧本，执意去西藏采风，他想去体验当代军人坚守在"风雪"中的感受，想找到当年陆游写诗时的那份心境。

1964年12月中旬，阎肃和王剑冰、羊鸣、姜春阳、陈沙等人领命决定到高原采风，去西藏边防体验生活。他们由北京出发，先到达青海省西宁市，再去拉萨。一行人在西宁体检时，阎肃、陈沙、姜春阳三位身体合格。当三人到达拉萨再次接受体检的时候，陈沙、姜春阳二位也被刷掉了，只剩下阎肃一人体检合格。

冬至刚过，正是一年中最寒冷的时节，阎肃坐在解放牌大卡车驾驶室里，越往前走海拔越高，气温愈降愈低，一路风雪，一路颠簸，山陡路滑，危险程度也让人揪心。历经十八天的极度寒冷再加上高原反应，阎肃感到头晕目眩，如同经历了生死劫难一般，终于到达海拔五千多米、零下四十多摄氏度的目的地——空军某气象站。这里氧气稀薄，气温极低。夜晚，边防官兵担心阎肃的身体无法适应寒冷天气，没有驱寒设备，就在他的床上铺了四床被子，身上再盖五床被子，但阎肃还是冻得睡不着觉，那种感觉如同光着身子躺在雪地里，浑身凉冰冰的。在饮食上，炊事班没有高压锅，水烧不开，只能喝温水，馒头很难蒸熟，就凑合着吃夹生饭。那些天，阎肃几乎吃不到真正煮熟的食物，心想：这世界上，应该没有比这里更"艰苦"的地方了吧？

天亮时，一位满脸稚嫩的小战士送来一暖水瓶洗脸热水，因为高原反应，小战士的脸上起了一块块红斑。阎肃问他："你来这儿多久了，想家吗？"小战士笑着说："三年多了，在这里待得习惯就不想了。"

憨厚朴实的话，让阎肃心生敬佩。

阎肃看着小战士远去的背影，内心受到强烈震撼，他感叹：多么可爱的年轻小战士啊！如果在内地，像他这样的同龄人或许还在父母温暖的家庭里，享受着亲人的爱；或许还坐在窗明几净的教室里读书。而他，远离亲人、远离家乡，来到祖国雪域高原的边防线上，用满腔的青春热血，在这里默默奉献着。

阎肃想尽可能多地了解雪域高原的官兵是如何战胜恶劣环境的，是如何在寂寞边防坚守的。在官兵的带领下，他深一脚浅一脚地在雪地上行走，气喘吁吁地来到唐古拉兵站山口。眼前的官兵颧骨上全都有着明显的"高原红"，他还听战士们说，经常在雪地里巡逻，眼睛容易患雪盲症，有的官兵在这人迹罕至的地方一待就是好几年。阎肃被高原官兵无私奉献的精神深深地感动着，对他们更加肃然起敬。

采访结束了，阎肃在告别守卫在雪域高原官兵的时候，郑重地抬起右手，向可爱的年轻官兵们敬了一个最真诚的军礼，连声说："你们是

阎肃（右一）与同事在拉萨合影

真英雄，你们都是了不起的大英雄啊！"

榜样的力量是无穷的！阎肃在上高原之初，就从南京军区空军气象局了解高原气象情况，当他在五千米高原气象站的时候，深刻体验到在身处严重缺氧的高原，让他呼吸困难，行路艰难。在常人看来，多待一天都是一种痛苦的煎熬，阎肃也不例外。但他一想到有这么多守卫在祖国边陲的官兵，浑身又充满了力量，让自己的意志力更加坚强。阎肃在历经十八天的行程中，认真倾听了高原官兵们的述说。他带着对雪域高原官兵深情的爱，带着军队文艺工作者肩负的重任，搜集了大量生动感人的素材，创作的激情在他胸膛里燃烧着。阎肃顶着高原反应，在极端艰苦条件的高原上，一气呵成，完成了歌剧《雪域高原》的剧本创作。当他带着完成的剧本下山的时候，在部队招待所等候的几个同事又惊又喜，对阎肃更加敬重了。

"哪有那许多相思眼泪，哪有那许多离别柔肠，当我们勇敢地踏上战场，胸膛里喷涌的是雷、是火、是钢……哪有那许多哀怨惆怅，哪有那许多痛苦忧伤，当我们呐喊着冲上阵地，眼睛里飞舞的是旗、是血、是枪……"一句句对高原军人的敬仰之词，从笔端倾泻而出，他在风雪边关里找到了热血军人之魂……

阎肃与空政文工团的同事聊起雪域高原采风的经历时坦言：那些年轻的官兵能在那么恶劣的环境里安心守卫祖国的边防，我们在内地工作生活的人，真是太幸福了。我们没有理由去抱怨什么，没有理由为名和利去争去抢，只有多创作让部队官兵喜欢的作品，才不会辜负对一位军队文艺工作者的称呼。

这次高原行的经历，让阎肃坚定了为官兵服务的责任心和使命感。

如果没有对军旅生活切身的体会，就没有对军人深层的理解，阎肃的笔下就不会流淌出磅礴大气的经典佳作，因此，军人特有的血性，军人对祖国对党的赤胆忠诚都在他的作品中闪耀着光芒。

2. 为军营男子汉写赞歌

20 世纪 80 年代，中国改革开放初期，有的人下海经商发了财，有的人一夜成名，对于条件相对艰苦、待遇相对较差的军人，许多人认为当兵"太亏""不值"。面对这种情况，怎样才能唱出新时代军人的风采，怎样才能创作出鼓舞官兵士气的歌曲呢？

1987 年，空政文化部组织了一次笔会，文化部门的领导把空军所有的词曲创作者聚集在一起，到大连一个飞行师体验生活，进行文艺创作，阎肃和姜春阳也应邀参加笔会。他们到部队后，和基层部队文艺骨干进行座谈，认真听取官兵们的意见。官兵们普遍反映，希望能听到一些有军味、鼓舞士气、积极向上的军旅歌曲。这次创作笔会，一切思想和作品都是集体行动，一向遵守纪律的阎肃，每天上午把了解到的情况、动向在集体碰头会上与大家共同交流，分享自己的看法。

阎肃和创作组的同事们带着一个个问题，来到辽东半岛沈阳空军某场站，与这里的官兵们同吃同住，深入基层连队体验生活。阎肃与各阶层官兵几乎谈了个遍。时间久了，官兵们看到上级来的"领导"没什么架子，说话很温和，于是，都敞开了心扉，道出了心里话。

聊天中，阎肃发现战士们几乎都聊到同一个主题："如果遇到抢险救灾，或是周围群众遇到困难了，人民群众首先想起军人，让军人打头阵，冲上前，说我们是最可爱的人。但是，相安无事的时候，社会上的一些人却瞧不起军人，管我们叫傻大兵，我们保家卫国怎么就傻了，怎么就成了傻大兵？"

"为什么说我们是傻大兵？那是因为军人比不上地方的青年人会挣钱，他们挣钱的渠道太多了，而我们只能身在纪律严明的军营里，没有挣钱的机会。现在社会上很流行'造导弹不如卖茶叶蛋'的说法，人们的价值观都改变了。"

"现在的军人地位也没以前那么高了，内心感觉很委屈。"

还有的战士无奈地说："我们外出坐公交汽车，乘客也不管我们是否累，开口就让军人主动让座，排队买票买东西，也让当兵的靠边站。唉，想到这些心里觉得很别扭，很想不开！觉得当兵很憋屈。"

"过去的军人很受尊重，而现在的人们瞄向了大款，认为谁有钱谁就是有本事。一些女青年择偶条件也发生了变化，瞄向了有钱人。其实，我们都是有头脑的人，也不傻呀！如果不来当兵，在地方，挣的钱也不会少，没准也能当老板！"

听到这些牢骚话，阎肃心中很不是滋味，他深知这些可爱的战士中也有学历高的，也有家境富足的；有的战士多才多艺，会弹吉他、唱摇滚歌曲……他们也会赶时髦、有梦想。同时，作为军人更多的是讲奉献、懂担当。这样一批优秀的小伙子舍弃优裕条件，从军报国，来部队接受摔打，他们才是真正的男子汉！阎肃内心涌起强烈的责任感，他决心要为战友们撑撑腰、壮壮气！

深夜，阎肃坐在书桌前，脑子里反复想着战士们的话，忽然意识到：当兵为什么？凭什么来当兵呀？于是，他在下笔的头一句话就写道：我来到这个世界上没有想去打仗，只是因为时代的需要我才扛起枪，我丢掉一切时髦的打扮，换来这身军装，要是不干这活，我可以当什么厂长、当明星……

其实，阎肃早些年也发现这个问题了，他看不惯当下社会某些人对军人的片面认识。如今，这些战士说出来了，跟他一拍即合，写这个题材的歌词绝对是很正能量的，能说出战士们的心里话。从师长到战士都有这个观点，这说明它的普遍性。于是，他连夜创作，以一名战士独白，阐述从军光荣、当兵不悔的豪情，以铿锵的独白阐释着当兵的自豪。

姜春阳看题目是"军营男子汉"，眼前一亮，立刻被这首感情激荡的热血之作吸引了，觉得这歌名很有力量，也最能体现当下官兵们的愿望，他带着饱满的创作激情为这首歌谱了曲。

军营男子汉

作词：阎　肃　作曲：姜春阳

我来到这个世界上，
没有想去打仗。
只是因为时代的需要，我才扛起了枪。
失掉多少发财的机会，丢掉许多梦想。
扔掉一堆时髦的打扮，换来这套军装。
我本来可能成为明星，到处鲜花鼓掌。
也许能当经理和厂长，谁知跑来站岗。
但是我可绝不会后悔，心里非常明亮。
倘若国家没有了我们，那才不可想象。
真正的标准男子汉，大多军营成长。
不信你看世界的名人，好多穿过军装。
天高地广经受些风浪，我们百炼成钢。
因为人民理解我们，
心头充满阳光。

20 世纪 80 年代末的中国大陆流行港台歌曲，但军旅题材的通俗歌曲却少有人问津。姜春阳记得有一天傍晚，看到一位战士怀抱吉他倾心弹奏着《外婆的澎湖湾》，很受触动，从这一刻起，他就思索着如何写出适合当代军人演唱的流行歌曲，并决心增补这一空白。

姜春阳很快给歌词谱完曲了，歌曲有着铿锵有力的旋律，昂扬向上的曲调，两人希望用响亮的歌声告诉人们：天下最棒的人是军人，中国人民解放军是最可爱的人！

那段时间，阎肃和姜春阳在飞行师里体验生活时，经常教部队文艺骨干唱军歌。这天，两人上完课后，高兴地说："这里有一首新创作的军旅歌，你们听听如何？"说完，给大家唱了起来，激昂向上带劲的节奏立刻赢得官兵喜欢。这首歌很快传到师领导耳朵里，师领导当即决定组织部队官兵学唱，每次召开军人大会前，都要进行拉歌比赛，只唱《军营男子汉》。军营小伙子们响亮的声音此起彼伏，如波涛般掀起巨浪，唱得很带劲。

恰好，《解放军歌曲》编辑部派了一名编辑到部队了解笔会情况，当他听到部队官兵唱的《军营男子汉》歌曲时，非常激动，立刻给北京的编辑部打电话，希望尽快编发此歌曲。那时已近 8 月份了，刊物已经进入校对印刷阶段，就连 10 月份的刊物也排完版了。编辑部领导看到这首歌词后，决定把 10 月份刊物的第一首撤掉，把《军营男子汉》放上去。紧接着，这首歌在《解放军报》发表了，后来在《人民日报》也发表了，还被拍成了 MTV，出了盒带。这首歌打破了传统的唱法，听者觉得人性化，唱者充满了自豪感。

阎肃有着超前的前卫思想，在创作中有时就表现在几个字之间，歌中有段词"失去了不少发财的机会"，有的同志听后不同意，希望把"发财"改成"致富"。没多久，大家还是感觉"发财"好，又改了回来。尽管一字之差却反映了时代的转变、人思维的转变，后来《解放军歌曲》就因为两个字的变动，将歌词修订后重新发表。

事后，姜春阳谈到为这首歌谱曲时，说："一般情况下，一首歌中有一两句能够叫得响，能让大家记住，就是非常成功的。但这首歌的名字很响亮、很阳光、很有气魄，所以大家非常喜欢。"

阎肃创作的这首歌，反映了改革开放初期官兵的精神风貌，写出了商品经济大潮下军人应有的形象。他创作的歌词掷地有声，表达了战士们的心声，他说："自从我穿上这身绿军装，就要为官兵们写好军歌，让他们都要有一种当兵的自豪感和荣誉感！"

阎肃与姜春阳合作的《军营男子汉》，先后经过霍勇、宋立忠、孙砾等军旅歌唱家演唱，唱出了新时代军人的心声，总政治部决定在全军推广。这首歌如同长了翅膀，很快传遍全军。官兵们只要唱起《军营男子汉》，浑身感到热血沸腾，唱得腰杆笔挺，唱得扬眉吐气，唱出了军人的士气，唱出了军人的底气。只要走进任何一座军营，无论是空军蓝、海军白还是陆军绿，都能听到这首歌。

阎肃与姜春阳相识于20世纪50年代，从热血沸腾的年轻人到白发苍苍的老翁，他俩依然保持着年轻人的心态，军人特有的刚毅和顽强拼搏精神早已深深注入他们的血液里，两人联手合作，心领神会，共同创作了许多流传至今的经典歌曲，可称为军旅乐坛的一对"黄金搭档"。

阎肃曾坦言："自己创作这么多部队歌曲，是时代推着、责任推着，也是感情在推着我不断前行。"

直到今天，无论在大型军旅演唱晚会上，还是到偏远的军营中，只要有军人的地方，都能听到这首歌；无论是召开军人大会前，还是开饭前，或是在训练间隙，这首歌已经成为鼓舞部队官兵士气的战歌。唱起它，心中拥有一片阳光；唱起它，立志军营的豪情在胸中激荡。

3. 谁在长空中吹响玉笛

在阎肃眼中，创作只有题材不同，没有分量轻重，再小的螺丝钉，也是战斗堡垒中不可或缺的一环。他只要身在基层部队，目光总是搜索着身边那感人的瞬间。

2002年，阎肃到某航材仓库慰问，跟大伙儿越聊越热乎，官兵们拉着他的手，希望他为仓库写首"库歌"。

这是一个驻在山沟里有近百人的小仓库，在其他名家看来没有什么可写的，阎肃却欣然应允说："没有你们在深山里坚守，战鹰翅膀接不上、航油喝不饱，哪有战机展翅？怎能保家卫国？"

"金山的风，吹拂着我们美丽营院巍巍的雪松；青潭的月，照耀着我们亲手建设绿色的军营……"仓库官兵们唱着这首歌，激动地说："没想到我们这么小的单位，会有阎老这样的'大腕'给我们写歌。"

常言说，铁打的营盘，流水的兵。这个后方仓库无论换了多少官兵，他们都不忘阎肃写的这首库歌。这也许是阎肃众多作品中"传播面"最小的一首歌曲了，却在这小小的仓库里一直传唱着。

2006年，阎肃到某航空兵部队采风，在观看部队夜航训练的时候，无意中听到一位飞行员的家属随口说了一句："夜航，你们看不见的，我能听见——你们看见的是天上的星星和地下的灯，可是我能听见他在九天之上呼啸长风的声音！"这句话让阎肃不禁心头一颤，轻轻的一句话，一个"听"字给了他很大的启发。

早年对航空兵很熟悉的阎肃，一直对他们有着深厚的感情，尤其是空军飞行员的家属，被人们称为"望天族"，只要丈夫驾驶着战机起飞，她们的心也就跟着悬在天上了。飞行员的爱情如辽阔的蓝天一样有着大

晚会上，阎肃（右）与姜春阳共同演唱了两人合作创作的歌曲《军营男子汉》

爱，"爱他，就要爱他向往的蓝天！"。

阎肃用深情的笔，将一首寄托着空军飞行员之爱的歌流诸笔端，在稿纸上落下了优美的词句，把飞行员保家卫国的豪情与家属牵挂的柔情巧妙地融合在了一起。

谁在长空吹玉笛

作词：阎　肃　作曲：孟庆方

清凉寂静月光里，
谁在长空吹玉笛，
一声声似断似续，
一声声如丝如缕。
拨动我心绪，
揉进我心底，
我知道那是你。
我愿意化作嫦娥，
张开飞天羽翼，
轻启广寒宫门，
捧出桂花美酒，
衷心陪伴你，
陪伴你。
我愿邀来织女，
铺开云锦霞衣，
召集银河星斗，
延伸鹊桥为你歌一曲，
为你歌一曲。

清凉寂静月光里，

谁在长空吹玉笛，

一番番欢歌笑语，

一番番柔情蜜语。

传到家乡去，

送进人心里，

送进人心里，

我知道那是你。

我愿化身嫦娥，

张开飞天羽翼，

轻启广寒宫门，

捧出桂花美酒，

衷心陪伴你，

陪伴你。

我愿邀来织女，

铺开云锦霞衣，

召集银河星斗，

延伸鹊桥为你歌一曲，

为你歌一曲。

为你为你歌一曲，

为你为你歌一曲。

此歌由张也、哈辉等歌星演唱后，很快在空军部队广为传唱。阎肃用真情抒写革命战士爱国报国、乐于奉献的壮志豪情，把军人的阳刚之美融入部队工作生活中，成为官兵精神追求的美好寄托。

心中有使命，胸中有激情，阎肃创作的军旅歌曲一首接一首在军内外广为传唱，倾情为基层官兵服务，是阎肃奋斗一生的价值追求。他最爱穿的是军装，最爱去的是军营，最爱写的是军歌，他把满腔的爱真情回报给部队，把全部的才华无私奉献给官兵，每一首军歌都成为激励官兵的"冲锋号"。

4.《长城长》唱出军人血性情怀

阎肃情注军旅歌曲的同时，目光也敏感地观察着社会发展的时代性。在 20 世纪 80 年代末，国际局势动荡不安，他意识到面对长期和平的环境，人们渐渐淡化了国防意识，阎肃决心用一首歌来表达军人保家卫国的决心融洽的军民关系。

1990 年初，阎肃琢磨着创作一首反映当代军人风貌、军民团结的歌曲。一天，他和老搭档空政文工团作曲家孟庆云聊近期的创作思路时，说："我想以长城为主线写首歌，怎么写才好呢？"孟庆云听罢此话，连声说："好，长城有着雄伟的风姿、美学的价值、防御的功能及所蕴含的军事谋略，它包含了太多太多的内容。围绕长城，你就写长城有多长，多问几个为什么？"

阎肃沉思片刻，忽然悟到了什么，高兴地说："噢，不错，挺好的。"说完快步向家里走去。孟庆云知道这个"阎老肃"的灵感又来啦，看着他远去的背影，满心期待地说："写好了，别忘了早点给我啊！"

"好啊。"阎肃嘴里答应着，心里已经有了歌词的雏形。

阎肃回到家，没来得及跟老伴打招呼，径直向自己的书房走去，并关上门。李文辉早已习惯了老伴的举动，这个时候，她不会问他什么，也不去打扰他的创作思路，他需要静心创作。

此时，阎肃坐在书桌前那个老藤椅上闭目沉思，脑子里如同放映老影片。当年，他曾一路走过长城的山海关、途经鸣沙山、月牙泉、嘉峪关、敦煌、玉门关，用脚步丈量过巍巍长城，用心感悟过戍边人如山的坚守。在长城的一边是官兵们守着大漠边关的冷月，长城的另一边牵动着华夏儿女的心房，长城啊，你到底有多长？只有我们的军人知道，只有祖国的儿女最清楚，从古至今，长城是中国古代在不同时期为抵御塞北游牧部落联盟侵袭而修筑的规模浩大的军事工程，对一个国家的国防有着至关重要的意义。长城曾燃起无数次战火硝烟，如今，为了守护祖国边疆，无数中华好儿女如同长城上的一块块砖，默默地奉献着青春。

阎肃脑海里浮现着无数个关于长城的事，无数个边塞诗在心底翻滚着，早年背诵过的李贺、王昌龄等古代诗人的佳作感染着他、激励着他，他要用手中笔唤醒当代军人守边的钢铁意志。他几乎一气呵成地创作出了《长城长》歌词。歌词写得很快很顺利，写完后，他立即告诉孟庆云："写完了，拿词儿吧。"

歌词巧妙用古人御敌安邦的长城来比喻新时期的"钢铁长城"，而一个"长"字不仅让人感受到万里长城的巍峨绵延，更点出"钢铁长城"所在的边关所处的恶劣环境，表达边防战士驻守边疆保卫祖国的志向，同时，"长"也是绵长的情谊，是边防战士对亲人长长的思念，是中华儿女对风雪边关站岗军人长长的牵挂。与"长城"的"长"很呼应，读起来朗朗上口，令人回味。

长 城 长

作词：阎 肃　作曲：孟庆云

都说长城两边是故乡，
你知道长城有多长，
它一头挑起大漠边关的冷月，
它一头连着华夏儿女的心房。

都说长城内外百花香，
你知道几经风雪霜，
凝聚了千万英雄志士的血肉，

托起万里山河一轮红太阳。

太阳照，长城长，

长城雄风万古扬。

你要问长城在哪里，

就看那一身身，

就看那一身身绿军装。

你要问长城在哪里，

就在咱老百姓的心坎上。

孟庆云看到这首情意绵绵的歌词，很快把曲子谱出来，交出了自己认为很满意的答卷，阎肃听了也很满意。然而，好事多磨，让两人遗憾的是，有的领导并不看好歌曲《长城长》。

总政歌舞团独唱演员董文华知道这首歌后，非常高兴，立刻找到阎肃和孟庆云说："这首歌太好了，让我唱行吗？"两位音乐大咖很了解董文华的演唱风格，嗓音大气，情真意切，娓娓动听，自然得到他俩的认同。

1993 年，全国首届 MTV 音乐电视大赛中，董文华演唱了《长城长》歌曲，让现场及电视机前的观众大为惊喜，优美的旋律、大气的歌词，立刻在观众心中引起共鸣，为此，董文华荣获演唱金奖。

1994 年，董文华在春节联欢晚会上再次演唱这首歌时，引起无数华夏儿女的共鸣，很快成为脍炙人口的流行歌曲。《长城长》获得了中国音乐电视大赛一等奖，成为当年音乐电视流行的一个代表作品。同时这首歌还获得"战士最喜爱的歌"特别奖和解放军文艺奖，也成为董文华的一首原唱主打歌。

多年来，阎肃和孟庆云的合作很顺利，不可否认，《长城长》是20 世纪 90 年代初期歌颂新时期人民解放军风貌的歌曲。后来，梦之旅等多个演唱组合和个人进行了翻唱。

岁月静好，佳作永恒。阎肃不忘初心，用心用情用全部的才华，打磨自己的作品，也打磨着自己的人生。

5. 一词一句为军吟

"最爱写的是军歌，最爱穿的衣服是军装"，这句话用在阎肃身上最恰当不过了。1955 年，阎肃从西南军区文工团到位于北京的空政文工团工作后，蓝天与飞行一直是他创作的主题，军营与英雄始终是他讴歌的对象，创作的歌曲有三分之二是军歌。直到八十多岁高龄，他还饱含激情地写下《蓝天行》《当兵前的那个晚上》等许多接地气、鼓士气的主旋律军歌。

在阎肃眼里，为党创作、为国家创作、为军队创作、为人民创作，就是自己一生的追求。半个世纪以来，他身为空军人，对祖国蓝天情有独钟。为了写出空军的风采，在空军首长支持下，阎肃先后去过航空兵师作战室，登上预警机，跟随飞行员体验飞行训练，在演兵场、指挥所感受作战氛围。阎肃几乎跑遍了空军的所有部队、机场、阵地、边防哨所，处处留下了他的足迹，留下了由他创作的许多团歌、营歌、连歌。

这些脍炙人口的军旅歌曲已成为每一名中华人民共和国军人在军旅生涯中最难忘的记忆，在人民空军发展壮大的每一个重要阶段，都有阎肃的作品在记录和传唱。

1999 年 4 月中旬，阎肃与创作组全体人员下部队采风，体验生活。那一年，阎肃已经六十九岁了，每天身穿军装和年轻官兵在一起，感觉自己也年轻了许多。不管路途有多远，不管去的军营是什么样的环境，他犹如年轻人一样，从不拉后腿，不论走到哪里，都能受到官兵们的热烈欢迎。

　　每次从基层部队采风回到家，阎肃都跟老伴李文辉讲一些到基层部队采风的经历，身为医生的李文辉原本想劝他不要再像从前那么忙，也应该轻轻松松享受生活了。但是，阎肃跟她聊得最多的话题就是：最近部队要搞文艺活动，需要创作新的歌词，应该从哪方面入手呢？只要他走进书房，李文辉就知道老伴又沉浸于创作状态中，她知道部队需要老伴的才华，她只能做好后勤保障，给老伴递一杯热茶，做一顿他最爱吃的可口饭菜。

　　1995 年 5 月 9 日，在阎肃六十五岁生日那天，由中国音乐文学学会、空政文化部、《词刊》编辑部、空政歌舞团联合主办的"阎肃歌词作品研讨会"在空政文工团贵宾室召开，会议由中国音乐文学学会常务副主席晓光同志主持。出席的嘉宾有：空政文工团第一任老团长、老文化部部长黄河，秦威、乔羽、晓光、袁厚春、刘薇、徐沛东、王晓岭、付林、武志荣、邹友开、刘铁民、金兆钧、宋小明、姜春阳、丁家岐、羊鸣等四十余人参加，聚集了军内外音乐界和文学界的著名人士。大家从《诗

阎肃在家里创作歌词

阎肃（左七）与创作组全体成员下部队采风

阎肃（后排左五）与创作组全体成员下部队采风

化的戏剧、戏剧的诗化》《阎肃歌词断想》《是真性情自潇洒》《白话
不白》《清香醇美大碗茶》《博大精深阎肃词》《从美学谈艺术的创作
个性》等专题进行发言，对阎肃的作品给予了极高评价。

身为空军一名文艺工作者，阎肃创作的许多作品中，大多都与天空有关。他发表的第一首歌是《只因我的小银燕是祖国造》，随后，陆续发表《云中漫步》《当你飞行的时候》《天兵》《梦在长天》《我就是天空》《缀满红星的战鹰》《谁在长空吹玉笛》《雪域高原》……这种蓝天情怀最能代表他对军队的感情。歌曲《我爱祖国的蓝天》《军营男子汉》《长城长》等等一大批军旅歌曲，不仅在部队流行，而且在社会上被广为传唱。这些歌气魄大、感情浓、叱咤风云、壮怀激烈，反映了阎肃对祖国、对党、对人民子弟兵的一片深情。

1998 年夏，我国江南、华南大部分地区及北方局部地区普降大暴雨到特大暴雨，长江干流及鄱阳湖、洞庭湖水系，珠江、闽江和嫩江、松花江等相继发生了有史以来的特大洪水。受灾人数之众、地域之广、历时之长，世所罕见。在党中央和国务院的英明领导和决策下，数百万军民众志成城，奋起抗洪。一方有难，八方支援，中华儿女用钢铁般的意志和大无畏的英雄气概，谱写了一曲又一曲气吞山河的抗洪壮歌。

1998 年 10 月，"阎肃歌词作品研讨会"举办

六十八岁的阎肃很想到抗洪一线为参加抢险的官兵鼓舞士气，但他担心自己年龄大，如果到一线后，还要找人来照顾自己，反而给当地政府添麻烦，想到这些，他也就放弃了这个念头。

阎肃虽然身在北京，但他的心始终牵挂着灾区。抗洪抢险结束后，他参与了《我们万众一心》《携手筑长城》《同舟共济重建家园》等大型抗洪赈灾义演晚会的策划工作，整台晚会荡气回肠，激人奋发向上，引起观众们的强烈共鸣。

十年后，2008 年 5 月 12 日，四川汶川发生了 8.0 级地震，近七万人遇难。灾难牵动北京，牵动着中华儿女的心，危急时刻，中国人民解放军冲上抢险救灾第一线，从四面八方组成的抢险队也赶赴灾区。来自众多媒体一篇篇充满浓浓亲情的报道，让阎肃的心时刻牵挂着灾区人民，牵挂着参加抢险的解放军官兵。已经七十八岁的阎肃向领导请缨参加抗震救灾，要为抢险的官兵们加油鼓劲。但是，组织上考虑到阎肃年龄已大，行动不方便，没有批准他的请求。阎肃每天焦虑地在家收听收看关于救灾的相关报道，感觉自己老当益壮，却有劲无处使，内心很着急。

一天，阎肃看到电视里播放空降兵十五勇士冒着生命危险，从五千米高空跳伞营救灾区人民的感人事迹后，被可敬可爱的航空兵大无畏救灾的精神所打动，迅速来到书房，坐在他使用多年的藤椅上，伏在书桌前奋笔疾书，连夜创作出歌曲《云霄天兵》。

云 霄 天 兵

浓密密的云雾在身边滚动，
天和地都在迸发激烈的吼声。
脚下起伏着摇摇晃晃的山巅，
心中燃烧着烈火熊熊。

耳边只响着一个号令：
"时间就是生命！"

我站在五千米的高空，
心急如焚，热血沸腾。
任你是刀山剑树、死亡之谷，
我也要冲冲冲！

纵身一跃像出膛的枪弹，
面对无边无际浪滚滚的苍穹。
为了我的亲人、我的父老、我的弟兄，
带着阳光的温暖、春风的嘱托、战士的光荣。

纵身一跃像雄鹰在俯冲，
五千米顷刻化作勇敢者的长征。
为了我的祖国、我的旗帜、我的使命，
五千米顷刻化作绚丽的彩虹。

歌词中充满了军人舍我其谁、博击云天的英雄情怀，热情讴歌人民空军爱人民的蓝天忠魂。

2009 年，在庆祝人民空军成立六十周年纪念日之际，阎肃又写了一首《梦在长天》，这是他在八十岁高龄的得意之作，由老搭档孟庆云作曲。这首歌一改以往军队歌曲创作风格，以全新的视野和手法，艺术地诠释了现代化战略空军"空天一体、攻防兼备"这一宏伟的强军梦想，抒发了新一代空军的大国情怀。其词立意深远、博大，情感饱满激荡，充满了浓重的现代感和时空感，旋律唯美、浪漫、细腻又不失雄浑，让空军官兵心生无限豪气与血性。

梦 在 长 天

我心有梦，我情有独钟。
江山如画，把星汉尽揽怀中。
我心有梦，我情有独钟，
攀星摘斗，我夜夜遥望碧空，
扶摇直上九万里，
何惧那八面罡风。
…………

走过八十载春秋豪情满怀的阎肃，发现自己走路时间稍长一些，只要做下蹲的动作，膝关节有些疼痛。2010年下半年，空政文工团下基层巡演时，单位为"保护"阎老，没有把他列入巡演的名单，但人老心不老的他知道后急切地跟领导说："我的腿虽然不能长时间蹲，但还可以走呀，只要有任务，我哪里都能去！"

情注音乐，心系军营，是他一生的追求。2010年八一建军节前夕，阎肃写了一首《人民空军忠于党》歌词，写出来后自己感觉很满意，思索着：谁作曲呢？突然想到了空政文工团著名作曲家李昕，他年轻有活力，一定能创作出时代感强的曲子。

李昕原本在电视节目中当导演，却有着音乐细胞，有作曲才能。2001年12月，他以作曲家身份被空军特招入伍，来到空政文工团创作组后，很快成为主力。

李昕看到歌词很是兴奋，和阎肃两人立刻找到歌曲的感觉，几乎是一拍即合。

曲子一出来，很出新有创意，立即得到领导支持，在官兵中间传唱大受喜欢，成为空军又一首标志性曲目，也成为李昕的代表作。

·

阎肃（右一）与李昕谈兴很浓

人民空军忠于党

作词：阎　肃　作曲：李　昕

战斗的烽火，

淬炼了我们钢铁的翅膀；

英雄的旗帜，

飞扬着我们忠诚的信仰。

人民哺育我成长，

大地给我力量，

我们接过先辈的光荣，

勇敢地踏上战场；

我们飞向前方，

撑起空天万里长。

人民空军永远忠于党。

　　2013 年，阎肃已经八十三岁了。他在总政治部举办的"强军战歌大型晚会"征歌中，新创作的两首新歌问世。他与作曲家印青共同完成的《当兵前那个晚上》，这首歌取材于新兵入伍前父亲的叮嘱，是一首节奏明快、铿锵有力、充满朝气，召唤青年人从军报国的青春励志歌。

　　2014 年，空军政治部组织所有专业力量投入"空天之歌"的创作，阎肃一个人就写了六首。

　　2015 年 7 月的一天，总政歌舞团团长、作曲家印青接到紧急任务，为电影《百团大战》创作音乐，全剧曲子配好后，还欠一首提振士气点明主题的片尾歌曲。印青脑海中立刻想到一个人，那就是名扬军内外的著名词作家阎肃。

　　但是，印青很犹豫，他知道那段时间阎肃正在为纪念抗战胜利七十周年的晚会排演而忙碌着，演出迫在眉睫，已经八十五岁的老人通宵达旦地参加一场场创作研讨会，已经很疲累了，真不忍心让阎老师有压力。但印青又想不出更合适的人来，于是，硬着头皮给阎肃打电话，讲明此事，让他惊喜的是，阎肃答应得很爽快，没有半点迟疑，就回复说："这是大事，我尽快写！"

　　阎肃一忙起来，就忘了自己的年龄，他仅用了三天时间，就写好了影片的主题歌词，让印青兴奋不已！这首《丹心拥朝晖》成为电影《百团大战》的剧魂，在电影的结尾，这首荡气回肠的歌曲在影院响起时，给画面增添了很强烈的震撼感！让观众看得心潮澎湃！

丹心拥朝晖

作词：阎　肃　作曲：印　青

无声处，听惊雷，
写青史啊铸丰碑。
龙归沧海，英魂壮，
血沃中原劲草肥。

> 抒肝胆，聚风雷，
> 问人生啊能几回。
> 大别秦岭云涛吼，
> 至今澎湃赞军威。
> 抒肝胆，聚风雷，
> 问人生啊能几回。
> 大别秦岭云涛吼，
> 至今澎湃赞军威。

> 浩气昭千古，
> 丹心拥朝晖，
> …………

这部充满主旋律的抗战大片在全国各大影院上映后，观众在重温抗战史、感受抗战时期英雄们激情岁月的同时，也被这首震撼人心的主题曲深深感染着。这部电影成为青少年爱国教育的一部优秀影片。

中国戏剧家协会副主席、戏剧评论家季国平评价阎肃："他的军旅作品立意高、气象大，但内容不空，口气不硬，字里行间寓意深邃又明白晓畅，境界高远且尽得风流。"

阎肃是一个说走就走、从不含糊的人，他走遍了祖国的大漠戈壁、雪域高原、北国雪山、南国雨林的一座座军营。

2014 年春节期间，已是八十四岁高龄的阎肃又一次来到了江西某航空兵师，给官兵们"拜大年"。中央电视台军事频道著名主持人、《军营大拜年》节目制片人卫晨霞提到阎肃，深有感触地说："阎老一到军营就充满了激情，一见士兵就变老顽童，战士们待他像对爷爷，相处久了，更像个知心的大朋友，有什么心里话，都爱跟他说。他写的师歌、

阎肃（前排中）出席空军党代表会议期间，和参会的部分女代表合影留念

空政文工团创作组三位老艺术家（从左至右）阎肃、羊鸣、张士燮

阎肃（后排左三）与创作室成员合影

1982 年酷暑时节，创作组羊鸣、姜春阳、阎肃（右二）、张士燮等在火车站的站台上吃冰棍

团歌、连歌不计其数，甚至一个山沟仓库请他写首'库歌'，他也不推辞。他喜欢和官兵们聊天，家长里短、时尚话题，他聊得妙趣横生、眉飞色舞，战士们听得津津有味、捧腹大笑。"

阎肃几乎写遍了空军各个兵种，每个岗位都有独特的光彩，饱含着常人看不见的厚重情怀。有人曾盘点他一生中创作的一千多部（首）作品，有三分之二的作品都是军旅题材，这还不算他给部队写了无数首团歌、师歌、军歌，只要官兵们有要求，他从不推辞。

年复一年，日复一日，有多少人唱着《我爱祖国的蓝天》长大？又有多少人唱着《长城长》参军？有多少人唱着《连队里过大年》迎送一轮轮寒来暑往？已经无法一一统计，但有一点可以肯定，他们正是唱着《打赢歌》在训练场、演习场上流血流汗，战士们唱着鼓舞士气的军歌，训练热情越来越高涨，身板越来越坚实，精神头越来越足。

2015 年 10 月，就在阎肃由普通病房转入重症监护室的前一天，他还在为空政文工团年轻的创作员修改作品，他创作的《鹰击长空》被谱曲录制出来，也算了却他的一桩心愿。

前些年，军旅文艺"硝烟味"淡了，讲时尚的多，讲兵味的少。而阎肃却始终信奉：军队的文化工作者如果做不到"姓军为战"，就会变成无根的浮萍、无魂的躯壳。

于是，一首鼓舞士气的军旅新歌《风花雪月》又诞生了：

行进队列中，昂首挺起胸，
一身阳刚正气，威武又光荣。
前进队列中，青春火正红，
呼啸风花雪月，燃我强军梦。

铁马雄风，激荡豪迈心胸；
战地黄花，抒发壮丽深情。

楼船夜雪，磨砺英雄肝胆；

边关冷月，照我盘马弯弓。

高歌队列中，心底在冲锋，

战胜一切强敌，我是中国兵。

阎肃的这首新作缘起 2014 年 10 月 15 日，他参加习近平总书记主持召开的文艺工作座谈会时。很多人都没想到，这首激情满怀的军歌，竟然出自耄耋老人笔下喷涌而出的激情之作。在他看来，那些默默无闻的基层官兵是最可爱的人，是他创作中永不干涸的源泉。

阎肃在文工团是出了名的腿勤、手勤、眼勤、脑勤之人，他创作的军旅歌曲响彻全军部队上空，一大批浸透着浓浓战味、军味、兵味的师歌、团歌、连歌被一茬茬官兵接力唱响。

有梦就有希望，筑梦就要圆梦。阎肃用实际行动为圆梦拼搏，将"我的梦"与中国梦、强军梦融为一体，为国家与军队发展贡献力量。

第五章　京腔京韵，引领时代风貌的经典歌曲

1.　京腔京韵溢真情

　　阎肃认为，中国语言的活力和张力非常强，他擅长的四川话基本上属于北京语系，在京味里面变得特别有活力，比如"嘿，大清早你干吗呢？"这样的语言本身就极富音律，在北京生活多年后，阎肃特别喜欢这种京味的语言。

　　1955 年，自从调到北京后，阎肃对老北京人说话的腔调有着浓厚的兴趣，独具特色的皇城根地域文化感染着他。他出生在距离北京城不远的保定，在那里度过了他的童年时代。那时，他从小跟在父母身边，学了一口保定普通话，如果其他城市的人听起来，保定与北京的语言比较相似，但仔细听，还是能听出一种说不出来的差别。北京人张口闭口都爱说个"您"字，这是北京人特有的语言，是一种敬语，听到"您"的称呼，觉得心里热乎、亲切、舒坦。还有许多原汁原味的老北京话，只要一出口就能让人感受到被尊重、有尊严，也有面子了。

　　阎肃在南开中学读书的时候，当时有各地逃难到重庆的戏班子，让他接触到不少的地方戏种。他调到北京工作后，如饥似渴地观摩学习京剧、评剧、昆曲、评书等艺术，每月津贴除了寄给远在重庆的家人和买些必要的生活日用品以外，剩余的那点儿钱，都花在剧场听相声和看戏，

从中汲取文学素养。

　　同时，阎肃喜欢看鲁迅、老舍、曹禺、巴金"四大家"的书籍，尤其是老舍的书让他爱不释手，不管是短篇，还是剧本，他都精读细看，书中充满京味的人物对话以及故事情节几乎熟烂于心。在他看来，处处留心皆学问，只要把知识学到手，没准儿哪天就能用得上，当然，这为他以后写的那些京腔京韵经典歌曲埋下了伏笔。

　　1987年，阎肃应北京电视台导演之约，创作一组有北京特色的歌曲。那时的阎肃已五十七岁了，在音乐界，大家都知道他是永远大步跟着时代走的，有一颗常青不老的心，最愿意尝试新的事物，他的思维超前，也有责任感。果然，阎肃答应得很爽快。

　　其实，阎肃早些年就想过，北京是一座有着三千多年历史的古城，不能只停留在《我爱北京天安门》这样的老歌里，还需要有一些适合当今审美情趣的京味歌曲，自己身居北京多年，说什么也要写几首让老百姓喜欢的北京之歌。

　　一首好听的通俗流行歌曲，不仅要有好的歌词，作曲也很重要！阎肃是个"言必行，行必果"的人，眼下当务之急，他首先要找一位对京腔感兴趣的曲作者。空政文工团创作室的几名作曲家的身影在他脑海里一一闪过，经过认真思考，他觉得姚明年轻聪明，思维比较活跃。阎肃去找姚明商量，姚明第一句话就是："老爷子，没问题，我对各地戏曲都明白点儿，放心吧，我全力配合！"

　　姚明是空政文工团创作室创作员、作曲家，1948年出生于辽宁营口市，六岁学习音乐，1961年考入沈阳音乐学院附中学习，1974年在沈阳音乐学院作曲系进修。毕业后，到沈阳军区空政文工团任指挥。1985年，沈阳军区空政文工团撤销后，姚明调入空军政治部文工团任作曲创作员。

　　早在姚明读中学的时候，他在学校阅览室读到阎肃创作的歌剧《江姐》中唱词："春蚕到死丝不断，留赠他人御风寒。蜂儿酿就百花蜜，愿得香甜满人间。"这是对唐代诗人李商隐诗句"春蚕到死丝方尽"的反其意而用之。从那时开始,姚明就很崇拜阎肃,感觉他能把革命者江姐的英雄气概写出来,这与知识面广与充满正义感分不开的!

当姚明到空政文工团工作后,能经常与自己最崇敬的阎肃老师一起工作,打心眼儿里高兴,处处以他为榜样。那时的姚明年轻活泼,还会讲笑话,人缘很好,看到阎肃在军内外很有名气,创作出许多经典作品,为人却很低调;尽管阎肃在文工团没有担任一官半职,但他德高望重,深受人们的欢迎与尊敬,他把时间和精力全用在自己喜爱的创作中,而且乐在其中。姚明认为,这是阎肃人生中的一种至高境界!

姚明始终把阎肃当成自己心中的偶像,时刻向他学习。阎肃也看出姚明头脑灵活、聪慧与幽默,是能给人们带来快乐很有亲和力的人。为此,阎肃很赏识姚明,认为他年轻、精力充沛,会谱曲还能写词。有时,阎肃还把姚明拉到家里,风趣地对老伴李文辉说:"这个年轻人将来大有可为,是来接我班的。"也许老天开了一个玩笑,多年后,姚明办理退休时,阎肃还没退休,仍然穿着那身空军蓝军装,忙忙碌碌到基层体验生活搞创作。

阎肃在创作京腔京韵歌曲之初,脑子里回响着新中国成立后曾流行过《我爱北京天安门》《北京的金山上》之类经典的歌,认为那些歌太老了。如今,要结合现代人的心态,写出老百姓的新生活,反映时代主旋律,写出新意! 同时,谱出的曲子一定要有京腔京韵。

北京的戏、北京的茶、北京的桥、北京的人以及北京的历史等等,早已深深印在阎肃的脑海里,尽管他在北京生活多年,但是,他要写的北京不是一个简单的地域概念,而是心怀大中华的概念,要让北京与整个中国乃至全球华人的心一起跳动。不久,他写出了歌词《故乡是北京》,他越写越有感觉,越写越充满信心。

姚明是东北人,乡音较重,一说话就能带出一些东北腔,但他对京韵文化有着独到的研究,在作品里语言处理得很好。在他看来,创作歌曲的语言风格把握是第一位的，这也很符合歌曲创作规律，好歌曲都是词与曲的韵律完美结合。

姚明对语言风格很敏感，能惟妙惟肖地模仿一些著名人士的方言。自从他调到空政文工团工作后，时常学习北京话的发音，这对他创作京腔京韵歌曲起了很大作用。

当时，北京电视台的导演拿到他俩最初创作的几首京腔京韵歌曲后，十分满意。于是，阎肃放开手笔，一鼓作气连续创作了《故乡是北京》《唱脸谱》《前门情思大碗茶》《北京的桥》《京城老字号》《外国人喝豆汁》等十九首歌曲，经军内外歌唱家演唱后，大受欢迎，开创了京味歌曲的"新河"。随后，这些歌曲被制作成两盒磁带，销量火爆。又被做成风光片，依然风光无限。北京电视台的领导意犹未尽，于是，台长找人编排这十九首歌，在当年的春节晚会上演出。

1990 年，阎肃用《前门情思大碗茶》中最后一句歌词"京腔京韵自多情"命名为当年春晚的名字，以十九首京味歌曲为主，再加些小品，串成了一台丰富多彩的晚会。那台晚会一经播出，大受全国观众喜爱，影响深远。有的歌曲早已漂洋过海，可见它的影响力是深远的，无疑，阎肃是中国戏歌的开山领路人！

姚明在阎肃创作的这组歌词中大胆融入京剧曲调，这批散发着浓浓京味的歌曲，一经亮相，很快成为脍炙人口的流行歌曲，姚明还被誉为是中国戏歌的先行者！

随着国家基础教育新课标的逐步实施，音乐教材中加大了民族音乐的比例，根据学生的心理发展特点，有的放矢地选择了种类多样、色彩鲜明的各民族各地域的民间音乐，而阎肃创作的这些京味歌词，也被选入学生们的教材。

有人说，北京电视台所有的晚会中，特色最浓的就是这台大受观众热捧的京腔京味晚会了，让观众耳目一新。那台晚会距今已经三十年了，那一幕幕鲜活的精彩镜头，依然温暖在人们的记忆深处。

2. 前门情思大碗茶

"一蓬衰草，几声蛐蛐儿叫……吃一串冰糖葫芦就算过节"这是阎肃创作的关于喝茶的著名歌曲《前门情思大碗茶》中的歌词。阎肃曾经对老伴李文辉说，自己身体好的原因也有茶的一份功劳，这种饮料在清淡中含有太和之气，让人的心变得宽容、平静，内心没有大的起伏。心急烦躁的时候，喝上两口茶也很有用。阎肃为推敲一些词句难以下笔时，喝上一口茶，就能感受到茶内在的冲虚太和之韵。他说，饿一天可以，但不可一日无茶。

阎肃与茶的缘分源于 20 世纪 60 年代。那年，他和同事去福建某部队创作采风，走到汕尾途中，大家坐小渔船过河，他们与老船夫闲聊时说起了茶，谈兴正浓之时，小船快靠岸了。

突然，天空下起了小雨。老船夫和阎肃几个人坐在船篷子里躲雨，老人拿出自己珍藏的好茶，摆上几只茶碗，给他们头头是道地讲起了喝工夫茶的规矩。没想到的是，在这么一个小木船里，一个普通的老船夫竟然知道这么多茶道知识。老船夫一口福建话，尽管在语言交流上有点儿障碍，但他品茶时那美滋滋的模样，让阎肃久久难忘。

从此，让阎肃对喝茶之事刮目相看，也正是那次偶遇，他开始关注与茶有关的传说和典故，慢慢读懂了茶道中所蕴含的丰富文化内涵，为后来创作《铁观音》歌曲打下了基础。

2002 年 12 月 18 日，"首届中华茶产业国际合作高峰会"在"中国茶都"福建安溪举办，开幕式上，由阎肃作词、孟庆云作曲、毛阿敏演唱的《铁观音》歌曲，轰动一时。

当阎肃创作歌曲《前门情思大碗茶》的时候，他想了许多关于茶的往事，他忘不了当年每到盛夏时节，太阳高照，酷热难耐，就能看到人

音乐会上，阎肃介绍与姚明合作的往事

们在街道露天小茶铺里喝茶歇脚聊天的情景。阎肃也喝过大碗茶，简单的大案板上，摆着一摞大茶碗，价钱也很便宜，店老板热情地吆喝着，客人接过一大碗茶汤，一口一口喝进去，那真叫解渴啊。

那段时间，阎肃正琢磨着如何写与茶有关的歌词，偶然在《北京晚报》上看到一篇文章，讲的是一位老华侨，回国找寻在故乡的儿时记忆，文字里充满了对故土、故乡难以割舍的情感。

这篇文章给阎肃很大启发，一碗豆汁儿、一棵老槐树、一大碗茶，往事在他脑海里一一闪现。常言说，酒是三杯通大道。他看茶道同样也是，尤其是物美价廉的大碗茶是老百姓的最爱，喝茶如此，写出有关茶的歌也应该如此。想到这些，阎肃当即写了一首反映思乡情结的著名歌曲《前门情思大碗茶》，浓浓的京腔、深深的京味，很快被大家传唱开来。

"其实，歌词中有的细节和元素来自老舍先生的小说。"阎肃谦虚地对关心这首歌的老朋友说，他很怀念过去的老茶馆，像老舍先生描述的"裕泰茶馆"，还有重庆朝天门前的茶馆，坐在那里喝茶聊天侃大山，那些是属于老百姓生活中最亲切的茶，是孕育大众艺术的地方，心里透着一个美哟！每次想到那一幕幕喝茶的情景时，都让阎肃回味无穷。

1988 年，阎肃与姚明创作的《前门情思大碗茶》，由杭天琪演唱，效果非常好，受到广大歌迷的欢迎。1990 年，杭天琪在北京电视台《京腔京韵自多情》晚会上，再次演唱了这首歌曲，很快在社会上流行起来。后来，杭天琪离开了空政文工团，渐渐淡出了歌坛。当刘晓庆以一身民国范的男装在晚会上亮相再唱此歌时，让观众耳目一新，受到电视机前观看春晚节目观众的喜爱。

1990 年央视春晚，李谷一身穿漂亮的旗袍，一把精致的扇子握在手中，演唱了《前门情思大碗茶》，唱出了她独特的情、独特的韵，情感更加细腻。

2012 年，中国文艺界迎春联欢会召开，阎肃、姚明、李谷一三位词曲作者、演唱者相见后，大为欣喜，在现场拍下了一张很有意义的合影。

每个歌唱家都有自己的演唱风格，这首深受歌唱家喜爱的歌曲，也给广大观众呈现出不同的韵味。著名京剧表演艺术家李胜素演唱这首歌的时候，又糅进了特有的京剧元素，让这首歌更增添了无穷魅力。阎肃把对北京大碗茶的情和意倾注于这优美的歌声里，柔肠入骨，飘扬海内外，引起无数华人对故乡的思念之情。

3. "脸谱""变脸"唱响大舞台

中国传统戏曲演员脸上的绘画称为脸谱，它用于舞台演出时的化妆造型艺术，不同行当的脸谱，情况不一样。脸谱用来表现人物的性格和特征。脸谱分为四种：生、旦、净、丑。中国京剧脸谱艺术是广大戏曲爱好者非常喜爱的艺术门类，在国内外流行的范围相当广泛，已经被大家公认为是汉民族传统文化的标识之一。

音乐会上，阎肃与李谷一同台讲述往事

　　脸谱来源于舞台，人们也时常在大型建筑物、商品的包装、各种瓷器以及人们穿的衣服上，都能看到风格迥异的脸谱形象，这远远超出了舞台应用的范围，足见脸谱艺术在人们心目中所占据的地位，说明脸谱具有很强的生命力。许多国际友人、国内的有识之士出于对中国戏曲脸谱的好奇与喜爱，也探索着脸谱的奥秘。

　　阎肃创作出的歌词《唱脸谱》更是把中国戏曲舞台上各种人物的脸谱表现得淋漓尽致，赢得同行的赞叹。他多次对观众介绍说："京剧是我国戏剧中的国粹艺术，我很爱听也爱看，那些个性鲜明的脸谱很有艺术美感。"

　　正是出于对京剧脸谱的热爱，所以在阎肃的歌里大多都能品到"京味"。他很谦虚地说："京腔京韵自多情嘛，我的歌词写得再好，若没有一大批优秀的作曲家谱曲，没有一大批歌唱家去演唱，也就不会被大众所接受了。"

唱 脸 谱

作词：阎 肃 作曲：姚 明

外国人把那京戏叫作 Beijing Opera，

没见过那五色的油彩愣往脸上画，

"四击头"一亮相（哇呀……），

美极啦，妙极啦，简直 OK，顶呱呱！

蓝脸的窦尔敦盗御马，

红脸的关公战长沙，

黄脸的典韦，白脸的曹操，

黑脸的张飞叫喳喳！

外国人把那京戏叫作 Beijing Opera，

没见过那五色的油彩愣往脸上画，

"四击头"一亮相（哇呀……），

美极啦，妙极啦，简直 OK 顶呱呱！

紫色的天王托宝塔，

绿色的魔鬼斗夜叉，

金色的猴王，银色的妖怪，

灰色的精灵笑哈哈！

外国人把那京戏叫作 Beijing Opera，

没见过那五色的油彩愣往脸上画，

"四击头"一亮相（哇呀……），

美极啦，妙极啦，简直 OK，顶呱呱！

一幅幅鲜明的鸳鸯瓦，

一群群生动的活菩萨，

音乐会上，孟广禄在演唱《唱脸谱》

一笔笔勾描，一点点夸大，

一张张脸谱美佳佳（哇哈哈……）！

阎肃与姚明合作的这首歌，把京剧曲调跟流行音乐巧妙融合在一起，用流行音乐通俗的形式表现了古典艺术，因此，他所创作的京戏歌曲都是在传统文化深厚积淀的土壤上，才能开出一朵朵鲜花。

在空政文工团成立六十周年阎肃作品音乐会上，著名歌唱家孟广禄等人演唱了阎肃和姚明共同创作的京味歌曲《唱脸谱》。孟广禄曾获全国青年京剧演员电视大奖赛"最佳表演奖"和"优秀表演奖"，全国京剧青年团（队）新剧目会演"优秀表演奖""梅兰芳金奖"，中国戏剧"梅花奖""文华表演奖"等，被评为首届"中国京剧之星"。孟广禄的嗓音洪亮高亢、气力充沛、行腔委婉细腻、韵味醇厚，颇具方荣翔的神韵，观众听了这首歌后，全场掌声雷动，内心激动得久久不能平息。

空政歌舞团著名男高音歌唱家陈小涛与阎肃有着深厚的感情,当年,歌剧《江姐》享誉大江南北的时候,电影《江姐》也正在各地播映。年少的陈小涛很喜欢听《江姐》的歌,喜欢看歌剧《江姐》的戏,对《江姐》有着一种特殊的感情。十七岁那年,陈小涛考进空政文工团学员班。1979年1月1日,他从重庆来到空政文工团的歌剧团报到,终于见到了让他敬佩的阎肃老师,为自己能考上这么好的文工团而感到兴奋。

陈小涛来到北京后,才发现南方与北方气候不同,冬天下着大雪,天气也比较冷,大家住的都是平房,生活条件比较差,与他想象的歌剧团有一定差距。阎肃和团里的老同志到宿舍看望这些刚报到的学员,对他们嘘寒问暖,给他们送来棉衣御寒。

最让陈小涛感动的是,春节来临之际,年轻的学员比较多,没能回家探亲,团里的老同志不可能把每一名学员请到家里去过年,为此,阎肃提议从各自家中带一道最拿手的菜给学员们吃。陈小涛至今还记得,阎肃从家里拿来用糯米蒸的八宝饭,笑眯眯地给学员们说:"吃吧,这是我老伴给你们做的,看看可口不?"学员们品尝着八宝饭,感受着阎肃慈父般的温暖。

后来,陈小涛考入解放军艺术学院声乐系,毕业后又回到空政文工团工作。阎肃对陈小涛关切地说:"小涛,既然选择了这条路,就要坚定地走下去!"陈小涛经过"军艺"的深造,获奖无数,他的演唱水平有质的飞跃,成为空政文工团著名男高音歌唱家、国家一级演员、空政文工团副团长。

阎肃始终有追求精品的意识,能充分地把握词的内涵,这一点深深影响着陈小涛。当年,陈小涛曾推出一首川味歌曲《麻辣烫》,很受歌迷喜爱。阎肃提醒着陈小涛说:"小涛,大家对你的《麻辣烫》反映非常好,说明你已经找到感觉了,千万别骄傲,今后继续出新。"

在重庆度过青少年时期的阎肃,尽管在北京工作生活多年,但那片故土散发出的浓浓川味文化始终在他脑海里魂牵梦萦着。有一段时间,他的脑子里一直在想川剧演员变脸的绝活，他想，如果能写一首关于变脸的歌就好了。阎肃有了这种想法，也成就了备受人们喜爱的《变脸》歌曲，当陈小涛看完阎肃创作的《变脸》歌词后，喜出望外，暗自赞叹：阎肃不愧是大艺术家，前后三段，围绕变脸的精神、技巧以及瞬间的艺术，写得惟妙惟肖，很多歌词提炼非常精准。

陈小涛拿到孟庆云为《变脸》创作的曲子后，在里面多加了几个"变变变——"试唱时，经两个人谱曲后，他很快找到感觉，而且唱起来很带劲。果然，这首歌曲一经推出，四川各大报纸，包括著名的川剧表演大师魏明伦都称赞说："你唱出了川剧变脸的精髓，阎老写的《变脸》太好了！"这首歌很快赢得了广大听众的喜爱，歌词没有一句废话，句句在理，几乎天衣无缝。后来，由陈小涛演唱的这个作品还获得了全国"五个一工程"奖优秀作品奖、"金钟奖"大奖、"全军会演三项一等奖"等多个大奖，被评为四川新民歌文化的代表。

阎肃善于听取不同意见，始终保持着谦虚待人的处事风格，时刻感染着像陈小涛这样年轻的歌唱家。阎肃夫妇眼见着陈小涛从一名普通的

音乐会上，陈小涛在演唱《变脸》

学员，一步一个脚印，成为文工团副团长，看到他不断取得进步，感到很欣慰。

著名作家苏叔阳评价阎肃的歌词时说："在他的歌词里大白话居多，但他的大白话里都是学问，俗中见雅，耐人寻味，既不是白开水，也不装腔作势，而是一首一首有丰富文化内涵优美的诗！让人不得不服！"

面对名家的赞誉，阎肃风趣地说："这是我过去逛戏园子的一大收获啊！其实，好歌不是凭空想象出来的，它源于几十年的生活积累，同时也植根于博大精深的中国传统文化，蕴藏在中国京剧等姊妹艺术之中。"

4. 京腔京韵呼唤海外游子

阎肃创作的歌曲非常接地气，他能及时理解中央怎么想，也关心老百姓要什么，时刻关注着时代的发展变迁。

早在1979年元旦，阎肃就注意到中国大陆发表了《告台湾同胞书》，欢迎台湾人民返乡探亲，并保证"来去自由"，但台湾当局一概以"不接触、不谈判、不妥协"来回应，致使一些想念家人的台湾老兵开始经由移民的途径走向返乡之路，更多的老兵只能苦盼台湾当局能开放探亲。

1987年4月，台湾退伍老兵组成了"外省人返乡探亲促进会"，母亲节这天，老兵们身穿"想家"字样的上衣，手持"白发娘望儿归、红妆守空帏"等标语，泪流满面地在台北中山纪念馆唱"母亲你在何方"，悲怆的场面让台湾为之沸腾。当年9月16日，台湾地区领导人蒋经国在国民党中常会宣布将开放大陆探亲，随后吴伯雄在10月15日宣布，一年一次，一次三个月。为了维持官方不接触形式，台湾当局将民间的红十字会作为交流窗口。11月2日当天上午9时起才开放登记，当天凌晨就已人山人海。第一天登记人数达1334人，十万份申请表格半月内被索取一空，开放后的六个月内登记人数达14万人。

自从台湾当局开放老兵赴大陆探亲以来，阎肃的目光时刻关注着海峡对岸的宝岛台湾。1987 年，他创作出了歌曲《故乡是北京》，以此表达海外游子回到故里时发自内心对北京的热爱和思乡之情，姚明为这首歌谱曲，曲调悠扬、高亢、有力，昂扬着一种民族的自豪感。经空政文工团歌唱演员安冬和歌唱家李谷一等人试唱后，最终确定由李谷一为首唱，1987 年李谷一把歌曲收录在专辑《难忘今宵》之中。

1988 元旦前，阎肃把歌曲《故乡是北京》推荐给中央电视台元旦晚会的导演袁德旺。在《难忘一九八八：中央电视台元旦晚会》上，李谷一把京腔京味的歌曲《故乡是北京》奉献给全国电视机前的观众，很快风靡华夏大地。这首歌成为中国乐坛上又一个里程碑，这首歌曲一夜走红，同时，也是李谷一又一首代表作品。许多离开北京多年的海外华人听到此歌，对北京心驰神往，这首歌产生的影响力意义深远。

故乡是北京

作词：阎 肃　作曲：姚 明

走遍了南北西东，也到过了许多名城，
静静地想一想，我还是最爱我的北京。
不说那，天坛的明月，北海的风，
卢沟桥的狮子，潭柘寺的松。
唱不够那红墙黄瓦太和殿，
道不尽那十里长街卧彩虹。
只看那紫藤、古槐、四合院，
便觉得甜丝丝，脆生生，京腔京韵自多情。
不说那高耸的大厦，旋转的厅，
电子街的机房，夜市上的灯。
唱不够那新潮欢涌王府井，
道不尽那名厨佳肴色香浓，

　　　　单想那油条豆浆家常饼，

　　　　便勾起细悠悠，密茸茸，甘美芬芳故乡情。

　　　　走遍了南北西东，也到过了许多名城，

　　　　静静地想一想，我还是最爱我的北京。

　　跨界音乐人吴彤参加央视《记住乡愁》第三季开播晚会的录制，倾情献上一首《故乡是北京》，与京胡演奏家姜克美、弦乐演奏家刘麟一起，高唱京韵大曲。节目现场，吴彤一袭中式服装，神采奕奕，以手持笙，演奏得身姿潇洒、气势如虹。

　　较早唱《故乡是北京》歌曲的还有歌唱家安冬、周灵燕。李谷一是1988年在电视上唱的，由于央视春晚受众广，所以大家都以为她是这首歌曲的原唱，这首歌唱得好的还有京剧名家李胜素的版本。

　　阎肃能用多样化的手法来反映主旋律，能把个人的理想与才华，融入时代的脉搏中，他从不在歌里喊口号、喊标语，而是用深沉情感和人文情怀，追求艺术的质朴和完美。他认为：创作一个作品，就要穷尽自己的智慧，即使成不了精品，也不要留下遗憾。大凡传世之文者，必先有可以传世之心，正因为阎肃胸怀祖国的一片赤诚之心，才能在歌词里有真情流露。

5. 在BTV度过最后一个温馨的生日

　　一首首激励人奋发向上或优美抒情的歌曲、一部部充满革命英雄主义的歌剧，都成为阎肃从事文艺工作以来令人敬羡的经典作品。他从不居功自傲，在搞创作的同时，慧眼识珠发现和挖掘不少新人，当年一些刚出道的年轻演员，正是唱着他的歌成为中国歌坛的一代歌星。阎肃常常鼓励周围的演员不断进取，积极推荐有潜力的演员。每当他看到那些年轻歌唱演员唱着自己写的歌活跃在舞台上，赢得热烈掌声的时候，总会流露出发自内心的喜悦。

这些年，阎肃早已成为北京电视台音乐栏目的常客，每次到场，他那幽默风趣、充满智慧的点评总能让节目增色许多，令观众在笑声中得到启迪。

2015 年 5 月 9 日，这一天是阎肃八十五岁的生日，李文辉怕影响老伴下午去北京电视台录制节目，临近中午，她和孩子们为阎肃准备了生日礼物，为他举办了丰盛的生日宴席，让他在家里度过了一个隆重而愉快的生日，也让他感受着家庭的温馨与幸福。

这一天，阎肃原本可以在家好好休息的，因为那些天他为策划纪念抗战胜利七十周年大型晚会而忙碌着，需要保持充沛的精力和体力。

这一天，他完全没必要到电视台增加曝光率，因为他早已是家喻户晓、获奖无数的著名词作家，是文艺界德艺双馨、受人尊敬的老艺术家。

但，就在这一天，阎肃还是欣然走出家门，因为，他应北京电视台《我家有明星》栏目的邀请，将与台湾地区著名作曲家左宏元（笔名古月）先生及到场嘉宾联手推荐被人们称为"小邓丽君"的小歌星戴韩安妮。这将是海峡两岸音乐人在北京电视台非常有意义的历史性见面。

一提到华语乐坛著名制作人、作曲家左宏元，阎肃立刻想到一代歌星邓丽君、凤飞飞等著名歌星，她们正是演唱着左宏元作曲的多部影视剧主题曲成功走红。那时，从海峡对岸飘来的《甜蜜蜜》《小城故事》《千言万语》等一首首轻松活泼、散发着清新气息的台湾歌曲，深受大陆歌迷喜爱。左宏元不仅是邓丽君的恩师，还力荐赵薇参演《还珠格格》，并提携赵薇演唱《有一个姑娘》，成就了后来大红大紫的"小燕子"。

阎肃尽管以创作军旅歌曲为主，但他的歌词里蕴含着军人的柔情，如今，海峡两岸两位乐坛奇才都为推荐小歌星戴韩安妮而来，他俩都是为他人作嫁衣的"伯乐"。在《我家有明星》栏目录制现场，阎肃见到了从台湾专程赶来风尘仆仆的左宏元，跨越海峡音乐人的两双大手紧紧握在一起，两个人共同走向嘉宾席。那天，到场的嘉宾还有著名音乐人包胡尔查、著名相声演员李伟建以及歌唱演员王菲菲、宋宁。

在多彩舞台灯光的照射下，一位年仅十三岁的美丽少女映入观众眼帘，顿时，台下一片掌声。左宏元高兴地对阎肃介绍说："她就是今天的主角戴韩安妮，我是参加北京邓丽君主题餐馆的活动时，发现这孩子很有音乐天赋。当时，她在台上唱了一首歌，那声线跟当年十五岁的邓丽君非常相近，让我大为惊喜！"

阎肃认真地打量着小安妮，发现这女孩年龄虽小，但气质高雅，站在舞台上，能微笑着面对观众坦然自若，丝毫不怯场，凭着他多年培养新人的经验，感觉这女孩很有潜力。

果然，《我家有明星》栏目主持人秦天和顾阳向观众介绍说：戴韩安妮出生于音乐世家，四岁开始学钢琴，从小受家庭音乐氛围的影响，耳濡目染，让她对音乐有着独特的天赋。九岁那年，小安妮在父亲的车上听到邓丽君的歌之后，萌发了对唱歌的兴趣，她模仿能力很强，很快学会了许多邓丽君演唱的歌曲。2012 年 12 月 14 日，小安妮还成功举办了人生第一场个人演唱会，成为全球第一个以最小年龄成功举办邓丽君歌曲个人演唱会的音乐家。她的演唱得到了音乐泰斗、邓丽君的老师左宏元先生、著名词作家庄奴先生和邓丽君文教基金会董事长邓长富先生的高度赞扬和欣赏。

在录制现场，小安妮在舞台上唱了几首左宏元的歌。阎肃坐在嘉宾席上，也被小歌手的歌声打动了，他听得很认真，手指也随着音乐在桌子上轻轻打着节拍。

主持人问了小安妮一连串问题："你这么小的年龄就已经是小明星了，你周围的同学们会不会和你有距离感？你如何处理周围异样的眼光？"小安妮羞涩得一时不知如何回答。

阎肃现场为小安妮支了两招："一是要学会做到'旁若有人'，不要计较别人的议论，眼里要有人，做好自己就好！二是不要让别人时刻知道自己是明星或举办过个人音乐会，那样会让你们之间产生距离，你的生活要简单一点儿，甚至'傻'一点儿，哈哈一笑也就过去了，也就没事啦。"

阎肃这番充满智慧而真诚的话，让小安妮听后露出开心的笑容，在场的观众也被他说话时幽默的神情逗乐了。

栏目录制快要结束的时候，主持人秦天和顾阳神秘地提醒现场的观众："现在还有一个隆重的仪式将跟大家一同分享，今天我们为一位德高望重的老寿星准备了一个生日蛋糕，大家猜猜是谁呢？再猜猜他今年高寿呢？"现场观众不约而同向台上的嘉宾望去。

"对，他就是我们可敬可爱的著名词作家阎肃老师！他今天将度过八十五岁的生日！"

主持人的话音刚落，现场立刻响起一片热烈的掌声和欢呼声，在大家心目中的阎肃是那么乐观年轻，而这位目光炯炯、精神矍铄的老人，竟然已经八十五岁高龄了。

阎肃双手抱拳笑着向大家致谢，在现场嘉宾和主持人的簇拥下，向舞台走去，面对大家真挚的祝福，他笑着说："我还年轻着呢，我是一名'80后'。"

此时，一个精美的生日大蛋糕摆在舞台上，灯光暗下来了，蜡烛点燃了，在大家共同唱"祝你生日快乐"的歌声中，阎肃微闭双眼，双手合掌，默默许愿。几名热心观众现场问："阎肃老师，能透露一下您刚才许的什么心愿吗？"

阎肃听后笑着说："那可不能说出来，否则就不灵啦。"他那认真而又神秘的表情，惹得大家都笑出了声。还有的观众跑上舞台跟阎肃合影，他来者不拒，在每一张合影中，他都露出开心的笑容，成为现场众人追逐的明星。

那一天，阎肃在推荐小歌星的舞台上，度过了人生中的最后一个生

阎肃与左宏元在节目录制现场

节目组工作人员与现场观众共同为阎肃庆贺生日

日！

那一天，阎肃平易近人和蔼可亲的容颜，深深定格在观众的记忆里，定格在北京电视台《我家有明星》栏目的历史上！

那一天，人们都不知道他在现场许下了什么心愿，但心存美好的人，无论许下什么样的心愿，都会温暖着你我他！一定是世上最美好的心愿！

那一天，阎肃回到家，已是晚饭时间了，家里又迎来一群好朋友、好战友为他庆贺生日。

那一天，阎肃居然过了三次生日，每一次都饱含着家人、同事、好友对他的真挚祝福，大家都不约而同地祝愿他身体健康，永葆青春活力。

谁都不知道意外和明天哪一个先来。让大家没有想到的是，四个多月后，这位备受广大歌迷喜爱的老人、音乐奇才倒在病床上，处于昏迷之中，从此，人们再也听不到他爽朗的笑声，再也欣赏不到他的新作品了。

第六章　词坛泰斗，站在时代浪潮上放歌

1. 永葆童心的"80 后"

阎肃年过八旬，在常人看来，应该是退休在家尽享天伦之乐了，但他却笑称自己是"80 后"，他喜欢跟 90 后的小青年交流，还对当下青年人喜欢玩的"B-BOX"有所了解。这个起源于美国、在 21 世纪初兴盛起来的音乐文化，类似节奏音乐口技，但又有别于中国传统口技的一种表演。

当年，阎肃去基层部队采风时，看到士兵表演的"B-BOX"连声称赞，被年轻士兵们的幽默表演逗得哈哈大笑。他常对周围的同事说："一个人不管你活多大年龄，在世间都是一个天真无邪的孩子，对一切要充满好奇心，作为一个艺术家需要童心和激情。如果总感觉老了，每天感叹人生短暂，对什么也看不惯，你就无法跟上时代的步伐。"

许多上了年纪的人很难接受新事物、新思潮，面对新的名词有一种排斥感，甚至有一种"接受恐惧症"，然而，耄耋之年的阎肃对一切新事物都充满了好奇，他紧跟时代的节拍，去吸收、去运用，抽时间还去探究背后流行的原因。和阎肃交往的人都能从他嘴里听到"偷菜""雷人""键盘侠""网红"之类新鲜的词语。

以创作军旅歌曲为主的阎肃对流行音乐绝不排斥，他对歌星周杰伦

的《菊花台》《青花瓷》《千里之外》的歌也很感兴趣，他还建议其他词曲作家尝试一下当今年轻人喜爱的曲风。当年，阎肃创作的《雾里看花》《北京的桥》等歌都能从中品味出时尚的元素，在创作中还加入一些时下流行的说唱，效果出奇地好，被人们亲切地称为"时尚老头"。

阎肃思维清晰、精力旺盛、语言俏皮，很难想象他已是一位八十岁的老人，性格率真的"老顽童"形象让大家感觉他可爱可敬。他常常对年轻的军旅音乐人讲："军旅歌曲就是要把年轻飞行员的青春帅气表现出来，要主动吸收、接纳、传播好歌，让自己的眼界更开阔，让自己始终保持创作激情，在体验生活中自然会有灵感迸发。"

阎肃正是抱着一颗挚爱之心对待生活，生活也同样回馈给他丰厚的果实。他是很多中国顶级学会（协会）的会员，早在20世纪50年代，他就加入中国曲艺家协会、中国音乐家协会、中国作家协会、中国剧作家协会、中国电视艺术家协会、中国歌剧研究会等。他还曾经担任中国剧作家协会副主席、中国音乐文学会副主席及终身名誉主席。

阎肃在中国音乐文学学会里比较活跃，他积极推广音乐文学的研究创作，为基层音乐文学工作者及爱好者做培训工作，许多听过他讲课的学员还寄来信件，向他倾诉听课后的感受。阎肃总能及时回信为学员们解疑释惑，他认为这种方式让自己的知识面也更广了。阎肃和年轻人经常在一起时，感觉很快乐，心态变得也格外年轻。年轻人也很惊讶和八十岁高龄的阎肃交流没有代沟，他那种超前新潮的思维让一些年轻人也望尘莫及。

2006年前后，一些电视台选秀活动接踵而来，网络歌曲蜂拥而至，有港台歌曲也风起云涌，在这股劲爆的流行风潮盛行下，引起了全社会的深切关注。针对那些低俗歌曲，不少群众发出了"是人们不再需要积极向上的精神滋养，还是传媒没有担当弘扬主旋律责任""是'随波逐流'，还是'独辟蹊径'"的追问。

当时，江西卫视人认为：无论时光如何流转、时代如何变迁，人们内心深处对真善美的向往是一致的，对积极向上的精神追求是一致的，而江西又是革命老区，有着丰富的教育资源。经过反复思考，江西电视台领导结合纪念红军长征胜利七十周年，决定根植于江西的红土地，推出《中国红歌会》电视活动，"把红色做成特色，以主流引领多元"。

因此，江西电视台以唱响红色经典，弘扬先进文化，建设中华民族共有的精神家园为主题，首创了《中国红歌会》节目，并且连续办了好几届，成为江西省的一个文化品牌，成为中国弘扬先进文化的代表。一时间，"红歌赛"成为江西民众街头巷尾的热门话题，也涌现出了不少优秀歌手，比如玖月奇迹、黄训国、陈思思、梅林组合等等。

那时候，阎肃、滕矢初、王佑贵等全国知名音乐人成为"红歌会"最重要也最受欢迎的终审评委。

2008年，阎肃在中国音乐家协会召开的"抵制网络歌曲恶俗之风"座谈会上，他说："主旋律如果唱不响，杂音噪音就会有市场！"并号

终审评委（从左至右）作曲家王佑贵、剧作家阎肃、音乐家滕矢初在红歌赛上

召大家要坚决抵制网络歌曲恶俗之风，倡导传承红色经典、大唱时代主旋律。他对周围的同事坚定地说："我的一切都是党给的，我们是党的人，就要大唱中国梦、大唱强军歌。"

阎肃的创作始终与时代保持同步，为此，他创作了反映廉政方面的歌词，由著名作曲家孟庆云谱曲的主旋律歌曲《心里装着谁》，这首歌曲寄托了音乐家对党的廉政建设的殷切希望。空政歌舞团著名男中音歌唱家、国家一级演员佟铁鑫声情并茂的歌声，很贴心、很接地气，这首歌也成为阎肃晚年的又一佳作。

从《心里装着谁》的歌词中不难看出，阎肃真不愧是善用修辞的高手，他在歌词中写道："天心里装着明月，花心里装着芳蕊。在这花香月美的时刻，想一想心里装着谁……"阎肃从"天心里有明月，花心里有芳蕊"起兴，引起人心的类比，最后落到（你们这些当官的）要"心里装着普通老百姓"。每一句层层递进，又没有用生硬说教的警告方式，这首歌极具思想性和艺术性，再配上著名作曲家孟庆云笔下流淌的优美旋律，在社会上广泛流传，不失当今反贪反腐的一首好歌。

"生活就像一面镜子，你怎么对待生活，生活就会怎样对待你。"阎肃用自己的热情拥抱生活，用激情去创作，同样，周围的年轻人喜欢跟他交朋友、说真心话，把他当成长辈、好朋友一样聊天。多年来，阎肃觉得自己这把年纪了还能受到这么多年轻人的喜欢，自然也激发了他的创作热情，妙笔生花，无数的流行歌曲也源源不断地出自他的手笔。

2. 敢问路在何方

《西游记》是中国四大名著之一，作者吴承恩在书中以唐玄奘去天竺（印度）取经的故事为中心，经过大胆想象、巧妙构思创作而成。在清代，这部小说传入日本同样大受欢迎。然而，经过几百年的演变之后，日本式的《西游记》已经变得与原著有着较大差异，几乎从一开始就出现了翻译的误差。

1978 年，日本电视台播出了电视剧《西游记》，轰动一时。本片可以说是日本电视剧史上的杰作之一，当时日本的摄制组还跑到中国大陆进行实景拍摄。

让中国观众大跌眼镜的是：三藏法师由当时只有二十一岁的女演员夏目雅子来扮演。直到今天，如果问起日本一些国民有关三藏法师的事，还有一部分人会回忆起由夏目雅子所饰演的唐僧形象，剧中的唐僧居然还能和孙悟空产生了爱情，简直把中国的文化精髓丢得一干二净。

1981 年底，中央电视台从日本购进电视剧《西游记》播出版权后，收到数百位观众对于日本剧组不尊重原著的抗议信，中央电视台的领导鉴于转播的日本电视连续剧远超过其他剧目收视率等情况，看出中国观众对《西游记》有着极大的兴趣，就决定尝试拍摄由中国人改编的名著剧。中央电视台领导让从事舞台转播工作的杨洁组织班底，着手进行电视连续剧《西游记》的拍摄。该剧寻找投资阶段，已有各路作曲家纷至沓来，杨洁不论名气大小与否，请每人各作一段曲子。

在 20 世纪 70 年代改革开放初期，中国的音乐创作迎来了空前繁荣，在 20 世纪 80 年代前后，一些电影中也出现过具有通俗音乐风格的插曲，也成为后来中国电影、电视音乐创作效仿的格局和模式，在 1986 版电视剧《西游记》中就融入了通俗的流行曲调。

1983 年《西游记》剧组组建后，音乐编辑王文华给导演杨洁送来了几首歌，杨洁审查后，觉得里面还缺少了什么，都给否定了，决定另找人创作。情急之中，王文华找到北京科学教育电影制片厂作曲卢士林，要求卢士林想办法找到空军词作家阎肃为《西游记》创作歌词。

卢士林和阎肃夫人李文辉同在一个单位工作，那时的李文辉已经从部队转业，到北京科学教育电影制片厂当医生。李文辉上中学的时候就喜欢读《西游记》，深知拍摄这部剧的重要性，听说让阎肃为电视剧《西游记》创作歌曲，非常高兴。

那段时间，阎肃每天关在书房里，正忙着创作军旅歌曲，但他还是答应了夫人李文辉的请求，因为，阎肃也很喜欢《西游记》这部书。他很快动笔了，把创作《西游记》插曲当作首要任务来完成，这也是李文辉第一次为朋友走了个"后门"。

接到这个任务后，阎肃把自己关在家里开始琢磨：唐僧师徒四人，作为大师兄的孙悟空牵马走在前，师傅唐僧在他身后，沙和尚挑着担子，善于倒打一耙的猪八戒跟在后头。当天晚上在书房内铺开纸，落笔就是四句："你挑着担我牵着马，迎来日出送走晚霞。踏平坎坷成大道，斗罢艰险又出发……"写完后自己都感觉这词很棒，紧接着又写出了"你挑着担，我牵着马，迎来日出送走晚霞，风云雷电任叱咤，一路豪歌向天涯……"

这些词句，好似天然生成，从笔下涌出。阎肃反复吟诵的时候，仍

阎肃夫妇在家合影

感觉缺乏深度，为此，他在书房里思索着如何再让歌词增强新意。但再往下写就写不下去了，想词想得头疼。阎肃穿着拖鞋，从客厅踱到卧室，又从卧室踱到书房，一走就是两个星期。

那些天，李文辉看到老伴一直在思索歌曲的事，安慰他说："别急，慢慢来，以前能写出好作品，《西游记》这个古典名著一定也能写好！"阎肃"嗯"了一声，又若有所思地回到书房。坐在桌前沉思，猛然想起鲁迅先生的"地上本没有路，走的人多了，也便成了路"的名句，瞬间，他的脑子里蹦出"敢问路在何方，路就在脚下"的点睛之笔！顿时让歌词生动起来。

那时的中国正处于改革开放之初，首先在农村开始实施家庭联产承包责任制，并取得了显著成果，在城市从扩大企业自主权实行企业承包制入手，又进行了综合和专项改革试点，取得了初步成效，积累了有益经验，一切都在摸索中前进。阎肃又联想到，路总是要走出来的，就像《西游记》的故事一样，什么时候叫走完呢？经取回来就算完了吗？没完呢，何况还有有字真经与无字真经，后来终成正果也没完啊，毕竟生活还得继续向前走。不要问人生的终结在哪儿？只管走就是了，因为，路就在脚下。

阎肃把歌词写好后，由李文辉立刻转交到杨洁手里，这位电视艺术家看到歌词，大加赞赏，她很快又把歌词给了为《西游记》作曲的许镜清。

1983 年冬季，许镜清作为第十位候选者，开始进入该剧的音乐创作阶段。一天，他坐在车上，脑子里想着歌词《敢问路在何方》中的两句词："一番番春秋冬夏，一场场酸甜苦辣"，一直在他心头萦绕，这两句词正是这个歌的中心和高潮。他一边想着词，一边往车窗外看，只见北京动物园马路边的小商小贩特别多，满大街都响着吆喝叫卖声。那时的中国还处于改革开放初级阶段，老百姓的温饱问题还没有得到解决，许多人为了吃饱穿暖，走出家门，走上街头，人们在飘雪的冬天、在寒冷的大风中辛苦赚钱。

　　看到这些，许镜清想，人这一生就是忙忙碌碌，有钱的是这样，没钱的更是如此，人的一生为什么活着？歌词让他浮想联翩。忽然，一段旋律在他的脑海中响起，他想赶紧记下来，可是身上既没有纸，也没有笔，只好把身上一盒烟倒出来。拆开烟盒有了纸，手里却没有笔，于是，他下车向路边一名小学生借了支铅笔，把烟盒展开，迅速在白色空白处留下一个个跳动的音符。

　　回到办公室，许镜清很快将这首曲的其他部分写完，前后大约用了两个小时，一首传唱至今的曲子，就这样诞生了。因为当时音乐创作的主流是需要民族化，许镜清在编曲中刻意地加入了三弦伴奏。

敢问路在何方

（1986 版电视剧《西游记》主题曲）

作词：阎　肃　作曲：许镜清

你挑着担，我牵着马；
迎来日出送走晚霞。
踏平坎坷成大道，
斗罢艰险又出发，又出发。
啦啦——啦啦啦啦啦啦啦啦，
一番番春秋冬夏，
一场场酸甜苦辣；
敢问路在何方？
路在脚下。

你挑着担，我牵着马；
翻山涉水两肩霜花。
风云雷电任叱咤，
一路豪歌向天涯，向天涯。

啦啦——啦啦啦啦啦啦啦啦，

一番番春秋冬夏，

一场场酸甜苦辣；

敢问路在何方？

路在脚下。

敢问路在何方？

路在脚下。

这首歌曲旋律刚健舒展，曲调通俗，词意简洁精练、寓意深刻，与歌词内容相适应，其节奏也十分明快、流畅，表达了乐观昂扬奋进的情绪；中板速度不疾不徐，如人行路之速，淋漓尽致地描绘出取经路上的艰难和师徒四人的百折不挠、乐观和无畏的精神。它在电视剧中是贯穿全剧的精神主旋律，已经成为《西游记》的标志性音乐。

这首歌更唱出了中华民族勇于探索、自强不息的精神，激发了人们冲破枷锁、投身改革开放的豪情壮志。"不坚持社会主义，不改革开放……只能是死路一条"，邓小平当年荡气回肠、振聋发聩的声音，对当前的改革开放仍然具有深远的意义。

电视连续剧《西游记》一经播出，很快受到众多观众喜爱。这首主题歌原本由第二炮兵政治部文工团歌手张暴默演唱，她的声音很有特色，有一种特殊的磁性，很抒情、很柔美，这首歌也很快就"火"了。后来，杨洁导演忽然想到尝试用男声民族唱法演唱，或许那样效果会更好，所以后来也就有了蒋大为版《敢问路在何方》，他的歌声清澈嘹亮，又有激情，增加了歌曲的阳刚之气。自1986版《西游记》播出后，这首歌广为流传，传遍千家万户，在那个年代，有的人把这几句歌词看作改革开放初期中国人的心态。

据有关资料显示，在海内外百分之九十的华人都听过这首歌，大多数人都能哼唱。

20世纪80年代，改革开放需要进一步激励人们"敢试敢闯"的精神，面对改革开放初期，一些人对国家的未来"是姓社还是姓资"的思想陷入了困顿和迷茫。阎肃借电视剧《西游记》主题歌《敢问路在何方》激发人们冲破思想枷锁、勇于探索实践的豪情壮志，通过歌曲告诉人们：改革的路就在脚下，激励人们勇敢往前走。

这首歌获得无数殊荣：首届巴黎华语影视节目最佳电视歌曲雄狮奖，1988龙年金曲大赛金龙奖，入选改革十年全国优秀歌曲，《人民日报》文艺部、中国国际文化交流中心等举办的新时期十年"金曲榜"，美国纽约最受华人喜爱的歌曲榜首等。

每逢寒暑假期间，《西游记》已经成为孩子们最爱看的电视连续剧，陪伴着80后一代人度过了三十多年，阎肃为此剧的贡献功不可没，这首歌不仅唱出了师徒取经的艰苦与顽强，更唱出了中华民族勇于开拓、锐意进取的精神，这就是艺术的力量，也是阎肃一生追求的境界。

3. 《雾里看花》原是打假歌

新中国成立后及改革开放以来，社会在进步、人们生活水平也有所提高的同时，从吃穿用等方面也开始充斥着许多假冒伪劣商品，而且仿真度极高，让消费者难辨真伪，严重危害了广大居民的利益。为严厉打击侵权假冒商品，1982年，我国知识产权领域颁布了第一部法律《中华人民共和国商标法》以下简称《商标法》，在商标方面发挥了重要的作用。

1993年，央视经济部将举办一台纪念《商标法》颁布十周年的"3·15"国际消费者权益日晚会，阎肃应邀成为这台晚会的策划人之一，他在讨论会上提出：晚会最好有一首打假的歌。导演很赞同，立刻组织人写。但十多天过去了，一些业内人士纷纷摇头，表示难以创作出这类题材的歌曲，还有的人说："谁出的主意谁去写吧。"

就这样，这任务自然落在阎肃头上，他果断地担起了这个任务。

20世纪八九十年代，全国各大电视台为迎合观众收看需要，涌现出各类晚会。由于阎肃在策划、创意及写词方面高人一筹，因此，每逢全国性大型文艺晚会，总导演首先想到邀请阎肃参与策划、撰稿工作。

"3·15"国际消费者权益日晚会，确定需要有一首配合打假主题的歌曲。那些天，阎肃一直思索着打假的歌词如何写，他想到当今市场上的化肥有假的、农药有假的，但歌词中又不能那样太直白。

晚上，阎肃坐在家里的沙发上，正在苦思冥想的时候，电视机里的四川台正在播放川剧《金山寺》，里面有个情节吸引了他，在《水漫金山寺》那出戏中，法海请来的韦驮菩萨有个特技，用脚一踢额头正中，踢出一只眼睛，再配上一句精彩台词："待吾神睁开法眼。"原来，韦陀有一个特技是"开天目"，天目又叫慧眼，双手合十不能动，脚踢额头的时候提前准备好糨子（也就是胶水，粘在额头上）。脚要正好踢在额头上，踢重了会把自己踢个跟头，踢轻了又怕粘不上，特技需要瞬间完成，让额头上的一个眼睛出现。这个眼睛叫"开天目"，上看三十三重天，下看十八层地狱。

这一幕让正在发愁的阎肃突发灵感，如果人们都有一双明亮的眼睛就能辨别出真假了，如果用在歌词中，"法眼"这个词不好听，"天目"也不好听，若是叫"慧眼"倒还不错。想到这里，他立刻写下了"借我一双慧眼吧"，然后连续写下"把这纷纷扰扰看个清清楚楚，明明白白，真真切切""雾里看花，水中望月，你能分辨这繁华莫测的世界"，巧妙地创作了一首"打假"歌，这首歌词几乎一气呵成。

阎肃最早给这首歌起名为《借我一双慧眼》，找到孙川为歌词作曲，歌曲很快在全国传唱。但后来在传唱过程中，发现原歌名有点长，久而久之，大家干脆用第一句歌词代替，后来，自然形成了现在的歌名《雾里看花》。

雾里看花

作词：阎　肃　作曲：孙　川

雾里看花，

水中看月，

你能分辨这变化莫测的世界；

涛走云飞，

花开花谢，

你能把握这摇曳多姿的季节。

烦恼最是无情夜，

笑语欢颜难道说，

那就是亲热；

温存未必就是体贴，

你知道哪一句是真，

哪一句是假，

哪一句是情思凝结。

借我借我一双慧眼吧，

让我把这纷扰，

看个清清楚楚明明白白，

真真切切。

借我借我一双慧眼吧，

让我把这纷扰，

看个清清楚楚明明白白，

真真切切。

在央视举办的纪念《商标法》颁布十周年的"3·15"晚会上，著名歌手那英演唱了这首打假歌《雾里看花》。顿时，让许多观众迷醉其中，由于歌词写的如同一首缠绵的朦胧诗，也成为那台晚会最受观众喜爱的所谓"情歌"。就这样原本是纪念《商标法》的打假歌曲，曾风靡一时，传唱大江南北后，成为每年"3·15"晚会保留曲目。

原本是一首打假歌，有的人却觉得这是男情女爱缠绵的情歌。不过，大家都有一个共识，就是：阎肃已经六十三岁了，还能写出如此有情调的歌，与他多年来积累的深厚文化底蕴分不开，能在传统基础上结合时代需求，敢于创新。

原第二炮兵政治部文工团原团长、著名词作家屈塬与阎肃相识并合作有二十多年，他给阎肃的形象定位为"信""惜""勤""敏"，他最初听到阎肃创作的《雾里看花》时，忍不住拍案称奇。阎肃以现代感极强的手法，用流行元素的文笔，把"打假"这样一个难以表现的命题，写得洋洋洒洒，不但拓展了其歌词创作的艺术领域，也丰富了当代流行音乐的样式和色彩。

阎肃能在歌曲中融进流行色彩，还得益于当年在重庆生活的那段经历。在抗战时期，很多北京、上海的京戏名角和歌星为躲避战乱，一路南下，逃到重庆。有许多的戏迷、歌迷也逃到重庆，还有人把上海滩十里洋场的音乐及所谓的"靡靡之音"也带到了重庆，在当地很有演出市场，让阎肃耳濡目染，为他后来的创作提供了学习的好机会。

中国正处在改革开放之初，许多港台流行歌曲充斥屏幕及大街小巷音像店的时候，阎肃对此并不陌生。同时，他还保留着在学校读书时爱看美国大片的习惯，影片中的音乐也给了他很大的影响，让他在后来创作的流行歌曲中，汲取了某些西方音乐元素。

这种类似于《雾里看花》"救场"式创作的歌曲，阎肃经历过好多次，每次，他都是先推荐别人写，希望他们创作的歌曲能在大型晚会上精彩亮相。然而，当阎肃看到一双双无奈的眼神时，他只能充当"救火队员"，及时出手相助,而且他创作的歌曲总能给歌迷们一个意外的惊喜。

4. 用真情抒写奥运情怀

奥林匹克运动会简称"奥运会"，起源于古希腊，因在雅典西南的奥林匹克举行，故名为奥林匹克运动会。奥运会举办期间，一切战争暂停，象征着世界和平。第一届古代奥运会于公元前 776 年举行，至公元 394 年，共举行了 293 届。后因罗马征服希腊，禁止异教活动而废止。现代奥运会系由法国人顾拜旦发起，于 1896 年 4 月 6 日至 15 日在希腊雅典举行了第一届现代奥运会。现代奥运会每四年举行一次，每次十六天，举办地点不限于希腊，成为全球性的运动会。

奥运会的标志为五个联结在一起的环圈，代表欧、亚、非、大洋、美等洲，各国均有奥林匹克委员会的机构，是目前世界上影响力最大的综合性体育盛会之一。1894 年国际奥林匹克委员会在巴黎成立，各国的奥委会是其成员，能举办奥运会，已经成为一个国家的极大荣誉。

在 1936 年柏林奥运会上，中国申报了近三十个参赛项目，派出了六十九名运动员的代表团。但是，那一次的中国运动员在所有参赛项目中除撑竿跳高选手进入复赛外，其他都在初赛中惨遭淘汰，最终全军覆没。当中国代表团回国途经新加坡时，当地报刊发表了一幅外国人讽刺、嘲笑中国人的漫画：在奥运五环旗下，一群头蓄长辫、长袍马褂、形容枯瘦的中国人，用担架扛着一个大鸭蛋，题为《东亚病夫》。从此，决心摘掉压在中国人头上这顶屈辱的帽子，成为全球华人最强的心声！

1984 年第 23 届奥运会上，中国射击运动员许海峰以 566 环的成绩，战胜各国好手获得男子自选手枪 60 发慢射冠军，成为本届奥运会首枚金牌得主、我国参加奥运会历史上的首位冠军得主，实现了中国奥运史上金牌"零"的突破。而在此之前，现代奥运会已有八十八年的历史，已经产生的 2500 余枚金牌，无一属于中国人。继许海峰之后的奥运会上，中国健儿取得了一个又一个令人骄傲又自豪的成绩，当雄壮的国歌在颁奖会场响起时，当五星红旗高高飘扬在奥运会场时，外国人也对正在崛起的中国刮目相看，企盼举办奥运会的呼声在中国大地响起。

"五星邀五环，长江连四海。中国正开放，长城敞胸怀⋯⋯"这首热情奔放嘹亮的歌曲在短时间内迅速唱遍大江南北，这是阎肃为1993年举办的第七届全国运动会（全运会）而创作的《五星邀五环》歌曲。这首歌是在特定历史背景下诞生的，这是新中国成立以来规模最大、水平最高的全国运动会。因为之前举办的历届全运会都没有会歌，而这一次，组委会面向全社会公开征集会歌，是一次新的突破，因此得到了音乐界的极大关注。北京市音乐家协会专门组织了几十位有名气的音乐家前往北京西山进行创作采风，阎肃也应邀前往。

阎肃在创作之前认为全运会毕竟只是自己国家的事情，并没有联想到国际性的标志：奥运的"五环"。那些天，他一直为寻找合适的切入点寝食难安。他从体育发展联想到国家的发展，联想到人们生活水平有了极大提高，联想到祖国改革开放以来的成果已经在人们生活中得以体现。他为国家经济飞速发展而感到自豪，老百姓能切身感受到改革开放带来的红利，日子越过越红火。由此，阎肃想到中国人的百年奥运梦想，随着日益昌盛的国力而觉醒，为了向世界展示一个开放的崭新的中国，北京已向国际奥委会递交了申请，希望能在中国的土地上举办一次奥运会。

想到这些，阎肃很快有了灵感：要把中国改革开放的气度写出来！把中国邀请奥运的诚意写出来！把我们渴望举办奥运会的优势写出来！他为自己的灵感所激动，下笔如有神助一般。长江、黄河、长城以及北京的元素都蕴含在歌词里，第七届全运会在北京、四川、河北秦皇岛均有项目，因此，阎肃把峨眉山也加入其中。

当时，一同在西山采风的著名作曲家孟庆云看到阎肃写的新歌词后，非常喜欢，立刻给歌词谱曲。当孟庆云第一次声情并茂地把谱好的歌曲唱给阎肃听时，阎肃非常高兴，这首歌的曲调充满律动、青春与阳光，与他起初的想法十分贴近，连声说了三个"好"字。

当孟庆云把这首歌送到评委们面前的时候，歌中的"五星"代表中国，"五环"代表奥运会和奥运精神，阎肃用一个"邀"字，把开放的中国盼奥运的共识突现出来，大家一致认为此歌有着开阔独特的视角，豪放与跳跃的曲调，在众多歌曲中脱颖而出，受到第七届全运会组委会的一致好评，顺利成为第七届全运会会歌。

1993 年 9 月 4 日晚，第七届全运会主会场开幕式在北京如期举行。开幕式上，韦唯和刘欢演唱了高亢激昂的会歌《五星邀五环》，代表团入场时打出的盼奥运标语，通过"七运"的舞台，把中国人对奥运的企盼传递给全世界。

早在 1991 年 3 月 8 日，中国决定申请在北京举办 2000 年奥运会，12 月 4 日正式向国际奥委会递交申请书。1993 年 9 月 23 日，也就是第七届全运会结束后十九天，国际奥委会宣布悉尼获得 2000 年奥运会举办权，北京以两票之差失利。

就在宣布悉尼获得 2000 年奥运会举办权的当天晚上，阎肃在北京电视台举办的晚会现场，他和大家的心情一样，都在期盼着激动人心的一刻早日到来，《五星邀五环》歌曲在晚会上再次被唱响。当时还健在的京剧艺术家袁世海先生激动地对阎肃说："你这首歌写得太好了，真希望咱们能把五环邀请到北京啊！"

当大家得知中国北京第一次申奥仅以两票之差没有成功，都很失落，也成为所有华人心中最大的遗憾。

不过，在北京奥申委的不断努力下，中国再接再厉终于邀来了北京奥运会！

2001 年 7 月 13 日，国际奥委会主席萨马兰奇先生在莫斯科宣布：北京成为 2008 年第 29 届奥运会主办城市。经历了 1993 年的惜败和 1998 年再次申办漫长而艰辛的历程之后，第二次申奥终于成功了！中国人民在申奥中表现出来的百折不挠、锐意进取的当代民族精神让全世界为之感动。北京申奥成功是海峡两岸暨香港、澳门和全世界华人团结奋斗的胜利，让全球华人同胞无比欢欣鼓舞，北京申奥使中华民族表现出空前的民族凝聚力。

喜讯传来，举国欢腾！当晚，北京和全国各地的人们走上街头，彻夜狂欢；港澳台同胞和海外侨胞也欢欣鼓舞，尽情抒发爱国之情。含蓄内敛的中国人在这个夜晚笑得那样尽兴、那样骄傲、那样自豪，全国各地的群众自发走上街头，以不同方式庆贺这一喜讯。

多年的期盼！多年的渴望！终于实现了无数华人的梦想！

2008 年 8 月 8 日晚 20 时中国在国家体育场（鸟巢）隆重举办了第29 届北京奥运会开幕式。那些天，人们只要走在北京的各个街道上，到处是飘舞的彩旗、微笑的志愿者、美丽的场馆，人们脸上露出喜悦的神情。只要打开电视，那些让民众耳熟能详的奥运歌曲，更彰显出中国人迎奥运的热情。举办奥运会不仅是一个国家综合国力的竞争，更是一种申办艺术的比赛。中国人民真诚地向全世界发出了亲切的呼唤："开放的中国盼奥运 。"

阎肃结合北京申奥历程回顾，及北京奥运精神三大理念：绿色奥运、科技奥运、人文奥运，向全世界展示中华民族的灿烂文化，展现北京历史文化名城风貌和市民的良好精神风貌，推动中外文化的交流，加深各国人民之间的了解与友谊，他又饱含激情地创作了一首热情豪迈的奥运歌《同一个世界，同一个梦想》，向全世界传递出中国的声音，唱出了中国的博大和博爱，用音乐描绘出奥运精神的力量和中国的壮美。

阎肃在六十多年的艺术生涯中，敏锐地把观察与时代的脉搏结合起来，担当起一名艺术家的使命与责任，创作出一大批时代特点鲜明、催人奋进、屡获大奖的优秀作品，彰显民族特色、传承华夏文化，持之以恒地唱响时代最强音，不愧是享誉海内外的大师名家。

5. 评委席上的"不老男神"

20 世纪 80 年代末期，我国电视事业逐渐发展起来，观众收看的电视节目从两三个台、十几个台到上百个台。有的电视台开始出现了访谈节目，电视音乐大赛逐渐兴盛，阎肃经常应邀到一些电视台，做访谈节目或各种电视大赛的嘉宾、评委。为此，阎肃及时吸收最新知识、最时尚的语言，经常琢磨如何运用生动的语言去点评，每次参加访谈节目录制前，针对社会上新近发生的一些人或事，他都要认真做足功课。很快，阎肃渊博的文学音乐素养优势充分显示出来，每次点评都能"出口成章"、由于他思想贴近时代节奏，被一些朋友笑称为"不老男神"。

CCTV 青年歌手电视大奖赛，简称"青歌赛"，从 1984 年开始举办，每两年一届，"青歌赛"经过多年的实践和不断创新，已成为弘扬民族艺术、普及音乐知识、发现和推出声乐人才、引领和推动中国声乐事业发展繁荣的重要平台；极大地满足了广大人民群众的艺术生活需求，为中国歌坛输送了许多优秀音乐人才。"青歌赛"历届优秀选手，后来大多成为活跃在中国乐坛上的著名歌唱家。

当然，"青歌赛"的每位评委都是来自各领域中的高手，所以直播过程中经常有评委意见不合的时候，阎肃总能提出高人一筹的意见，用大家能接受的方式，化解尴尬。

在 2006 年第十二届央视"青歌赛"上，空政文工团青年歌唱演员刘和刚破天荒地得了 100.13 分，台下响起观众的一片质疑声，评委们也惊愕地睁大眼睛，互相对望着，心想：怎么回事？这怎么可能？气氛一度紧张！计分组重新计算！成绩仍是 100.13 分。

场内一片寂静，正当大家一筹莫展之时，突然，一名工作人员手拿话筒，走近监审台，没说一句话，直接把话筒递给了阎肃。在大家不知如何缓解现场气氛时，阎肃手握话筒非常从容地微笑着对大家解释说："刘和刚的演唱，评委们大多给出了最高分，而且最高分与最低分只有0.01分，没有差距。他选的曲目是新的，按规定加了分；另外，他在素质赛中又得了满分，在众目睽睽之下，没有半点儿掺假的事。我们只能承认事实，他是理所当然的第一名。"一席话说得大家心服口服！事后，有人曾说，如果不是阎老出面解围，真不知如何应对了。

在这届"青歌赛"之前，刘和刚曾经参加过两届"青歌赛"，每次演唱都得高分，但是，素质赛这一关得分总是被拉下来，评委们感到很可惜！为此，阎肃让刘和刚加强学习，多读书、多看报，开阔视野，把知识面拓展得更广些。那时，刘和刚还是个毛头小伙子，稚嫩、青涩，只要有空他就看书学习，从书中汲取素养。功夫不负有心人，他最终在大赛中获得了让人难以企及的100.13分，这个分数是空前的，以后也很难有人超越。

阎肃特别偏爱原生态唱法，他称这是从地里长出来的声音，是千百年流传下来的民风、民情、民心，是历史真正的记录者和见证者，即使一百年后，这样的声音还会流传在世上。在他和很多人的力推下，"青歌赛"终于设立了原生态唱法的专项评比。

2010年，第十四届"青歌赛"评选期间，阎肃连续四十天坐镇第二现场，当新疆的刀郎木卡姆、湖北的撒叶儿嗬、贵州的侗族大歌、云南的坡芽歌书在"青歌赛"唱响的时候，阎肃高兴地称赞那些常年走在田间地头，俯下身去尝试各民族最美声音的人，植根于民间，认真听取人民群众建议的人，才算得上是真正的音乐大家。他的赞美就像一把火，让平时很冷静的美声评委、很个性的流行评委都跟着起立鼓掌，拍着桌子叫好！

在阎肃八十岁大寿那天，他特意穿了件大红的衣服走出了家门，来到"青歌赛"的评委席上。当现场的人们得知那天是他的生日时，纷纷向他道贺，而阎肃仍不忘提醒年轻人说："今天我想在直播中告诉大家一条成功的正道：要想成功，需有'四分'，为天分、勤奋、缘分、本分。天分就是你必须是干这件事情的料，铁杵才能磨成针，木棍再磨也是根牙签；然后就是勤奋，所有成功的人都是勤奋的人；缘分就是把握好机会，但最最重要的还是本分，只有本分才能让你成为大家！"

阎肃在"青歌赛"的评委席上坐了近三十年，许多人在他面前起起伏伏，多少成功失败被人们圈圈点点，而在他的眼里，这里早已不是赛场，而是人生的课堂。不管是青歌赛，还是各种大奖赛，阎肃那风趣幽默的点评，只要由他担任嘉宾的电视节目收视率一定很高，成为观众最受欢迎的评委和嘉宾。也许有的年轻人不知道他曾写过广泛流传的经典歌剧《江姐》，但都知道他是大赛中那个做精彩点评的评委。

《星光大道》节目组迎来了十周年庆典，阎肃欣然为《星光大道》十周年写下几句鼓励的话语："这里有歌声也有欢笑，这里有热泪也有拥抱，这里有真诚没有假冒，这里有草根没有土豪。明月清风伴我奔跑，十载霜雪任我呼啸，并肩担当携手创造，这就是我的星光大道！"节目组的工作人员不得不承认，十多年来，《星光大道》年终总决赛的总冠军都是阎肃给获奖歌手颁奖，他慈父般的笑容里，包含着对新歌手最真挚的关怀！

那些年，阎肃的身影经常出现在《星光大道》《红歌会》《我要上春晚》《天天把歌唱》《回声嘹亮》等央视和省市级的综艺电视节目上，是人们眼里的"大忙人"。他还担任2008年北京奥运会音乐作品歌曲评委、2010年上海世博会会歌评委，多次担任中央电视台青年歌手电视大奖赛及江西电视台《中国红歌会》等大型赛事的评委。

每年的清华大学校园合唱比赛，阎肃都会现身点评。有人劝他，何必为青年学生的大合唱劳身劳心呢？阎肃却认真地说："这些青年学生都是国家未来的栋梁之材，担当民族脊梁重任还要靠他们，我有这个义务和责任给他们加油鼓劲！"清华学子们很喜欢这个当评委的"快乐老人"，把阎肃视为心目中的"不老男神"！

在阎肃身上充盈着一股正气锐气、一种向上的劲头，他在多次担任中国剧协曹禺剧本奖和戏曲小品奖评委会主任时反复强调：不能只看评了多少奖，开了多少花，而要真正看看这些作品提供给大众多少正能量，能不能经得起历史和人民的检验。

阎肃跟周围人打交道时，态度和蔼，很有亲和力，但他坚持以作品质量为主，从不看地位、不徇私情，眼里容不下所谓的潜规则，有时候，获奖的参赛者是一名不见经传的小辈，而和阎老个人关系很好的名家却名落孙山。尽管有人说阎肃不会"来事"，但他始终坚持原则绝不退让。他在文艺评奖和晚会筹划中，对不满意的作品，绝不让步，说什么都没用，非拿下不可。

著名歌唱家李谷一与阎肃担任过好几届央视全国青年歌手大赛评委，发现阎肃在任何时候都能严格要求自己，能公平公正地完成监审组的工作，还不断为赛事组委会出主意。为此，李谷一称赞阎肃是艺术界可敬可爱、朝气蓬勃的老前辈，他的人格魅力令人敬佩，他是文艺界的骄傲。

一首歌、一部剧，能作为一个时代的记忆留存下来，源于阎肃对大时代的准确把握和热情赞美，简单而温暖，让人们时刻感受到温暖的力量。

第七章　经典红剧，成为人们永恒的记忆

1. 新创歌剧《党的女儿》成为经典之作

20世纪60年代初，一部歌剧《江姐》拉开了阎肃红色经典创作的序幕，也是他剧本创作的巅峰之作。这部剧曾被数百家文艺团体排演了半个多世纪，演出一千多场次。从那以后，阎肃一发而不可收，先后完成了《红灯照》《忆娘》《胶东三菊》《飞姑娘》《雪域风云》《风云岭》《刘四姐》《槐花香》《红色娘子军》《敌后武工队》《山城旭日》《雪花飘》《年年有余》等十几部歌剧、京剧等剧本的创作，一部又一部红色剧作在阎肃笔下喷薄而出。

1988年10月，阎肃赴福建省泉州市参加全国歌剧创作座谈会，这是由中国歌剧研究会举办的，主题是如何在新时期发扬歌剧创作。阎肃在发言时表示，作品要紧跟时代潮流，让中国的红色记忆成为时代永恒的主题，把最珍贵的精神宝藏化作最优美的华章，通过歌剧形式表达出来。这也是阎肃艺术创作生涯的主旋律。

1991年初，总政把创作歌剧《党的女儿》作为建党七十周年献礼剧提上了重要的创作日程。同年6月底，阎肃突然接到上级通知：总政领导决定调阎肃去写歌剧《党的女儿》。

1991年7月12日，阎肃带着夫人李文辉为自己准备的随身衣物，

1988 年 10 月, 阎肃参加全国歌剧创作座谈会

前往北太平庄远望楼宾馆报到。阎肃住进远望楼后, 及时给妻子打电话,用轻松的语气说: "我这段时间住在远望楼, 要在较短时间内尽快写出歌剧剧本, 重任在肩啊, 我一定把它写好。我在这里吃住条件都很好,你不用来看我, 放心吧, 《党的女儿》这个故事我很熟悉, 肯定能按时完成任务。"

话虽然说得很轻松, 爽朗的笑声让李文辉听得也很熟悉, 但她知道,写一部歌剧, 那可是耗费大量脑力和体力的活。她很了解阎肃, 一旦上级交代了任务, 哪怕是彻夜不眠, 他也要全力以赴认真完成, 很有一股子"牛"劲。身为医生的李文辉真想守在阎肃身边, 好好照顾他, 每次她想去宾馆看阎肃, 又担心影响他的创作, 只好打消了这个念头。

原来, 就在两年前, 总政治部领导指示总政文工团调集几位搞创作的同志共同写歌剧《党的女儿》, 按照计划, 这部剧原本在当年的七一上演, 但是, 后来推到了八一, 再后来又被推到了十一。原因是该剧剧本已经创作了十一稿, 领导看后, 感觉都不满意, 所以剧本迟迟拿不出来。因此, 总政相关领导委托阎肃完成这项任务。

阎肃很熟悉小说《党的女儿》里的故事情节, 也看过根据小说改编的电影，内容描述的是1935年红军北上抗日之后，在江西省苏区杜鹃坡，女共产党员玉梅与群众七叔公、桂英成立三人战斗小组，与叛徒马家辉及白匪军斗智斗勇的事迹。最终，玉梅为了拖住敌人，掩护交通员把情报送给游击队而被捕。玉梅浩气凛然，视死如归，怀着对共产主义必胜的信念慷慨赴义，她那不朽的精神化作满山盛开的杜鹃花，绽放在杜鹃坡上。

著名演员田华在电影中扮演的共产党员玉梅形象早已深深印在人们心中，如何在歌剧中重塑英雄形象，真不是一件简单的事。时间紧任务重，在这么短的时间内，只能临阵磨枪了，不仅要创作出剧本，还要由曲作家为全剧谱曲，演员还要排练，都需要时间！

从1991年7月12日，阎肃住进远望楼当天就开始动笔创作歌剧《党的女儿》。他不分昼夜都在思考、打磨、设计情节，把成熟的剧本腹稿用十七天时间抄到纸稿上。9月26日至30日又对第二场及第三场稍做修改！一共用了五十二天终于完成了剧本创作！不过，阎肃后来跟老伴李文辉说："如果时间充足些，会写得比这稿还要好。"

当时，作曲家王祖皆和他爱人张卓娅共同承担这部歌剧的作曲任务。他们每谱出一场曲子，演员们就抓紧时间排一场，一环紧扣一环，三天一场戏，整部六场歌剧，都是在加班加点中排练完成的！

让剧组成员记忆犹新的是，当总政领导提出要观看歌剧《党的女儿》排演进展情况时，让大家很是着急，因为时间太紧，只排出来三场戏，剩下的三场戏，演员们还没来得及排练。

为此，阎肃在排练现场，出面为剧组救了一回场。

因为阎肃对全剧细节早已烂熟于心、成竹在胸，前三场由演员演完后，面对台下观看的首长，他不慌不忙地站到舞台中央，一个人充当多种角色以说戏的方式，绘声绘色地向首长汇报完全剧。那情景，活脱脱就是一段精彩的评书表演，以至于后来再做汇报表演时，有的领导笑着对大家说："怎么感觉没有阎肃说得好啊！"可见阎肃对全戏的把握能力很强，这部歌剧完全是用他独特的戏曲创作风格完成的。

谈到那些天的创作经历时，阎肃笑着对李文辉说："多亏咱俩过去看过《党的女儿》的小说和电影，里面的故事情节太熟悉了，里面的人物关系并不复杂。接到任务后，我当时的想法很简单，不能嚼别人嚼过的东西，那样很没意思，只要把故事讲圆了，把握住人物的心理，这样的歌剧老百姓一定喜欢看！"

总政歌剧团原团长、中国歌剧研究会会长王祖皆每当想到与阎肃合作时那一幕幕情景时，对阎肃那种忘我的创作激情大为称赞："正因为他有着坚定的革命信念以及饱满的政治热情，是个才华横溢的专家，他才能用三天时间写完一场精彩的戏，真是神速啊！"

当时，王祖皆和张卓娅为这部歌剧的音乐定了调子，以北方戏剧的板腔体为主调，适当采用江西一些地区的民歌、民谣素材。为了突出歌剧的民族特色和韵味，当年在《党的女儿》排练现场，始终是二胡、笛子、琵琶与钢琴一同跟进；而在美声合唱队里，还加入了一些民族唱法的成员。创作灵感则得益于一次意外收获，那天，王祖皆和张卓娅看到电视里播放陕西蒲剧《苏三起解》，一下子就被吸引住了，因此，剧中玉梅的首唱段《雪里火里又还魂》，不仅是这个角色的音乐主题，也是整部剧的"音乐风向标"。

王祖皆记得，当时他们几位作曲家拿出几段音乐交由相关领导听审，每份谱子和录音小样都是匿名的，前面几份领导都不太满意，最后看到了王祖皆和张卓娅谱的曲，并让饰演玉梅的著名歌唱家彭丽媛跟着钢琴伴奏合了一遍，大家觉得挺不错，最终敲定了《党的女儿》的音乐主调。剧中主人公玉梅阳刚、遒劲豪放的个性，与专为她选定的北方蒲剧板腔体的主旋律很和谐；而剧中的桂英柔弱善良，则为她选定的是江西兴国山歌的旋律。

果然，观众在观看完歌剧《党的女儿》后，对剧中人物生动鲜活的唱词印象很深刻；同时，该歌剧人物形象鲜明，音乐起伏跌宕，剧情扣人心弦，具有强烈的艺术感染力和视觉冲击力。尤其是主要演员精湛娴熟的表演，给观众上了一堂生动的党课，不愧为中华民族歌剧的经典之作。

这部歌剧以总政歌剧团为班底，著名歌唱家彭丽媛、杨洪基、孙丽英、秦鲁峰等担纲主演，刚一上演，很快引起轰动。专家们认为，这出歌剧不仅传承了民族歌剧的优秀传统，而且以新的观念在不少方面有所创新，成为新时期中国风格歌剧作品的代表之作，也成为人才济济的总政歌剧团的保留剧目。

在西方一些国家看来，歌剧被视作艺术皇冠上的钻石，在古典艺术中有着崇高的地位，几乎把仅有的几部经典歌剧作为衡量一个国家艺术水准的重要标志。歌剧《党的女儿》由著名作曲家王祖皆、张卓娅共同为这部歌剧创作音乐，还有在王锡仁、印青、季承、方天行等人做配器、编曲后期的帮助下，让该剧有着不同凡响的实力，有着别样的壮美。

阎肃版歌剧《党的女儿》导演张海伦认为，这部歌剧之所以能取得成功，离不开演员们深厚的表演实力。第二天就要排第二场戏了，头天晚上大家才拿到剧本和谱子，一边写一边排练，如同工厂的流水作业一般。在排练中，演员要背谱，要设计动作，要考虑表演上的各种调度，真的很不容易，整个创作队伍如同绷紧了弦。不过，让张海伦感到欣慰的是，尽管那段时间大家都处在高度紧张的状态，非常劳累，但大家排练的热情很高。

这部歌剧终于问世了，中央领导观看后纷纷称赞该剧："《党的女儿》给我们上了一堂生动的党课。"从1991年首演至今，二十多年间已演出五百多场，当年，艺术家们能在较短时间内创作完成全部六场戏，如此"神奇"的创作速度，至今仍在戏剧创作史上保持着纪录。曾经参与过该剧创作和表演的艺术家中，不少人借此剧获得了文华奖、梅花奖等至高荣誉。第二届文华大奖评选中，这部歌剧中扮演玉梅的彭丽媛、扮演桂英的孙丽英、扮演七叔公的杨洪基三位表演者都获此殊荣。

值得一提的还有秦鲁锋，这位在剧中扮演了反派马家辉的歌唱家说："马家辉是个大坏蛋，不过我得感谢他，因为他成就了我的梅花奖。"

歌唱家杨洪基记忆最深的是，当时恰逢建党八十周年，他随剧组到广西柳州演出，在一个能容纳一千五百人的剧场里演出，《党的儿女》原计划演出十场，不过观众们太热情了，最后就加场、加场，上午场、下午场、晚上场连轴转……一直加演到十八场，场场爆满，创造了歌剧在一个剧场连续演出的最高纪录，也成就了歌剧《党的女儿》最为辉煌的时刻。这部剧众望所归，荣获了全国文艺最高奖"文华奖"，还被选作新中国成立五十周年国庆彩车巡礼剧。

当时，北京电视台的《五彩缤纷》栏目给彭丽媛拍专题片时，她执意邀请阎肃老师一同录制。多年后，李文辉清楚地记得彭丽媛给阎肃打电话时，她那真诚的声音："阎老师，您一定要来！歌剧《党的女儿》能获成功，您的功劳最高，我们合作得很好。"她跟阎肃说话时的语气谦虚而低调，让李文辉心中很是感动。

深情的歌声仿佛跨越时空，唱进了新征程中国共产党人的心窝里，即使年轻人对这段历史并不熟悉，依然能从歌剧《党的女儿》中，感受到那些为新中国成立而牺牲的革命烈士。这部描写半个世纪前共产党员与敌人顽强斗争的歌剧，成为中国民族歌剧史上又一部红色经典。

2. 红色京剧备受当代青年热捧

1965 年，阎肃被借调到北京京剧团样板团工作，有领导告诉阎肃那是江青的意思，想让阎肃参与修改样板戏《芦荡火种》，后改名为《沙家浜》，之后，他又有创作新的样板戏任务。当时，阎肃还为中央芭蕾舞团写过芭蕾舞剧《纺织姑娘》。他在北京京剧团写了京剧《山城旭日》《敌后武工队》《雪花飘》《年年有余》《战船台》等剧本。后来，阎肃又被借调到中国京剧院（国家京剧院的前身），任务和在北京京剧院一样，参加样板戏的修改。

京剧《红灯记》在全国各地都有演出，获得巨大反响，剧本原本就已经非常精彩了，但中央首长观看后，希望阎肃改编的时候，让英雄李玉和不能牺牲，应该活着。这让阎肃感觉很为难，因为，此剧早已深入人心，若按中央首长指示的内容修改，那样会改变剧本的整体结构，修改起来难度比较大。当时，有一些朝鲜的官员在北京观看后，感动得直掉眼泪，这事很快传了出去，中央首长也就同意不大改动了。随后，阎肃根据舞剧《红色娘子军》改编为同名京剧，大受观众欢迎。

与此同时，阎肃还把在北京京剧院没有完成的京剧剧本《敌后武工队》带到中国京剧院继续改编，最后定稿时更名为《平原作战》。剧中人物小英由李维康饰演，李光饰演赵永刚，袁世海饰演龟田，剧中的女演员王竹芬，男演员李明德，以及张洪德等几位年轻演员练功非常刻苦，功夫很棒。阎肃特意创作了以形体动作为主的《夜渡》，在这场戏中，这几位年轻人又融入了自己新的创意，效果很好，让观众耳目一新。

因工作需要，阎肃来到中国京剧院，吕瑞明对阎肃夫妇很热情，后来成为相处多年的好朋友。一天，吕瑞明提出希望和阎肃一起写个戏，阎肃很爽快地答应了，创作了京剧《红灯照》剧本（塑造了义和团"反清灭洋"中英勇的女性形象）。此剧由杨秋玲、刘长瑜主演，于1977年在中国京剧院四团演出。当年，此剧荣获文化部颁发的建国三十周年献礼演出剧本创作一等奖、演出一等奖。

阎肃在中国京剧团担任创作组组长期间，创作了好几部颇有影响的京剧现代戏，他经常和创作组的部分同志下基层体验生活，中国京剧团创作组成员大腕云集，有著名京剧作家翁偶虹，京剧大家张君秋、李金泉、关肃霜、杜近芳、张春华、李紫贵，创腔（作曲）戴洪威。那时，在创作组里最年轻的是曾为京剧《红灯记》作音乐设计的张建民。

1992年，北京京剧院为了给党的生日献礼，特意请来了资深编剧阎肃，希望他把自己创作的歌剧《党的女儿》改编为同名大型京剧现代戏剧本，将时长控制在一小时之内，大家戏称是高度浓缩的精华版。

阎肃在改编过程中，重点选择了 1991 年歌剧版《党的女儿》的第四场、第五场戏进行再度创作。当年朱绍玉、王蓉蓉在创作中表现出的创新愿望与突破方式，为人称道，备受观众欢迎。新改编的歌剧，在保留原唱段和念白的情况下，用京剧的唱腔演唱歌剧唱词，这就给作曲家朱绍玉的创作和王蓉蓉的演唱提出了新的挑战。在他们珠联璧合的创作下，《小小杜鹃花》《万里春色满家园》《孩子啊，我的小心肝》《你以为一死能解千重怨》《天边有颗闪亮的星》等唱段，唱腔清新动听，颇具新意；演唱大气优美、感人至深。这些作品一经上演，给观众留下深刻的印象，成为京剧现代戏的保留剧目。

著名京剧演员王蓉蓉扮演的玉梅很成功，当初，挑选主演时，竞争也很激烈。那时，她正值演技成熟期，有实力，形象好，也有一副好嗓

在中国京剧团工作期间，阎肃（右四）和创作组部分成员下基层体验生活时合影

子，大家一致认为玉梅角色非她莫属。

　　由于当年的歌剧《党的女儿》比同名京剧提前半年多排演，王蓉蓉看过著名表演艺术家田华老师主演的电影版，也看过著名歌唱家彭丽媛主演的歌剧版。王蓉蓉认为这两个参照目标的高度太难逾越了，她和京剧团的其他演员都感觉有一种压力。当时年轻气盛的王蓉蓉很用心，她从人物造型、风格定位、唱腔运用等方面对自己进行全方位"包装"，并一点点细化。她的想法是力求做到既有舞台样式上的创新突破，又不失国粹唱腔的韵味和细腻。为准确捕捉到玉梅的内在气质形象，她从八一电影制片厂和总政歌剧团借来电影版和歌剧版《党的女儿》的影像资料，反复揣摩。

　　阎肃被王蓉蓉的敬业精神所感动，亲自为她设计修改唱段，最大限度地发挥她在音色上的天赋，也让她对塑造京剧版玉梅形象显得十分自信。她在表演上，特别注重现代京剧的传统韵味，在大段唱腔上精雕细琢，以发自内心的真情实感塑造了一位朴实无华、一心爱党的伟大女性的形象。

　　京剧版《党的女儿》在舞台上的演出始终没有间断过，此剧还录制成光碟，每年在纪念党的生日期间，都在央视戏曲频道播出，无数观众通过舞台和电视荧屏也记住了王蓉蓉。

　　经过二十多年的沉淀，京剧《党的女儿》以鲜明的主题、跌宕的剧情、优美的唱腔、精彩的表演，谱写了一台荡气回肠弘扬正能量的英雄赞歌。经过新一轮的修改加工提高，该剧以全新的面貌登台亮相，为广大观众呈现京剧现代戏的新成果。

　　在北京市委宣传部、北京市委教工委主办的"戏曲进校园"活动中，由北京京剧院出品，陈霖苍导演、朱绍玉作曲、张派名家王蓉蓉领衔主演的大型京剧现代戏《党的女儿》，进入校园，给大学生们带来心灵的震撼和艺术的享受。

　　感人的故事融合了歌剧表演的唱腔，深深地感染着莘莘学子，"戏曲进校园"活动的精彩上演，每场均座无虚席，掌声叫好声不断。同时，京剧《党的女儿》也成为党员教育最生动的教材。

3. "风花雪月"诠释当代军人赤诚情怀

进入 20 世纪 90 年代的中国，长期处于和平年代，大力发展经济建设，有的人一味向"钱"看，认为军人的作用不大了；有的人用异样的眼光看待军队文艺工作者。

有的人还吃惊地发现，时下的军人缺少歌颂军魂的歌曲，也缺少一批关于鼓舞部队士气的戏，这让部队官兵难接受，让群众不理解，阎肃也意识到了这一点。

2007 年，七十七岁的阎肃做了件相当"较劲"的事儿。

那段时间，网络流行一些内容低俗、甚至恶俗的歌曲，还散布一些戏说历史、恶搞英雄的丑恶之风。为此，以阎肃为代表的北京四十位著名词曲作家、歌唱家联名发起"传承红色经典，大唱时代主旋律，抵制网络歌曲恶俗之风"的倡议书。

阎肃坚定地认为："历史会证明，那些恶俗的作品站不住脚的！"

2014 年 10 月 15 日，中共中央总书记习近平在京主持召开文艺工作座谈会。空政文工团一级编剧阎肃作为军队代表受邀参加文艺工作座谈会并发言。他在家的时候，提前就把对军营那份炽热的情感融入发言稿中，稿件上的每一句话、每一个字几乎烂熟于心了。那一天，阎肃迈着坚定的步伐走进了庄严的人民大会堂。

面对习近平总书记亲切的目光，阎肃在发言时，直陈时弊："我称得上是中国人民解放军文艺战线的一名老兵，到现在心里经常哼唱着'追上去，追上去，不让敌人喘气''解放区的天是明朗的天'那些歌，我热爱这支听党指挥、能打胜仗、作风优良的队伍，枕戈待旦，豪气干云！

阎肃在文艺工作座谈会上发言

阎肃与中国作家协会主席铁凝在文艺工作座谈会上

但是，我们不是生活在真空里，不能'两耳不闻窗外事'……"

会场内静悄悄的，阎肃的发言清晰有力，他接着说："七十二年前，毛泽东同志的《在延安文艺座谈会上的讲话》至今言犹在耳，它犹如一把精神火炬，正本清源，振奋了全国人民，时时让我有一种情感的燃烧和心灵的悸动。而今天，我们党召开的这次文艺工作座谈会必定能够振聋发聩、润物扬帆，我渴盼着中央发出清晰有力的声音，能正风易俗、拨雾清霾，还我朗朗晴空。其实，我们军队也有'风花雪月'。"

在有些人看来，"风花雪月"是小资产阶级情调，而在阎肃眼中都是满满的正能量，他声音洪亮地解释说："我说的风花雪月中的风是'铁马秋风'，花是'战地黄花'，雪是'楼船夜雪'，月是'边关冷月'。我愿意为兵服务一辈子！我们心中常念叨的就是六个字：'正能量，接地气'，对部队来说就是有兵味有战味！"

这是阎肃郁积太久的心里话，强烈的忧患意识和社会担当，让他在这种场合一吐为快。

习近平总书记认真听完阎肃的发言后，微笑着对阎肃说："我赞同阎肃同志的风花雪月！"全场参会代表响起一片会心的笑声。习近平总书记接着又说，"这是强军的风花雪月，我们的军旅文艺工作者，应该围绕强军目标做自己该做的事情，我特别赞同！"

阎肃在人民大会堂提出强军的"风花雪月"，发言时铿锵有力、掷地有声，语惊四座，他讲得很尖锐、深刻，情深意切，以一个文学艺术家的文化担当，站立时代潮头，为中国梦、强军梦大声疾呼，在军内外引起强烈反响。

对此，著名军旅作家王树增评价他说："阎肃始终恪守艺术家的良知，身上总是充盈着一股正气锐气，一种向上的劲头。"

阎肃参加完座谈会后的很长一段时间里，一直沉浸在兴奋激动中，他带着这种拨云见日、如沐春风般的火热激情，在耄耋之年又投入到新的艺术创作中。总政组织军队文艺工作者多走基层，多下部队慰问，军队文工团也鼓励文艺工作者下连当兵、多闻兵味,阎肃非常赞同这种举措,很多文艺工作者也都感到在基层体验生活中受益匪浅。在他看来,军营是文艺工作者创作的沃土,战士是讴歌的主角,离开了这些,就没了兵味、战味,甚至会变味。

文艺工作座谈会后,阎肃很快创作出《风花雪月》的歌词,并交给跟自己合作过一百多首作品的老搭档、著名作曲家孟庆云谱曲。已成为强军文化的《风花雪月》,和阎肃创作的许多军旅歌曲一样,成为鼓舞着全军将士士气之歌。看似信手拈来的"风花雪月",实则蕴含着阎肃长期以来对党的文艺方针的深刻领悟,凝结着他对军旅生涯的深厚情感。其实,在阎肃的一件件作品中,都生动诠释着军人有怎样的"风花雪月",歌词中透着阳刚之美,让听众无不为之惊叹!歌声中有着最好的阐释。

风花雪月

作词:阎 肃 作曲:孟庆云

行进队列中,昂首挺起胸,
一身阳刚正气,威武又光荣。
前进队列中,青春火正红,
呼啸风花雪月,燃我强军梦。
铁马雄风,激荡豪迈心胸;
战地黄花,抒发壮丽深情;
楼船夜雪,磨砺英雄肝胆;
边关冷月,照我盘马弯弓。
高歌队列中,心底在冲锋,
战胜一切强敌,我是中国兵。

阎肃的"风花雪月"是为强军而歌,他作为中国人民解放军文艺战线上的一名老兵,把军人的兵味、战味,都体现在一首歌和一部剧里,通过这些作品说出战士的心里话，写出战士的真感情，让战士们真正从内心喜欢它、传唱它。唱着它，让官兵们在军事训练中，迸发出无穷的力量，让他们在军旅生涯中，激发出前进的动力，在成长历程中，拥有着精神的港湾。

4. 精彩晚会见证中国精神在升华

随着人们生活水平的不断提高，对精神层面的追求也有所提高，文化产品的质量、品位、风格等要求也更高了，尤其是重大节日的各种大型晚会，已成为人们不可缺少的文化食粮。晚会里面的内容紧跟时代发展步伐，涌现出一批批喜闻乐见的优秀作品，让人们的精神文化生活不断迈上新台阶。阎肃作为一名文艺工作者，他认为只有植根现实生活、紧跟时代潮流，才能让文艺发展繁荣。

这期间，肯动脑子爱学习的阎肃又和电视里的晚会结下了缘。

许多人很奇怪，擅长写歌词的阎肃，怎么又和电视里的晚会结下了缘呢？说起来都是缘分与巧合，1984年，北京电视台张正言编导制作《家庭百秒十问》节目时，邀请阎肃当顾问，并让他撰写主持人台词，并帮忙给节目出谋划策。聪明好学的阎肃在青年时代，每次为部队官兵演出时，为了让整台节目以精彩的形式呈现给观众，他积极参与节目策划，积累了扎实的文学艺术功底，有着丰富的音乐细胞。如今，电视台给阎肃提供了用武之地，真可谓信手拈来，每天他都能提出一百个题目。电视台的领导看了内容后大为赞赏，节目播出后，受到电视机前观众的普遍欢迎。

不久，阎肃帮着北京电视台搞了台《游迷宫》晚会，紧接着又参加中央电视台《新春乐》晚会的撰稿，让著名相声演员杨振华父子在游乐场经过一番趣味游览串起整台晚会，观众从中既学到了知识，还能体会到其中的乐趣，节目一经播出，再次受到观众喜爱。从此，一发而不可收，阎肃搭上了各种晚会的列车，带领广大观众一路欢笑一路歌，创造了一个又一个奇迹。

春晚是中央电视台春节联欢晚会的简称和俗称，它是伴随着改革开放后电视的普及和发展而诞生在文艺百花园里一个经久不衰的品牌。从1983年春晚开办至今，春晚是中国规模最大、最受关注、收视率最高、影响力最大的综艺性晚会，是全世界收视率最高的节目之一。每年大年三十的晚上，是中华儿女阖家团聚之夜，也是十多亿热心观众守在电视机前迎接新年的美好时刻，春节联欢晚会已经成为中国人的新民俗，是每年除夕夜中国观众必看的电视大餐。

晚会上，全国艺术家、知名演员云集，荟萃了中华民族各种艺术形式的最高水平的作品，在演出规模、演员阵容、播出时长和海内外观众收视率上，一共创下中国世界纪录协会世界综艺晚会三项世界之最：入选中国世界纪录协会世界收视率最高的综艺晚会，世界上播出时间最长的综艺晚会，世界上演员最多的综艺晚会。

因创作过歌剧《江姐》以及军旅流行歌曲而名声大噪的阎肃，从1984年开始，应邀参与春节晚会的撰稿和策划，也与央视春晚结下了缘。每次春晚前的策划，他都要翻阅研究很多资料，把创作戏剧的认真劲儿又用在电视晚会上，他在这一领域赢得一片叫好声。不过，办一台晚会还能想出好点子，若连续办二十多年，就需要狠下一番功夫了。

每年的春节晚会都是献给全国人民年三十最丰盛的大餐，而且这道菜众口难调，越来越难出新。为此，阎肃认真学习研究电视晚会的策划，不断拓宽与各种晚会相关的知识，年过七旬仍然不减创作激情，在他担任春节晚会的撰稿及策划期间，还创作出大量优秀歌曲。

被业界称为春晚绝版的1990年春晚《马字令》大联唱，至今仍让人们津津乐道，那年的春晚主持人是赵忠祥，总导演黄一鹤，春晚还别出心裁以比赛的形式展开，担任裁判的是著名表演艺术家李默然，擂台

1990 年春晚上的《马字令》大联唱

赛上歌舞队队长是国家一级主持人阚丽君，戏剧队队长是著名演员朱时茂，曲艺队队长是评书表演艺术家田连元。

由众明星联唱的《马字令》，是 1990 年欢度新春送祝福的开场歌，精选的每句歌词句句都含有马的元素，这些都是阎肃从众多歌曲中精挑细选出来并巧妙地串在一起的。这种联唱的表演形式是第一次出现在中国的舞台，不但集中了当时许多精彩的歌曲唱段，可谓明星荟萃，精彩纷呈，而且符合当时人们追求快节奏的潮流，一首首包含马字的歌曲精彩唱段，让观众大饱"耳"福。

至今在网上还能找到这段珍贵的视频，许多喜欢这个节目的朋友下载后，收藏起来，供家人或朋友欣赏。春晚历经多年的风风雨雨，每年都能涌现出许多精彩的节目，但像《马字令》如此精彩的节目很难再现了。

阎肃在参与春晚等各种大型活动策划中，希望发挥大家的智慧，从来没有一个人包揽一切，他心里装着一杆"秤"，认为不妥之处，肯定会明确表态，绝不暧昧，因为他要对整台节目负责、对观众认真负责。阎肃尊重所有人的劳动成果，年轻人有什么好的创意，他都给予鼓励和支持。

　　1992年央视春晚策划期间，有两位年轻人拿着晚会的设计稿找到阎肃，希望他提出一些修改意见。阎肃认真看完设计稿后，大为赞赏，并且带头鼓掌表示赞同，现场有人及时把这一场景拍了下来。一晃二十多年过去了，阎肃的夫人李文辉看到这张照片后，很想知道，这两位年轻人的姓名、职业。不知他们现在怎么样？人与人的相遇相识就是一种不期而遇的缘，只希望当时的阎肃给两位年轻人的鼓励，能让他们不断努力、不断进步。

　　阎肃本身就是乐观派，当他看了王景愚的哑剧小品《吃鸡》后，更是笑出了声。其实，早在1962年，王景愚在广东吃罐焖鸡时激发了灵感，因此，创作了哑剧小品《吃鸡》。1963年在北京饭店举行的元旦晚会上再次表演，周恩来和陈毅看了笑得直流眼泪。后来，中央电视台办了一场《笑的晚会》，也播放了这个小品。在"文革"期间，《笑的晚会》和《吃鸡》都受到了批判。1983年的电视春节晚会选择了小品《吃鸡》，

1992年，在策划央视春晚节目期间，阎肃（右二）热情鼓励两位年轻人

王景愚的《吃鸡》给全国观众留下很深刻的印象，所产生的深远影响，让王景愚始料未及。

有一天，阎肃夫妇和王景愚等人走在大街上，被人认出来了，一位有着天津浓重口音的人说："你看，那不是《吃鸡》的腕儿吗？叫王吗鱼了。"可见，当年春晚《吃鸡》让人们记忆深刻。

1993 年春节晚会演出前，阎肃与石富宽、王志文、侯耀文、赵忠祥、杨澜、蔡明、王景愚等人在舞台上留下一张珍贵的合影，当年的他们英姿勃勃，意气风发。时光如梭，如今，他们中的一些人已经永远离开了我们……

2013 年 1 月，中国文学艺术界举办蛇年"金蛇狂舞闹新春"春节大联欢活动。在这百花迎春的喜庆时刻，阎肃、范曾、才旦卓玛、梅葆玖、王晓棠、郭兰英、秦怡、王昆等著名艺术家代表向全国人民献上新春祝福。

1993 年春节晚会，石富宽、王志文、侯耀文、赵忠祥、阎肃、杨澜、蔡明、王景愚（从左至右）等人合影

这不仅是文艺界的大联欢，也是很多人们期待的日子，很多老艺术家的出现让人们赞叹，更给无数观众留下难忘的回忆。

中央电视台春晚前总导演黄一鹤与阎肃有过多年的合作，看到他在晚会前集中精力做策划时，曾深有感触地说："一个艺术家只有坚持真理、真诚对待艺术，就能创作出好作品。"

2013 年 1 月，中国文学艺术界蛇年"金蛇狂舞闹新春"春节大联欢

生于四川成都的李丹阳，是原中国人民解放军第二炮兵政治部文工团艺术指导、国家一级演员。她在成名之初，曾流露出想唱一首欢快的民歌想法，尤其希望能唱一首阎肃写的歌！当她跟阎肃说出自己想法的时候，阎肃也了解她的演唱风格，于是，满口答应了。

一向信守承诺的阎肃很快写出了歌词《亲亲茉莉花》，他来到孟庆云的家，两个人考虑到李丹阳的嗓音特色，音域尺度以及表现风格极佳，如果不为她"量身定制"一首歌，还真有些遗憾。两位作者认真仔细地斟酌着歌词，经过反复修改后，交给了李丹阳。李丹阳看着歌片，眼前马上一亮，她立刻跟着谱子轻声哼唱起来，阎肃和孟庆云听了她的试唱后，连声称赞，预言此歌一定能走红。

1997 年春节晚会上，李丹阳登台亮相，放开嗓子唱起了《亲亲茉莉花》，果然，此歌一炮打响，成为当年春晚观众们喜爱的歌曲，也是

阎肃与孟庆云研究歌词《亲亲茉莉花》

她的成名歌曲。二十多年过去了，至今大家仍对这首歌很熟悉，常唱不衰，现在仍然是李丹阳的最重要的代表曲目之一。

大年三十，是中国人的传统节日，人们都希望在新年伊始有个好的开端，为此，阎肃为1995年春节晚会专门写了一首祝福歌《万事如意》，由著名女高音歌唱家张也演唱，她的演唱甜美细腻、功力深厚、韵味独特，被誉为"在当代中国歌坛独树一帜的歌唱家"。无论是柔媚的民歌小调，还是技巧高超音域宽广的民族歌剧选段，她都能演唱。当张也用甜美深情的嗓音演唱《万事如意》时，唱出了甜蜜，唱出了幸福，唱出了中国人的美好祝福。二十多年过去了，这首歌广为流传，家喻户晓，观众也喜欢上了这位歌甜人靓的湘妹子。

自1984年以来，在各级领导的关怀支持下，阎肃多次担任中宣部、文化部、公安部、总政治部、国家新闻出版广电总局、北京市委等主办的重大文化活动的主创：除了参加中央电视台春节晚会的策划外，还在公安部春节晚会，总政、民政部双拥晚会，文化部春节晚会，"3·15"

晚会和历届全军文艺会演等大型晚会中担任艺术顾问、总策划或者总撰稿。逢年过节，只要有大型晚会，总撰稿或总编剧总少不了阎肃。同行们称他为"晚会专家"，阎肃也笑称自己也不知道怎么就成了"晚会专业户"了。

近十多年来，一台台大型的晚会，都见证着中国精神一步步在升华。阎肃作为顾问主创了《祖国颂》《回归颂》《长征颂》《为了正义与和平》《八一军旗红》《我们的旗帜》《人民军队忠于党》《复兴之路》等百余场党和国家、军队重大文艺晚会活动。每一场晚会，都能给观众带来音乐之美的享受。

1998 年，为支持抗洪抢险和灾区重建，阎肃积极参与策划了《我们万众一心》《携手筑长城》《同舟共济重建家园》《爱我中华新建家园》《抗洪英雄颂》等大型抗洪赈灾义演募捐晚会，在海内外产生了巨大影响。

中央电视台的工作人员只要提起阎肃，都会竖起大拇指称赞。中央电视台春晚原总导演邓在军称阎肃的作品："不仅歌颂祖国、歌颂我们的党，更深情地歌颂生活，歌颂了人间一切的真善美。"

每一台精彩的晚会，观众们都能欣赏到优美的歌曲、舞蹈，然而，人们却不曾想到，曾参与策划这些晚会的艺术家，为了大家的欢笑，却很少与家人团聚。每年央视春晚结束后，阎肃带着满脸的兴奋与疲惫回到家，让老伴李文辉既心疼又无奈，她知道，劝阎肃休息的话都是多余的，只要能听到观众对晚会给予较高的评价，对他来讲，那才是最大的安慰。

5.　"点子大王"忙得很

一个个充满智慧的点子、一条条包含深厚学养的建议，阎肃凭借高超的艺术把握能力，常常把重大文艺活动策划中出现的难题顺利化解。

三十多年来，阎肃的作品不仅体现出时代的烙印，也倾注着一代人的浓情厚谊，每一部作品饱含了中华民族勇于探索、自强不息投身改革开放的豪情壮志。

阎肃天天都"忙得很"，是业界有名的"点子大王"，不管是音乐、舞蹈，还是小品、戏剧，在各个艺术门类中，他都能游刃有余、运用自如。只要他有新点子，肯定与大家分享，而他出的新点子也总能让大家心服口服，这不仅代表了他的水平，更彰显了他宽广的胸怀。

有人说阎肃能在瞬间想出"金点子"，简直是天才，而他听了这些话后，谦虚又诚恳地回应道："我的那些'点子'都来源于勤奋，为了一台比较完美的晚会，要耗尽心血，要认真对待晚会中的每一分钟、每一句台词。"

在中央电视台举办的春节联欢晚会、元宵晚会、青歌赛、双拥晚会、"九三"大阅兵、《胜利与和平》晚会、大型音乐舞蹈史诗《复兴之路》等晚会上，几乎都少不了阎肃的参与策划。他担任的策划、撰稿、评委、监审，都是重点岗位！他的每一句点评都能做到公平公正、滴水不漏，令人信服。

2009 年，新中国成立六十周年之际，七十九岁高龄的阎肃，热情不减，精力不减，加入了大型音乐舞蹈史诗《复兴之路》的主创队伍，又一次担当重任——文学部主任。那些天，阎肃起早贪黑，倾情创作，由他组织的整台晚会的歌词创作，让《复兴之路》晚会形成独特风格，也成为当时中国文艺舞台上的一大胜景。

2015 年，在纪念中国人民抗日战争暨世界反法西斯战争胜利七十周年活动前夕，八十五岁高龄的阎肃担任大型文艺晚会《胜利与和平》的首席策划和首席顾问。他从晚会主题确定到架构设计，从篇章命名到曲目安排，都要严格把关。每次参加策划会，他都是第一个走进会议室，排练完节目最后一个走。那段时间，阎肃每天仅睡三四个小时，有时为了一个创意、一句台词，都要苦思冥想，精雕细琢。

　　在创作期间，同是核心创作组成员的著名词作家王晓岭惊叹："他对那些抗战歌曲怎么会如此熟悉，当我们都拿着歌本找的时候，他张嘴就唱出来了，还能很快说出哪首歌是敌后战场的，哪首是正面战场的，哪些歌相似，彼此的不同点又在哪里……他都信手拈来，了如指掌，简直神了！"创作组成员有人称赞阎肃是"中华曲库"，有人说他是"最强大脑"，而阎肃是在用生命创造艺术的鸿篇巨制，更是在为时代、为梦想高歌，抒发心中对祖国、对军队的大爱。

　　2015 年 9 月 3 日晚上，《胜利与和平》大型文艺晚会成为一场融汇中国气派、中国风格的精神盛宴，演出中，不断能听到观众潮水般的掌声。

　　八十五岁高龄的阎肃，用年轻人的工作状态，充满激情地投入其中，为这台晚会的成功演出增添了耀眼的光芒，也成为他参与策划众多晚会中的堪称"绝唱"的佳作。

　　一首歌，一部剧，一台晚会，要唱响它、演好它，在阎肃看来，这

阎肃多次下部队参加基层单位的活动

些成绩不是哪一个人的功劳,而是"红花绿叶相映美"的结果,他始终感激空军、感激部队对自己多年来的栽培与扶持。同样,他把这种对组织上的关怀又回馈给年轻的演员,不管是空政文工团的歌唱演员,还是其他军种部队的演员,或者是地方的演员,只要阎肃发现对方很有潜力,他总会充当"伯乐"角色。许多优秀演员,在他的鼓励下不断取得一个又一个丰硕果实,如今都成为当今歌坛知名的歌唱家。

来自总参的歌唱演员王红涛,一曲《南腔北调》的戏歌,一鸣惊人,歌惊四座,受到党和国家领导人的赞扬和接见。虽说王红涛多才多艺,但若没有阎肃当年这位"伯乐",恐怕也难成"千里马"。

国内很多知名歌唱家都演唱过阎肃创作的歌曲,这些作品已成为标记时代的精神坐标,触动着时代发展的脉搏,能作为一个时代的艺术记忆留存下来,都源于阎肃对时代的主动拥抱、深刻把握和热情赞美。在壮阔的时代大潮中,阎肃以个人的音符融入时代的主旋律中,迸发出了时代所赋予的不竭灵感与熠熠光辉。

"铁肩担道义,妙手著文章。"阎肃之所以能写出无数佳作,最重要的是源于他对艺术的执着追求,有一颗不老的青春之心,这颗青春之心,让他的作品总能引起时代的共鸣,在每一个时代都有知音——这就是一生都在忙碌的阎肃。

第八章　相濡以沫，风雨兼程五十余载

1. 浪漫金婚伴君行

阎肃与比自己小七岁的李文辉结婚后，相濡以沫、患难与共，携手走过五十五个春秋，在圈内是一对让人尊敬的模范夫妻。在人们眼里，搞音乐的人都很浪漫，然而，年轻时的阎肃任空政歌舞团编导，上进心很强、才华横溢，经常下基层部队体验生活，几乎没有休息过节假日，他俩不像人们想象中的那样有着花前月下的浪漫。在李文辉的记忆中，他俩很少结伴去看一看天安门，很少去王府井百货大楼逛，老伴把大量时间和精力都用在工作上了。

1966 年初夏的一天，阎肃不忍心看着心爱的妻子每天忙于工作和生活，他在完成新的创作任务后，特意陪李文辉去逛故宫，带她品尝老北京炸酱面。那天，两人的心情非常好，游览中，留下一张珍贵的黑白照片，至今，李文辉仍完好地保留着，时常勾起她与阎肃在一起的美好回忆。

阎肃曾创作出无数的经典作品，人们会以为他挣了许多钱，生活中的他一定很"高大上"，在吃穿用上一定很有品位，很讲排场。然而，当你走近他时，才知道他在生活上很节俭，衣着朴素，一件衣服能穿很多年，衣服破了，就让妻子给他缝缝补补接着再穿。

1966 年，阎肃、李文辉夫妇在天安门广场留影

　　阎肃在生活上的简朴让李文辉觉得不可思议，在她看来老伴是公众人物，出门参加活动要穿得体面些。于是，她给阎肃买了几件质量好、合适得体的服装，让他参加重大活动时穿。然而，阎肃穿上新衣服没几天，又换回了旧衣服，还把新衣服放进柜子里，并美其名曰："幸福生活来之不易，不能铺张浪费呀！以后别再买了。"为此，李文辉拿他没办法。

　　阎肃在穿上不讲究，在吃上同样也不讲究，胃口好，吃吗吗香，从不挑挑拣拣，用他自己的话说，就是"好养活"。阎肃年轻的时候，家中负担重，经济条件不好，那时就养成了勤俭节约的习惯。结婚之初，阎肃每次回家吃饭，只要看见老伴还没来得及倒掉的剩菜，二话不说拿过来就吃，养成了不浪费一粒粮食的习惯。

　　多年后，生活条件有了很大改善，但阎肃仍不舍得浪费。为此，李文辉劝老伴说："你呀，现在条件好了，没必要再节约了。"话还没说完，阎肃自顾自干脆利落地完成了"光盘行动"，然后，一笑了之。看到他那样子，李文辉既好气又无奈。李文辉的手很巧，自从和阎肃结婚后，她经常对照菜谱学炒菜，时间久了，能炒一手好菜。每逢家中来客人，她系上围裙到厨房里大显身手，不一会儿，十几道菜就能摆在餐桌上，每一道菜几乎都能做到色美、味香又好吃。

阎肃、李文辉夫妇婚后留影

结婚后，李文辉离开锦州兴城医院，来到河北涿州某部当了一名军医。她只要回到家，就不顾一身的劳累，系上围裙，开始给全家人做饭，刷锅洗碗收拾家，从不发一句牢骚。阎肃看着都心疼，为此，他经常去空政文工团的大食堂买包子、红烧肉带回家，想用这种方式减轻李文辉的家务负担。每次，阎肃把买回来的包子放到餐桌上时，总忘不了称赞师傅的手艺好，边吃边说："好吃，真是香啊，来吧，一起多吃点儿！"当然，

阎肃、李文辉夫妇军装照

阎肃很爱吃李文辉包的白菜猪肉馅饺子，吃多少都不觉得腻，年纪大了，他仍照吃不误。为此，李文辉常常提醒他，年龄大了，要少吃点儿，不能吃太饱！但是，阎肃嘴上答应着，可一吃起来就把那些劝告抛在脑后了。

不过，阎肃也曾有过"露一手"的时候。李文辉清楚地记得，1984

年6月23日下午，她下班回家后，只见阎肃神秘地对自己说："今天给你一个惊喜，不用你做饭，看，我已经包好一屉饺子了。"这对李文辉来讲真是意外呀！感觉太阳真是从西边出来了，再看一眼那些没下锅的饺子还真有点儿饺子样，摆得也很规矩，就是看相不太好，大小不均，有的立不起来。不管怎么样，这说明阎肃也是下了一番功夫的。原来，阎肃新创作了一首歌曲，欣喜之余，提前下班，一个人和面、剁馅整整忙乎了几个小时。

阎肃把热气腾腾的饺子捞在盘子里，放到餐桌上，高兴地对李文辉和女儿说："来，你们尝尝我包的饺子如何啊？"李文辉看见他的脸上还蹭着面粉，再看一眼那些像模像样的饺子，心里感觉很温暖。

看着碗里还冒着热乎气的饺子，李文辉高兴地称赞说："你包的饺子还挺像回事，什么时候学会包饺子啦？"用筷子夹了一个饺子放进嘴里，尝了一口，发现盐放得太少了，基本上没什么味道，难以下咽，她对阎肃的厨艺实在不敢恭维！阎肃看到妻子和女儿阎茹吃饺子的表情，就知道怎么回事了，露出尴尬的笑，自责地说："唉，我只想帮你干点事，让你轻松点儿。"李文辉不想看到阎肃失望的表情，笑着连声说："不容易，确实不容易！你的心意，我领了，你呀，天生有一双写歌词的手，还是专心搞你的创作吧。"后来，只要阎肃想去厨房帮忙，总会被李文辉"撵"出来。

阎肃打心眼儿里敬佩妻子，用现在的话讲，她就是家中的"女汉子"，大小事几乎都包揽在她的身上，就连多次搬家和装修房子这样的大事，也不用阎肃操心。

谈及每次搬家的事，李文辉感慨地说："搬家是件让人头疼的事，已经搬过好几次家了，有时，尽管在同一个院里从小房子搬到大房子里，也要费一番周折。每次搬家前，都要把家具、被褥等生活用品包进大大小小的包裹中，再去找人、找车把所有家具和包搬到新家里。运到新家后，再打开所有的包裹，一点点慢慢整理，等把家里的一切收拾利落后，才叫老伴回家住。"

当阎肃坐在清静整洁的书房里，再看一眼妻子累得满头大汗、腰疼背酸的模样，纵有满腹才华，也不知该用什么贴切的词语安慰妻子，只觉得心很疼，也很暖，他只能伸出手为妻子揉揉背、敲敲肩，用无声的语言来表达对妻子的爱意。不过，他只要在家里吃饭，很乐意干洗碗之类的家务活，就是想让妻子多休息一会儿。

人，不可能一帆风顺度过此生，阎肃的一生中经历过许多事，在"文革"中，他也经历了坎坎坷坷，但终归没有大起大落，这与他的人生智慧与坦荡做人不无关系。阎肃作为空政文工团剧作家，写过很多剧本，社会影响力最大的当数歌剧《江姐》。

但是，在"文革"中，阎肃创作的歌剧《江姐》被污蔑为"毒草"，曾几度被打入"冷宫"并停演。面对这种处境，阎肃安慰着妻子和家人，认为只要自己对得起党，一心工作，什么也不怕！

在那个特殊的年代里，许多被戴上"右派分子"帽子的知识分子，都被"下放"到偏远地区。那时，阎肃表面上看"很乐观"，但他也担心自己会连累妻子和孩子。

那段时间，阎肃情绪有些低落，善解人意的李文辉安慰着丈夫："西藏高原最艰苦的哨所你都去过，这世间还有什么苦不能吃？你到哪儿，我跟你到哪儿，你哪怕去'北大荒'，我也要陪着你。"

阎肃听到妻子温暖的话语，眼睛湿润了，内心涌起幸福的暖流，说明当初他的选择非常正确，在他心里，妻子不仅是长相美、心灵更美！

患难之中见真情，在后来的日子里，阎肃对妻子更加敬重与信任，家中大小事都由妻子做主，而他把更多的心思都用在创作上。李文辉相信阎肃的智慧，相信他能坦然面对一切。对于阎肃来讲，他认为一生光明磊落，做人做事对得起自己的良心就好，做好眼前的事就好！

阎肃这种乐观坦然面对一切的人生观，对后人又何尝不是极好的启迪呢？

　　阎肃夫妇和睦相处，携手相伴一辈子，由最初浪漫的爱情，走着走着，也就成了不离不弃牵挂彼此的亲情。

　　"文革"期间，阎肃被借调到北京京剧团去写京剧样板戏。当时，剧团给他改善住宿条件，让阎肃住进一套四居室的大房子，希望他能留下来。但阎肃和李文辉都觉得只有部队才是自己的家、是老伴的根，回归部队才是最好的选择。

　　1977 年，四十七岁的阎肃听从部队召唤，告别了京剧团，重新回到空政文工团，回到了他最熟悉的军营，一家人住在位于定慧寺部队两间简陋的小平房里。夏天漏雨，有蚊虫叮咬，需要挂蚊帐；到了冬天，避免寒气来袭，窗户需要密封好，取暖做饭都用蜂窝煤炉子，烟熏火燎的，家里弥漫着一股油烟味。

　　每到这时，一向爱干净讲究的李文辉把大门敞开，以便保证空气流通顺畅。晚上睡觉的时候，阎肃怕子女睡冷被窝，提前把水烧好倒入暖水袋，再放进被窝里，等到孩子们进入梦乡，夫妻俩才算踏实许多，毕竟全家人能生活在同一个屋檐下了。

　　尽管生活条件很艰苦，但夫妇俩从没有抱怨过，也从没有因重返部队生活环境没得到改善而后悔。他俩都有养花的爱好，在家里养了君子兰、水仙花、茉莉、丁香、金银花、牵牛花等。李文辉很会侍弄这些花，这些花分泌出来的杀菌素能杀死空气中的某些细菌，抑制白喉、结核、痢疾病原体和伤寒病菌的产生，保持室内空气清洁卫生，既赏心悦目，还能让一家人感受到生活的乐趣。

　　尽管自己的家千般好，万般好，但阎肃注定是个只恋工作少恋家的人。他每次风尘仆仆地从外面采风或参加活动回到家，一进家门，总是忘不了与妻子分享所见所闻。那一年，阎肃应邀参加中国音协组织的西部采风活动，回到家后，对老伴讲了件有趣的事："我们的祖国疆土很辽阔，真是地大物博啊，走得再远，也会有你没见过的事物，也有没尝过的土特产。像甘肃定西产的土豆真是神奇，外形不特殊，个头也不大，

1994 年秋天，阎肃夫妇从春晚剧组回家后留影

但是吃起来很不一般，开锅一煮就烂，咬在嘴里沙沙的很爽口，好吃，真是太好吃了！"

那天，阎肃念念不忘那里的土豆，还纳闷地问李文辉："真是奇怪，为什么西部和内地生长的土豆有如此大的差别呢？"李文辉打趣地笑着说："既然那么好吃，你怎么不给我带几个回来尝尝呢。"阎肃听罢此言，认真地说："好，好，我以后有机会去那个地方，一定给你多带些回来。"

阎肃平时忙于出差，家中生活方面的事，都由李文辉料理。为此，阎肃对老伴的全力支持，心怀感激。

2010 年 7 月 25 日晚，在国家大剧院举办了庆祝空政文工团建团六十周年系列演出"阎肃作品音乐会"，有数十位全国知名歌唱家、表演艺术家纷纷登台献艺。演出即将结束，八十岁高龄的阎肃，走上舞台，怀抱着一大捧鲜花，脸上露出激动与自豪的神情，面对台下的首长与观众，发表感言："感谢部队多年来对我的培养，感谢人民对我的培养教

2010 年"阎肃作品音乐会"上，阎肃手捧鲜花走上舞台

2010 年"阎肃作品音乐会"取得圆满成功

育,感谢观众们对我的支持与关爱。"

阎肃结束发言时，看到台下陪伴自己多年的妻子李文辉静静地坐在那里，突然深情地大声说："最后，我还要感谢的是，我的老伴李文辉。这么多年来，她理解我、支持我，她默默支撑着这个家，让我能安心创作，这鲜花应该献给我的老伴，此时，我真想给她一个温暖的拥抱！"

阎肃站在台上，而李文辉坐在台下，这对患难与共的伴侣格外激动地注视对方，感受着彼此的温暖与理解，那一刻，真是此时无声胜有声啊！顿时，场内响起一片热烈的掌声和欢呼声。

李文辉听到这番暖心的话，心潮翻滚，往事一幕幕在她脑海里闪现着，泪水湿润了她的眼，她觉得过去的付出换来了老伴今天的成就，非常值得！台上的阎肃如同小伙子般想跳下舞台，亲手为老伴李文辉献花。

工作人员看到此情此景，都被这份真情深深打动了，但他们担心阎肃的身体，不能让他太兴奋与冲动，纷纷上前搀扶住阎肃。

那一刻，感动着整个会场里的人，热烈的掌声在场内如涛声般经久不息。李文辉在台下没有办法靠近阎肃，她站起身，面向出席音乐会的首长和所有观众合掌致谢。那一刻，她极力控制着感情的闸门，不让激动的泪水流出来，那一刻，她感到自己是世界上最幸福的女人。

李文辉记得，有一年，阎肃全家应北京电视台《夕阳秀》栏目之邀做访谈节目，题目是：夫妻如何能和睦相处。面对观众，他们很坦诚地讲述着，从中也可看出阎肃是个工作狂，在他的眼里，一天到晚只有工作、创作、思考、学习，还要在安静的书房里看成堆的书和报刊。时间久了，全家人都形成一个不成文的规定：家里若是商讨什么事，大都要在吃晚饭或看新闻及《焦点访谈》的时段里交流。

面对笔者的采访，李文辉坦言，她与阎肃结婚五十五年来，最大的体会是：夫妻一辈子是不可能让对方的个性有所改变的。她在单位是个很认真的医生，养成了干净卫生的习惯，每天进家门第一件事就是使用"六步洗手法"洗手。当她这样要求阎肃时就很难，阎肃每次洗手时，总是以军人干脆利落的速度迅速洗完。

一对恩爱夫妻，相伴几十年后，才会明白：两个人能走到一起，真

阎肃全家应邀参加北京电视台《夕阳秀》栏目

是一种缘分，似乎老天早已注定，需要彼此在各自的习性和习惯上有互补。当年，事业心极强的阎肃希望未来的伴侣是一位能持家、有头脑、生活能力强、有一定文化艺术素养的女子。当他第一眼看到优雅知性的医生李文辉的时候，就让他怦然心动，她有着外表美与内在美的统一，他认定自己在谈婚的年龄里刚好遇见今生要找的人！李文辉从小爱好文学，为人简单爽快，生活中遇到的困难，从不抱怨，而是积极想办法去解决。在那个年代里，李文辉的衣着很朴素，却掩饰不住她的美丽。两人心生爱慕，彼此欣赏，相互理解包容，婚后多年，两人有点小摩擦，也在所难免，还会为生活增添不少乐趣。

在一首首经典歌曲、一部部经典歌剧以及一台台精彩晚会的背后，都有阎肃为之付出的心血，一般人都觉得像他这样才华横溢的人，书房应该很豪华气派。然而，走进他的房间，只能看到室内摆放着一张床，一个书桌，一个衣柜，简单而整洁，这对阎肃来讲已经足够了。

搬家，那些年对于阎肃是件头疼的事，从一个部队大院再搬到另一个大院里，有时在同一个大院里，也会随着职务的提升，分配的住房面积也会有所增加。每次搬到新住所，李文辉首先要给阎肃整理出一间独立的书屋，让他静心搞创作，只要他把门一关，谁也别来打扰，在屋里静心看书、创作，把浪漫情感全都融入歌词里，自得其乐。

有时，李文辉想去书房整理那一堆凌乱的书，但阎肃担心不方便找自己摆放的书，就不希望老伴去整理。看着一堆不整齐的书，李文辉无奈地摇摇头，只能听任他的想法了。

也许经历过国家经济最困难的时期，让阎肃养成了生活俭朴的习惯。李文辉说："20世纪50年代末阎肃的工资就算比较高的，我们相识的时候，他的工资是97元，1961年每月工资就是107元，他在文工团级别始终是最高的！每个月他把发的工资，大部分都寄到重庆老家，既要负责父母的生活费，还要给弟妹们补贴，但阎肃从不舍得乱花一分钱，只有在买书或是看戏方面舍得花钱。在生活拮据的年代里，看戏一小时

阎肃坐在家中老藤椅上搞创作

要花费一角钱，为了节省交通费，他总是一路步行走到戏院。"

　　家中有一把常年使用的老藤椅——阎肃青少年时期是在山城重庆度过的，他对古朴清爽而不乏情趣的藤椅情有独钟，他说只要坐在藤椅上，才感觉舒服，才有创作灵感。李文辉记住老伴说的话，每次搬家，总忘不了把使用多年、他最爱的藤椅搬进书房。她记得第一把藤椅用了三十多年，阎肃已经坐出感情了，尽管很旧，仍不舍得扔掉，藤条断了，李文辉想办法再接上，后来，实在不能用了，才算放弃。经李文辉多方打听，终于在白塔寺羊市大街148号的店铺里，给阎肃买了一把新藤椅。

　　阎肃看到新藤椅很高兴，在纪念新买的第二把藤椅两周年这个特殊的日子，突发灵感，这一天他写了一首关于藤椅的歌词：

腾　飞　曲

经历过严冬的人们，
更爱春光明媚；

饱尝过霜雪的土地,

更珍惜大野芳菲;

遭受过欺凌的民族,

更懂得主权金贵。

站立起来的雄狮,

要仰天长啸奋起直追。

追风追雨追太阳,

不教光阴流逝水;

追云追电追时代,

于无声处响惊雷。

愿我们的山河亮丽纯净百花吐蕊,

愿我们的天空碧蓝澄澈白鸽翔飞,

愿我们的庭院宁静安详风和日丽,

愿我们的父兄欢乐开怀畅饮举杯,

愿我们的孩子快乐成长年年岁岁,

愿我们的情侣甜蜜和谐琴瑟相随,

愿我们的事业蓬勃发展一日千里,

愿我们的神州富强昌盛奋翼腾飞,

追风追雨追太阳翘首五星闪金辉。

　　阎肃就是坐在这把藤椅上,创作出许多被称为一个时代辉煌的经典歌曲。每当李文辉看见这把留有阎肃体温的藤椅时,她怎么也不敢相信,时光匆匆,当年那个身材挺拔才华横溢年轻的阎肃,怎么被时光雕刻成满头白发的驼背老翁呢?他坐在这把藤椅上伏案创作的情景,让李文辉情不自禁地想到,老伴仿佛是田间耕耘的牛,无论前方的道路有多么难,依然负重前行。

当年，阎肃听到李文辉那个形象的比喻后，称赞老伴想象力丰富，也可安心写歌词了。他那乐观的心态，爽朗的笑声，深深地镌刻在李文辉心里，在她看来阎肃从未老，他永远有一颗年轻的心。

2. 龙龙凤凤是最爱

1963年10月，阎肃夫妇有了女儿阎茹，给这个家庭带来了许多欢乐，看着可爱的女儿，李文辉问阎肃："给女儿起什么名好呢？"

阎肃想了想笑着说："我那么爱看书，有了女儿，如同书里来的，就叫她阎如玉吧。"

李文辉有些担心地说："万一她长大后皮肤不白怎么办呢？"阎肃说："那就把玉去掉，女孩的名，在如上加个草字头吧。"因此，大女

阎肃、李文辉夫妇与女儿

阎肃夫妇与子女

阎肃夫妇与子女

儿有了阎茹这个名字。

因阎肃忙于出差,在家的日子并不多,李文辉承担了家庭的重任,既忙工作,还要照顾四岁的女儿,还要包揽家务活。李文辉的手很巧,女儿的衣服都由她来缝制,穿在身上很合体舒服,式样也很新潮,走在马路上,常被小伙伴误以为是新买的衣服呢。

1967 年 4 月,阎肃的儿子阎宇出生了,他比姐姐阎茹小四岁。那时,阎肃经常到基层部队体验生活,采风创作。在河北涿州某部当军医的李文辉,既要忙工作,还要照看两个孩子,一时间,忙得不可开交。于是,李文辉把不到一岁的阎宇送到沈阳锦州的娘家,请妈妈照看,阎宇三岁那年,李文辉把儿子接回北京,全家人终于团聚了。

真是女大十八变,阎茹越长越好看,李文辉看着漂亮的女儿,很喜欢给她拍照。李文辉还学会了冲洗胶卷,在家里搞了个小暗室,买来一套洗胶卷用的显影液之类的药品。很快,由她拍摄的一张张照片显现出来了,给孩子们留下许多珍贵的黑白老照片。

阎茹上大学时迷上了打桥牌,也是她最大的爱好,她在全国桥牌比赛中荣获冠军，还入选国家队，在她的卧室里摆放着许多奖杯、奖牌。在她青春妙龄之时，追求她的小伙子也很多，给她介绍的小伙大多是研究生、留学生——在那个年代里，有本科以上学历的小伙凤毛麟角，都是人们眼中最有发展前途的人。让阎肃夫妇出乎意料的是，女儿阎茹最终选择了一位能陪她打桥牌的青年男子，在家人的祝福声中，女儿嫁为人妻。

1994 年秋天，阎肃在春晚剧组里忙着搞策划，他想带家人也去现场观看彩排，但女儿身怀有孕，不便出门，他只好带着每天忙于家务的李文辉到剧组看排练，让老伴在现场近距离观看到春晚的表演，轻松一下。那天彩排结束后，阎肃夫妇很晚才从剧组回到家，两个人坐在沙发上，几乎异口同声感慨地说："哎呀，还是自己的家最好！"

也许很多人都会有这样的感觉，不论家是富是穷，房子是大还是小，装饰是漂亮还是简单，无论漂泊何处，回到自己家的感觉真好！那种温馨与踏实感立刻洋溢在心头。

阎茹经 B 超检测出怀上了龙凤胎，这让阎肃夫妇很是高兴，李文辉也做好了给女儿照看孩子的准备。不久，两个孩子出生了。早产近两个月，出生时，体重都比较轻。李文辉承担了照顾外孙、外孙女的重任，只要听到两个孩子欢快的笑声，全家人都很开心。

李文辉担心孩子的哭声影响阎肃的创作与休息，时常带两个孩子到楼下的小屋休息，把整个心思都用在两个孩子身上。当然，这对双胞胎姐弟也给家庭带来了许多欢乐。

阎肃忙碌一天回到家

阎茹和双胞胎龙龙、凤凤

中，走进客厅，只要他那浑厚的嗓门喊一声："我回来啦！"龙龙和凤凤立刻从里屋跑出来，伸出稚嫩的手臂，高兴地喊着："爷爷抱抱，爷爷抱抱！"那一刻，阎肃高兴得眼睛眯成一条缝，和孙辈们玩在一起，感受着温馨家庭的乐趣。

已经大学毕业的龙龙和凤凤都习惯称呼阎肃夫妇为"爷爷""奶奶"，原因是他们从小在阎肃家里长大的，经常听家里的保姆那样称呼，两个孩子也跟着叫顺了口。阎肃老两口只要看到孩子们的笑容，心情大好，至于称呼，他们并不在意。

中国的家长对子女都有一个共同的心愿：望子成龙，望女成凤。

但阎肃对孩子能否成才没有太高的期望值，他年轻的时候就没有想过自己将来能成为什么家，或是超越什么人，也从没想过未来将做一番伟大的事业。但上天很善待勤奋之人，阎肃始终脚踏实地全身心投入到工作中，一生都在不断地学习并取得一个又一个辉煌成绩，他希望只要今天的自己能比昨天的自己进步就好。

同样，他把对自己的要求，也用在子女的身上。

3. 与时间赛跑的老人

走进阎肃家中的客厅，首先映入眼帘的是众多册藏书摆满了整墙书柜，扑面而来的文学气息，让人震撼。这些书都是他一生的宝贝，所藏书籍内容丰富涵盖了文学、艺术、音乐、美术、历史、政治等领域，达上万册。

腹有诗书气自华。阎肃从二十岁出头的年轻小伙变成年过八旬老翁，六十多年间他阅书无数，自得其乐。一本本被他翻过无数遍的书可以做证，他的时间和精力大多用在读书上，有时候，书柜里放不下新买来的书，就转移到床头前或是沙发上。阎肃看的书范围很广，他很喜欢看唐诗、宋词、音律方面的书，就连各种小说、剧本，他几乎都看，甚至民国时期的《三六九画报》也看。有时阎肃从旧货书市淘来好看的旧书，由于书页泛黄页码有所松动，有的书边缘破损了，他给它包上厚厚的牛皮纸"保护"起来。

阎肃能创作出众多的经典作品，这与他涉猎广泛有很大关系，他看过的书都用笔在上面圈圈点点、勾勾画画，缀满了思想碰撞的火花。

他曾跟朋友说："这辈子每天除了坚持读书、看报、创作之外，没想着刻意再做别的事情，书能给人以无穷的力量。"阎肃大部分时间几乎都定格在书桌旁，似乎练就了过硬的"坐"功，书房那把藤椅可以做证，它被手摸得油光发亮，颜色斑斑驳驳，有一种沧桑感，扶手处的藤条龟裂断离，靠背上一个碗大的破洞，很是显眼，都见证着阎肃非同一般的"坐功"。

在李文辉的印象中，阎肃在家里的时间大多是坐在书桌前。身为医生的李文辉多次劝他，不能坐太久了，免得对腰椎、颈椎不好！但阎肃总是左耳朵听右耳朵出，还美其名曰："我守着一堆财富，不看，岂不可惜了！"

"浪费时间，就是浪费生命！"阎肃把时间看得很珍贵，只要有空，他就看书、学习、搞创作，就连"文革"那个动荡的年代里，也没耽误一点时间。他年轻时，在图书馆看；结婚后，他自费订了几份报刊；后来，家中的十多份报刊，基本都是各报社赠送的，自己只订两份《北京日报》《北京晚报》，阎肃家的报箱都比邻居的大一号。《人民日报》《解放军报》《空军报》等重要报纸，是阎肃天天必看的。让李文辉最着急的是，阎肃每次出差回来，家里的各种报纸堆积成山，他不顾旅途的劳累，毅然坚持以最快速度看完，心里才算踏实。

有时，李文辉半夜十二点醒来，发现阎肃仍在书房里看书；半夜两三点钟，她再次醒来，仍能看到书房中的灯亮着，他坐在书桌前写作。

阎肃曾写过一首珍惜时间的诗，每逢重大活动，总喜欢朗诵这首诗作为结束语：

昨天今天明天

问一问，人的一生有几天？

算一算，人的一生不过三天。

跑过去的是昨天，

奔过来的是明天，

正在走的是今天。

不要忘记昨天，

认真计划明天，

好好把握今天。

但愿明天，今天已成昨天，

而你依然在我身边。

春梦无痕，秋夜缠绵。

如歌岁月，似水流年。

但愿明天，今天已成昨天，

而我依然在你心间。

那些年，许多人问阎肃为何能创作出这么多经典歌词，每台晚会上，怎么总能想出许多好点子，他们很想知道有什么诀窍。阎肃坦然地回答说："我在创作上没有别的窍门，古人说得好，读万卷书，行万里路，认真对待每一分钟，要多读书，勤思考！"

读万卷书，就是为了知识的储备，行万里路，就是要深入生活。阎肃的脚步走遍祖国大漠戈壁、雪域高原、北国雪山、南国雨林，让他体会最深的是：艺术创作离不开生活，一位优秀的艺术家，不仅要直接向生活学习，而且还要通过读书间接地了解生活、丰富自己的人生阅历。

因此，他创作的歌无论想传达多么宏观的大道理，都能显示出他生活的厚度和独特的亲和力，既能把握时代的韵律，又能拨动人们的心弦。

阎肃还有一种天赋，就是能很快学会当地的方言，一次，他和同事去北京平谷、龙庆峡采风的时候，发现这两个地方与北京城很近，但说话的音调还是有点儿差别，怎么听都觉得不是一个调！在他看来，各地语言真是太奇妙了。诸如此类小事，别人听一听也许一闪而过，而阎肃却记在心里，暗想，也许哪天搞创作的时候，能把这种语言用到歌词里呢。处处留心皆学问，这大概就是他外出采风带来的收获吧。

年过八旬的阎肃，也从未放松学习。他始终让自己保持一颗年轻的心，始终勇立时代潮头，全身心投入到为唱响时代最强音的创作中。

北京军区战友文工团原团长、著名词作家王晓岭曾分析阎肃歌词的格局："中国古典诗词艺术的高峰是《诗经》和唐诗宋词，当今的词作家学习、借鉴的往往以此为重，但阎肃却把目光还投向了元曲。他的歌词深得此中真义，因此形成了气象万千的大格局。"

在各种重大晚会的策划中，八十多岁的阎肃总能想出新内容，都得益于坚持认真做功课，引得各个年龄段的人爱看有阎肃参与的节目、爱听阎肃的点评。他内心燃烧着一团火，时刻渴望着与这个大时代的碰撞，不断超越自己，迸发出更大的激情。

许多人不得不承认阎肃的记忆力很好，反应灵敏。阎肃认为活一天就要充实一天，要与时间赛跑，把所有的时间都用在有意义的事情上，要当一名对社会有意义的人，争取来年的自己比今年更胜一筹。

4. 没有名人架子的大名人

论资历，阎肃在空政文工团属于"元老"级的人物，然而，凡是跟他打过交道或见过面的人，都认为他可敬、可亲、可爱，很喜欢他，也

阎肃（前排左向六）应邀参加中国文联组织的赴甘肃定西市采风活动与同事合影

给他取了不少雅称：老阎、阎老、阎公、阎翁、阎老肃、老阎肃、老阎同志……有人还送他一句诗：学富五车老顽童，才高八斗述人生。

那些年，阎肃在各种大型晚会和电视上的出镜率非常高，知名度很高！不熟悉他的人以为他的架子会很大，然而，无论他在单位还是到基层部队采风，或者参加大型晚会，凡是跟他见面的人，都觉得阎老待人亲切，非常接地气。

相由心生，人的内心世界是什么样？都能在人的外貌上体现，一个人的精神世界虽然是内在的，但能给人外在的直观感受。阎肃身上完全没有什么名人架子，这是一种经过几十年历练后的返老还童，是经过几十年创作、几十年对世事人情的洞察才修炼出来的。

别看阎肃在文工团的同事中年龄最大，级别最高！但他从不在年轻的领导面前摆谱，每次外出，阎肃都要向比他年龄小很多的领导请假，回来后再及时销假，每次过组织生活，他都积极参加。每逢文工团开会，不论大事小情，阎肃总是提前赶到，从没有迟到过。他在文工团没有担任过一官半职，却"辅佐"了十几任领导，他一生中尊重每个人，那是从骨子里自然而然的真情流露，和他打过交道的人都有深刻体会，他所具有的优秀品质绝对是装不出来的。

被人们尊称为乔老爷子的乔羽比阎肃大两岁半，两个人都是中国当代音乐界泰斗级词作家，彼此敬慕。乔羽从十九岁就开始从事专业创作，1954年他就创作了传唱了几代人的著名歌曲《让我们荡起双桨》，他创作的歌曲也火遍全国，却没有丝毫的张扬与浮夸，待人接物低调而谦虚。而那时阎肃刚刚参加革命队伍，人也较年轻，总是尊称乔羽为老师。

后来，成名的阎肃创作的歌曲在军内外逐渐有很大的影响力，但无论在什么样的场合，阎肃仍然很尊敬乔羽，这也给许多成名家的后来人树立了好榜样。

"看淡名利一身轻，只图作品留美名！"这是阎肃多年来做人的标准。那些年，有人曾主动提出要给阎肃写传记、出文集，都被他婉拒了。李

阎肃与乔羽

文辉很了解老伴，也很赞成他的想法：只要人们喜欢他的作品就行啦！该留下来的，自然要留下来，不该留的，就算强留下来又有什么用呢？

在李文辉的眼里，才华横溢的老伴是一位内心有情怀、胸中有境界、思想有活力、笔下有风云的艺术家。从他俩相识之初，她就知道阎肃喜欢看武侠小说，在20世纪七八十年代，只要有新的武侠小说出版，阎肃总是想方设法买到手，解渴似的很快看完。金庸、古龙等人的武侠小说，他基本上都看过，也为他在后来的创作中成功地塑造人物打下扎实基础。阎肃曾多次对李文辉说："我心中有着一个武侠梦，如果生活在那个年代里，一定要行侠仗义、为民除害。"生活中，李文辉认为老伴的性格也如侠者一般除恶扬善、黑白分明，面对名利得失，从不计较名利。

阎肃一生中遇到过形形色色的人，但他始终发自内心地尊重生命中遇到的每一个人。从部队首长到部队大院里的普通员工，在他眼中都是平等的，都值得尊重，都应该用心走近，他热情对待熟稔的人，也温和对待每一个初识的人。

阎肃无论在文工团开会、参加新闻发布会或是担任文艺节目评委、嘉宾等活动，总是提前到场，包括来接他参加活动的司机，阎肃总是提前五分钟下楼等着司机。阎肃的想法是：宁可我等人，莫让人等我。凡是与阎肃接触过的人，很容易让心情放松，有一种"与君一席话，胜读十年书"的感觉。

阎肃外出时经常被粉丝认出来，遇到有人让他签名或合影，他一向来者不拒。在尊重别人的同时，也能赢得对方的尊重，还能让自己有个好心情，何乐而不为呢？团里只要有年轻演员开独唱独奏音乐会，他都会写前言、写寄语、赠题词，积极扶持新人。

在筹备迎接党的十七大电视政论片《复兴之路》期间，阎肃下榻宾馆的服务员提出与他要合影。阎肃一反常态连连摆手说："不行，不行，明天吧。"几名服务员以为他在摆架子，感觉很失望。没想到，第二天，阎肃信守诺言，身穿军装，主动找到那几名服务员合影。原来他觉得没穿军装，担心拍出的合影照片让别人有遗憾——他要以最佳姿态展现在人们眼前。几名服务员得知实情后，个个喜出望外，心生敬佩之情。

对于名，阎肃有自己的理解，他说，真正的名人是"明人"，即明白人，有自知之明；一个人不管你当多大官、有多大的名气，千万不要摆架子，架来架去，就把自己架空了。

每年春节，阎肃能收到许多亲朋好友发来的贺岁短信，他总是坐在沙发上认真回复每一条贺岁短信，因为他使用的是老式手机，发短信费力。子女心疼老爸，就劝他少回几条短信或是少写几个字，但做事认真、宽厚待人的阎老爷子总是嘴上应承着，依然按自己的方式给朋友回复信息。他经常对子女们认真地说："这是对别人的一种尊重，也是做人做事的态度。"

阎肃下基层采风，年轻的官兵们看到阎肃激动地说："阎老师，当年我就是唱着您写的《我爱祖国的蓝天》成为一名空军的，那首歌真是太美太鼓舞人心啦！"听到这话，阎肃心里头甜滋滋的，他从来没把自己当个什么人物，能给人们留下几首好歌，就很好了。

阎肃如同一根温柔低头的麦穗，一辈子都以谦逊的姿态面对一切，正如他所说的一句话："得之淡然，失之泰然，争其必然，顺其自然。"

5. 艺坛"寿星"惹人爱

岁月总是在不经意间悄然滑过，给世间万物染上了霜，阎肃也不例外，层层霜发取代着昔日的一头乌发，李文辉怎么也无法相信，两个人携手步入婚姻已有五十余载了。

已是耄耋之年的阎肃，皱纹已漫过眼角至额头了，身躯已不再挺拔，长期伏案导致背微驼，但他始终不变的是对生活的热爱，对音乐创作的执着追求以及乐观处世的人生态度。

　　在阎肃的人生旅途中，他用真情精心勾画着六十五年辉煌成就的艺术长卷。他创作出的一大批经典佳作，已融入这个伟大时代中，与祖国日益发展壮大。他的心理年龄要比实际年龄小很多，当有人听说他年过八旬时，都会露出惊讶的神情，表示赞叹，而阎肃却笑称自己是"80后"。他以"80后"的心态，热情拥抱新生事物，阎肃曾把老年阶段编成一段顺口溜："长江后浪推前浪，前浪拍在沙滩上。拍在沙滩上又怎样？我依旧轻松晒太阳。"他的率真与幽默，也常常感染着周围的人。

　　在大多数人的想象中，都认为搞文艺的名家，大多都解风情、懂浪漫、有情调，尤其是年轻人，不论生活在哪个年代，都有着与众不同的诗文情怀。李文辉上学的时候曾当过舞蹈队长，学校领导让她在县政府门口的墙上画一幅关于爱国卫生的宣传画，她画得比较成功。在成为一名医生后，她以为自己与文学擦肩而过，无缘艺术创作了。当她遇到有着音乐天赋的阎肃时，着实让她内心欢喜。然而，现实中，阎肃并没有她想象中那么浪漫，因为他把更多的时间和精力用在了创作上。

　　每年的6月25日这一天，是李文辉与阎肃的结婚纪念日，但是，阎肃总是应邀去电视台忙于搞策划或是去基层部队采风、参加研讨等活动。等他想起来的时候，才给妻子打来歉意的电话："瞧我这记性，又忘记了，明年我一定弥补！"李文辉已经习惯了，她不会责怪他，只希望他做好自己喜欢做的事。

　　5月9日，是阎肃的生日。每到这一天，李文辉总是精心准备一桌拿手的好菜，在家等候老伴归来，等待着全家人温馨团聚的那一刻。然而，阎肃忘不了如期完成创作任务，却在忙碌中，常常忘记了自己的生日。他反而风趣地开导妻子："别总是提醒自己的年龄，要忘记自己的实际年龄，等再大一些的时候再过生日也不迟。"

　　当阎肃迎来六十六岁生日之时，李文辉说啥也要给老伴过一个像样的生日。她邀请很多亲戚前来参加，他们中有的人从昆明、重庆等地大老远赶来，大家热热闹闹给阎肃送来了最真挚的祝福，一家人开开心心聚在一起吃了一顿团圆饭。

那一天，阎茹特意给爸爸包了六十六个小饺子，祝愿老爸六六大顺，健康长寿。

那一天，阎肃在全家人的祝福声中，感受着美满家庭的温馨。

那一天，六十六岁的阎肃度过了有生以来第一个生日。

2000年5月9日，当岁月的年轮带着阎肃转到七十岁的时候，空军政治部领导非常重视，决定为他举办隆重的庆生活动，这让阎肃有些惶恐不安，担心给组织添麻烦。

曾为《想家的时候》《春天的故事》《我属于你》《大三峡》《长大后我就成了你》等作曲的著名作曲家王佑贵，和创作出《家乡茶歌》《海姑娘》《相约广州》等作品的国家一级作曲家龙伟华等知名音乐人，也从广州、深圳等千里之外的地方专程来京，还有两位在云南和四川的弟弟、妹妹远道而来，共同为大哥祝寿，全家人借此机会再次得以团聚。

生日前一天，空军部队首长亲自到阎肃家道贺，还送来一个很大的生日花篮，这让阎肃很感动。空军政治部各个部门的领导、同事也陆续前来为阎肃贺寿。

这一天，就在阎肃家的客厅里，空军政治部领导当场宣布：组织决定，根据部队工作需要，希望阎肃发挥特长，为部队继续服务，终生不退休！

这个决定，是阎肃六十岁那年，组织上给他做出延缓退休后的又一次决定。

听到这个决定，阎肃很认真地整理军装，表示非常感谢空军领导对自己的重视，感谢组织对他的信任！今后继续为官兵服务，为那些喜爱他的歌迷们服务，为这个时代服务，为唱响中国梦而服务。

那一天，阎肃和李文辉夫妇激动与兴奋之情溢于言表，客厅内摆放着首长送来的大花篮，众人把阎肃围在中间，贺寿的话一句紧接一句。空军政治部为阎肃举办生日宴，还为阎肃七十大寿召开音乐创作座谈会，

部队领导为庆贺阎肃七十岁生日举办座谈会

亲朋好友庆贺阎肃（右三）七十大寿

在场的人们都很激动，一声声祝福，一句句真诚的问候，代表着人们对老寿星的真诚祝福。阎肃面对点燃的蜡烛，双手合十默默许愿，蜡烛吹灭之时，室内顿时响起了一片祝福声，唱起了欢快的生日歌。随后，政治部首长和阎肃的同事、好战友愉快地畅谈着与阎肃共事多年的经历，大家分享着美好心情，场面气氛热烈，为阎肃度过了一个热闹而温馨的生日。

阎肃度过了七十岁隆重的生日，这是由空军政治部组织出面给一位老兵过生日，这在军内外艺术家中都是少见的。

阎肃夫妇陆续送走了政治部领导和远道而来的客人后，两人坐在沙发上，刚才的欢笑声仿佛仍回荡在客厅里。

此时，太阳暖暖地从窗外照射进来，已是午休时间，若是往常，阎肃已经去休息了。此时，阎肃身穿空军军装坐在沙发上，脸上露出幸福的笑容，李文辉能看得出，老伴仍沉浸在兴奋中，两个人环视着客厅里摆放的几个大花篮，又看一眼窗外的蓝天白云，和煦的阳光洒进室内，一切感觉暖暖的。不知何时，阎肃倚靠在沙发上，响起了酣睡声，李文辉找了条毛毯轻轻地盖在他身上。

提起过生日这事，让李文辉难忘的是，2009 年有闰五月，阎肃在那个月居然收到三个生日蛋糕：阳历 5 月 9 日收到一个生日蛋糕，农历五月初九收到一个生日蛋糕，到了闰五月初九又收到一个大生日蛋糕。阎肃对妻子感慨地说："看来岁月真是催人老呀，短短时间内，我好像一下子增长了三岁哟，以后如果再过生日就要以阳历 5 月 9 日为准啊。"

冬去春来，时间过得真快，转眼到了 2010 年 5 月 9 日，阎肃又迎来了八十岁大寿，再一次迎来了由组织出面为一名军旅艺术家过生日的"传奇"。这不仅是部队为阎肃过一次最隆重的生日，还反映了军队对文艺工作者的敬重，对一生曾创作出无数经典作品的艺术家最崇高的待遇。

这一天，阎肃听到最多的话是："福如东海，寿比南山！""祝阎老爷子身体健康！快乐每一天！愿阎老再创作出喜闻乐见的作品！"一声声美好的祝福，让阎肃内心激动兴奋。他身穿崭新的军装，神采奕奕、

阎肃（左二）八十大寿

声音洪亮地感谢着每一位前来道贺的首长、同事和亲朋好友。这一天，一向擅长幽默语言的他，说得最多的话却是："谢谢！谢谢！"

中国人有着"五年小庆，十年大庆"的风俗。2010 年 5 月 9 日，阎肃将要度过八十岁的生日。这天上午，部队首长、亲朋好友来到阎肃的家，只见阎肃夫妇俩笑容满面地站在门口等候着。尽管岁月留痕，皱纹最能透露出一个人的年龄，但他们神清气爽，让大家羡慕不已。还有一些年轻人纷纷探听：阎老有何驻颜术？让他仍能保持如此旺盛的精力？

阎肃听后笑着说："什么事都要看开些，别计较，只管做好自己想做的事，也许自己付出了很多，看似吃亏，实际上是福！"

这一天让阎肃特别开心的是，第四代、第五代四位"江姐"扮演者都到家里给他祝寿，她们心存感激，带来声声祝福。而此时，阎肃没忘记叮嘱"江姐"们："你们永远都要听党的话，听组织的话，身体好，能干活，听招呼。"四位"江姐"围在阎老爷子身旁留下一张有意义的合影照。

时间会证明一切，"江姐"们都牢记阎肃的教诲，她们不仅在歌坛上成为榜样，有的还成为"慈善大使"。

这一天，阎肃度过了一个愉快的生日。

纵观阎肃的作品，无不流露出积极健康向上的元素，传世的作品让人难忘，美好的人生让人敬佩。有人说，阎肃留下了成绩，留下了一批经典作品，更留下了为人处世的高贵品质，这是他对事业对生活最真诚的诠释。

第九章　珍贵荣誉，此生最爱是戎装

1.　人生中的第一场音乐会

高调做人，低调做事，是阎肃为人处世的最好写照。在他一生中，有很多机会，很多地方，很多场合，可以展示自己的作品，可以大力宣传自己的辉煌成就，但是，他从来不利用这样的机会抢风头，而是谦虚待人待事。

阎肃经常应邀担任大型晚会、大型活动的总策划或导演的主要助手，但他从来不大包大揽，从不在晚会上塞进自己的作品，而是希望同行们的好作品在春晚里经常出现，自己则在幕后扮演辅助的角色。就像歌曲《雾里看花》，还有 1995 年春晚《万事如意》歌词，他都是在紧要关头充当"救火队员"的角色。

阎肃越是谦虚低调，生活反而越给予他丰厚的回馈。2010 年，空政文工团成立六十周年，也是阎肃在空政文工团从事文学艺术工作六十周年，为此，空政决定在国家大剧院举办"阎肃作品音乐会"，这是他人生中的第一场音乐会，也是唱响一个时代的音乐会。能在如此高规格的剧院举办个人音乐会，足以说明军队对德高望重的军队文艺工作者的重视程度之高。这是许多艺术家梦寐以求的人生辉煌。

然而，阎肃接到通知后，内心很纠结。他认为一部好作品，尤其是一首好歌，不仅让专业演唱者喜爱，还能让普通大众也喜欢唱，就说明这首歌已经很成功了。但是，一部成功的作品与词曲作家、歌唱家的合作分不开的，与那些演奏者分不开的。红花绿叶相映才是最美的！哪一方也不能居功自傲！

想到这些，阎肃突发奇想：既然组织上为自己举办作品音乐会，说明军队非常重视这些作品，刚好借此机会，让自己当一回主持人。在合适的时间、合适的地点，能和这么多的合作伙伴一起交流，一起重温曾经的辉煌，共同见证时代的印迹，也是人生中一件得意的事，还可以借这个机会，感谢所有与他合作的好战友。

2010年7月25日晚，庆祝空政文工团建团六十周年"阎肃作品音乐会"在国家大剧院戏剧场如期举办，数十位歌唱家、表演艺术家纷纷登台献艺，剧场内座无虚席，这无疑是一场呈现给观众的视觉盛宴。

一开场，四位歌唱家演唱完《长城长》《梦在长天》《谁在长空吹玉笛》《我就是天空》后，备受歌迷喜爱的阎肃，身穿笔挺军装，在他度过八十高龄生日的两个多月后，在观众的呼声中，他健步走上舞台。他原本是音乐会的主角，却在舞台上客串了一把主持人，也成为这台音乐会最大亮点。

站在阎肃身旁的是著名曲作家姜春阳，两个人手拉手激情澎湃地领唱了当年合作的《军营男子汉》歌曲。

聚光灯下，阎肃精神饱满，目光矍铄，声音洪亮，整个剧院的热烈气氛立刻被调动起来，许多观众也情不自禁地跟着一起合唱，台下响起波涛般的阵阵掌声。

阎肃把那些曾与自己合作过的老战友、老搭档、老朋友放在心头，他把所有的合作者几乎都请上了台，让观众们再次领略一代艺术家的风采，了解了他们创作背后那些感人的故事。

著名曲作者姚明曾为《前门情思大碗茶》谱曲，阎肃幽默地对观众解释说："我身边的姚明虽然不会打篮球，但作曲却是第一流的。"

阎肃在"阎肃作品音乐会"上讲话

当介绍《军营男子汉》的曲作者姜春阳时，他说："这是我的老哥，长我半岁，当年我们去西藏采风，我们一路走啊，一路丢，坚持到最后的人，就是我一个人。"

当陈小涛上台后，阎肃笑着跟台下的观众介绍说："就是这小子，在录音的时候加了无数个'变变变'字，这首《变脸》的歌得到了人们的喜爱……"

音乐会的指挥和伴奏也是众星云集，由广播乐团合唱团的演员合唱、蜚声乐坛的著名指挥家许知俊担任阎肃作品音乐会的乐团指挥。阎肃面对观众隆重介绍着许知俊，他们相识已久，彼此敬佩。许知俊的指挥手势清晰明了严谨，极富表现力，他能把阎肃的作品阐释得更具感染力。

20世纪50年代，阎肃与羊鸣分别从西南与东北因单位改制合并后来到空政文工团。一晃五十多年过去了，如今，两个人携手站在舞台上，感慨颇多。当年，羊鸣从沈阳空军政治部文工团到北京的空政文工团工作，多年的奋斗，他已成为著名军旅作曲家，国家一级作曲，全军艺术系列高级专业职称评审委员会委员。阎肃回忆起当初创作歌剧《江姐》的过程时，往事历历在目。当时他陪着金沙、姜春阳、羊鸣三位作曲家及导演，在近两年的时间里跑遍祖国的大江南北，搜集各地音乐素材、曲韵风情。那时的羊鸣在他们当中是最年轻的，他承担记录任务，每一首曲子都经过反复修改，最终成为红遍全国的经典之作。那些日子是他们人生中最快乐、最值得回味、最值得怀念的一段时光。

在音乐会现场，著名作曲家姜春阳走上舞台，他与阎肃是搭档多年的好战友、好朋友。1955年由于部队改制，阎肃所在的西南军区文工团撤销，合并到空政文工团。随后，姜春阳从所在的沈空文工团调到空政文工团。他们到空政文工团后，同时分到演唱队。阎肃担任男低音四声部部长，姜春阳是男高音，两个人的共同点是都爱琢磨写东西。两个人先后合作了歌曲《银燕之歌》《飞行员之歌》《受阅飞过天安门》后，得到了领导的充分认可后，他们同时调到创作组任创作员。从此，他们创作的劲头更足了，接连创作出《高原上的欢笑》《六亿人民跟党走》《英雄模范进北京》《迎新年贺新年》《节日来到了》《高唱凯歌迎新年》等许多歌曲。

在这次作品音乐会上，林萍、张也、杭天琪、蒋大为、严当当、陈小涛、李谷一、孟广禄、李胜素、刘和刚、王莉、佟铁鑫、毕玉凝、韩红等军内外歌唱家演唱了阎肃创作的经典歌曲。

一首首耳熟能详的歌曲、一张张熟悉的面孔，勾起了歌迷们的美好回忆，仿佛穿越时空，把观众们带到曾经的那个时代。

2. 铁笔真情铸华章

在阎肃的家中除了大量的书籍以外，书柜上还摆满了他六十五年来获得的百余项各种奖状、奖牌、奖杯和荣誉证书，让这间屋子熠熠生辉。每一个奖杯，背后都有着一段动人的故事，有待人们去挖掘、去学习、去沉思。

阎肃这辈子共获得过多少荣誉，就连他本人也说不清，他认为人生"得之坦然，失之淡然，顺其自然，争其必然。每个人在历史长河中，不管你活多大，在天地之间都是一个孩子，岁月挡不住前进的脚步，生命规律不可抗衡，但你的心可以永远年轻"。

阎肃创作的每一部作品都浸透着他的无限心血。他以至情至性、至真至纯的赤子情怀，真诚拥抱艺术舞台，最终，铸就了这些无愧于时代的优秀作品。

阎肃年轻时创作的作品曾经参加过全军会演。全军文艺会演都是由各部队选送节目，艺术形式多样，内容反映了丰富的部队生活，表现出军队文艺强烈的战斗性和豪迈的部队气魄。

1993年全军会演时，阎肃又以评委的身份出现在演出现场，随着角色的转换，他对作品质量的要求也更加严格了。公平公正地获得奖励，是对创作者的一种尊重。

曹禺戏剧文学奖是中国戏剧文学领域一项具有重要影响力的艺术评奖活动，其前身是中国戏剧家协会于1980年创办的全国优秀剧本奖，1994年该奖项更名为曹禺戏剧文学奖。这是由中国文联、中国戏剧家协会主办的中国曹禺戏剧文学奖·剧本奖，始译于1981年，二十年来，它对当代戏剧文学的创作和发展，产生了重大影响。

1995年夏，曹禺戏剧文学奖评奖活动在北京隆重举行，阎肃作为评奖专家之一。经过一番激烈竞争，从参加评选的九十二篇论文和戏剧中优中选优，评出了《同船过渡》《徐洪刚》《警钟》《干巴拉》《午夜心情》《刽子手世家》《爨碑遗梦》《曹操父子》《三醉酒》等文学作品及戏剧获奖。阎肃和其他专家评委们没有辜负协会的信任，这些作品一经面世，受到社会上的认可。

1995 年，阎肃（前排右四）与曹禺文学戏剧奖评委留影

2010 年 5 月 31 日下午，空军政治部在北京举行了阎肃同志先进事迹报告会，四名报告团成员从不同视角讲述了阎肃八十年人生经历的重要节点，六十年艺术生涯中为军队为社会做出的贡献，一句句发自真情的讲述，一个个生动感人的事例，深深地打动着在场的每一名官兵。

时任中央军委委员、空军司令员许其亮上将，空军原政治委员邓昌友上将，在京的空军党委常委和机关四大部领导，以及驻京机关、部队官兵代表共一千一百人聆听了报告。报告会由空军原副政委王伟中将主持，中宣部宣教局、总政宣传部等有关领导到会指导，极大鼓舞着官兵的士气。

2011 年 10 月 15 日，第十二届中国戏剧节在重庆大剧院开幕。开幕式上，阎肃、朱琳、马金凤、王金璐四位艺术家荣获了 2011 年"中国戏剧奖·终身成就奖"。这是中国戏剧奖的最高荣誉，旨在表彰与奖励为中国戏剧奋斗终生，在弘扬、繁荣和发展中华民族戏剧事业做出杰出贡献仍健在的戏剧家。

2013 年 12 月 4 日，参加影视艺术活动后，阎肃（前排左六）与田华等人合影

　　在谈到阎肃的戏剧创作时，人们都不约而同地想到他于 20 世纪 60 年代初创作的歌剧《江姐》，以及后来创作的歌剧《党的女儿》，京剧《红灯照》《忆娘》《党的女儿》《长征颂》《红旗颂》等红色经典剧本。这些作品在中国文艺舞台上历时半个多世纪经久不衰，这生动印证了阎肃作为一名共产党员、一个革命战士对马克思主义的真信仰、对党的领导的忠诚、对中国特色社会主义道路的坚定信心。

　　阎肃从艺六十五年来，常常笑称自己为"杂家"，实则涉猎很广，几乎样样精通。只要他给人们讲文学、艺术、音乐、表演等方面的知识，打开话匣子，就能侃侃而谈，说得头头是道，人们都被他拥有渊博的知识而折服，纷纷称赞他是"多面手"专家！

　　中国音乐金钟奖是目前国内最具含金量、专业性最强、影响力最广的国家经典音乐赛事。2011 年 12 月 3 日晚，由中国文联、中国音协、中共广州市委、市政府主办的第八届中国音乐金钟奖闭幕式暨颁奖音乐会在广州大剧院隆重举行。

在颁奖典礼台上，阎肃又一次获得音乐界最高荣誉，他和郑小瑛、吕其明、吕远、刘诗嵘、高芝兰、汪毓和、李光羲八位德高望重的音乐家获得本届金钟奖终身成就奖，中国文联主席孙家正、副主席赵实等领导同志为获奖的老艺术家们颁奖并授予荣誉证书。

阎肃一辈子荣获过许多荣誉，包括国家级和军队的百余项大奖，尤其是被授予的"中国戏剧奖终身成就奖""中国音乐金钟奖终身成就奖""中国歌剧艺术'金葵花'终身荣誉奖"三个分量极重的终身成就奖！

对于从事文艺工作的人来说，这是到达事业顶峰的艺术家才能得到的最高荣誉，但是，阎肃最看重、最珍视的是他被评为"优秀共产党员"。没有共产党就没有新中国，这不是一句简单的口号，而是他有着切身的感受。党的十八大召开以来，已有八十多岁高龄的阎肃，老骥伏枥，意气风发，追梦筑梦，全力以赴参与策划《胜利与和平》《强军战歌》等多场国家和军队重要晚会，并创作出《全心全意》《风花雪月》等多首歌曲，传播弘扬强国强军正能量，他无愧于"优秀共产党员"称号。

阎肃从军以来，他上高原、下海岛、走边防，几乎走遍了空军的部队，为官兵讲音乐课，培养大批的文艺骨干。他创作的军歌、师歌、团歌，深受官兵爱戴和欢迎，先后被评为空军优秀文艺工作者，荣立二等功一次、三等功四次，被誉为"德艺双馨的老艺术家"。

他在作品中用多样化的手法来反映主旋律，把弘扬正能量、鼓舞士气的追求与才华，融入时代的脉搏中与之一起跳动。

1993年8月中央军委组织全军四十位著名专家学者到北戴河疗养，这是对在军内各个专业领域有突出贡献的同志的关心、爱护与奖励，阎肃和铁源成为军内文艺界获此殊荣的代表。

铁源（原名石铁源）是原沈阳军区前进歌舞团原艺术指导，一级作曲家。他于1947年参加革命，1950年起从事部队文化工作。他创作的歌曲《我为伟大祖国站岗》《在那桃花盛开的地方》《十五的月亮》《望星空》等三十余首（部）作品获全国、全军奖。

第八届中国音乐金钟奖颁奖典礼

全军会演结束，担任评委的阎肃与演员握手祝贺

　　他们都对军营有着炽热的情怀，在北戴河疗养期间也没闲着，不忘创作军旅歌曲。他们写出歌来，还亲自教大家唱歌，这也是他们多年来养成的习惯。

面对一个个耀眼的光环，面对组织的关爱，阎肃居功不自傲、艺高不自满，永葆普通党员、普通老兵、普通文艺工作者的本色。

为部队写军歌，为强国梦抒情，是他永远的追求。

阎肃与铁源在部队教歌

3. 越老越红的秘籍

社会是个大家庭，是由一个个小家庭构成，家庭成员是否和谐，关系到一个家庭的幸福指数，人与人之间是否和谐，将会影响社会的安定与国家的安宁。昔日的年轻人经历过拼搏后，渐渐步入老年，他们的心理也会发生变化，面对社会上看不惯的事爱发牢骚和抱怨，与社会逐渐脱节。还有的老年人和年轻人的生活理念、对待事物的认识也不同。在当今社会，紧张的生活节奏迫使他们忙着顾自己的"小家"，忙事业，和老年人的交流比较少，因此很容易产生"代沟"。

然而，已经八旬高龄的阎肃，没有把自己当成老年人，没有把时间和精力用在养生保健上，也没用在休闲娱乐上，但他没有被时代所遗忘，反而越老越走红，越老越受到年轻人的喜爱。有人问他有何秘籍？他故作神秘地说："我的秘籍，就是遇到事要多为别人考虑，别小肚鸡肠，别一心只想着自己，这样就能受到大家的喜欢。"

时针回到1998年初的一天。这天，中国音乐文学学会通知阎肃，准备给他举办个人歌词作品研讨会。对于音乐人来讲，这无疑是一个很大的喜讯，毕竟中国音乐文学学会是中国歌词界最高权威的学术团体，属于国家一级社团，能为个人举办研讨会是一种无上的荣耀。

阎肃从单位回到家后坐在沙发上，双眉紧锁，没有多说话。老伴李文辉还以为他是被哪首歌词憋住了，笑着说："过去有那么多难写的歌都能完成，这次是被哪首歌卡了壳呢？放心，吃完晚饭，凭你妙笔生花，一定能写完。"

阎肃摇了摇头，在客厅里来回踱着步，跟李文辉讲了开研讨会的事。

李文辉听完这番话，松了一口气，笑着说："这是别人争都争不来的好事，人家主动给你开研讨会，这是好事啊，干吗要发愁呢？"

谁知阎肃连连摆手对妻子说："你不懂的，我不能第一个开，我打算让张士燮先开。"

李文辉不解地问："人家决定给你举办歌词作品研讨会，说明学会的领导经过多方面考虑才决定的。再说，你写了那么多经典的歌，还有那些流传至今的歌剧，你是做了重大贡献的人，也有这个资格开。若是把这件事让给别人，不仅给文学会添麻烦，还会打乱人家的工作计划。"

听完老伴的一席话，阎肃仍坚持自己的观点："不行，还是让张士燮先开研讨会。他在 1951 年就开始搞创作，曾赴朝鲜前线采访慰问，近五十年来创作有千首歌词，近三十首歌曲荣获全国、全军各种奖项。他还参加了创作大型歌舞剧《长山火海》《革命历史歌曲表演唱》，音乐舞蹈史诗文学剧本《东方红》《中国革命之歌》和大型歌舞《光明赞》《名舰忠魂》等。尤其他还是空政文工团创作室主任，所以，我不同意先给我开研讨会。"

李文辉知道阎肃的个性比较固执，只要他认准的事，是很难说服的，也就不再劝他了。

中国音乐文学学会的领导很尊重阎肃的意见，没多久，由中国音乐文学学会、《词刊》编辑部、空军政治部文化部、空政文工团联合主办的"张士燮歌词作品研讨会"在空政文工团如期举行。

1998 年金秋十月，中国音乐文学学会和空政文工团还是为阎肃举办了隆重的歌词作品研讨会，有的专家特意为阎肃送来几个大花篮和精致的礼品盒，以示祝贺。那天会议室里坐满了词作家、剧作家、作曲家，还有空政的几任首长，中央电视台文艺部主任邹友开、著名歌唱家彭丽媛等知名人士都到场了。在这样高规格的研讨会上，大家积极发言，对阎肃的作品大为赞扬，气氛热烈，那一天，阎肃很开心。

在 20 世纪 60 年代，文工团食堂师傅做的红烧肉是大家公认的很好吃。多年来，阎肃也养成了爱吃文工团食堂红烧肉的习惯，每次一走进食堂大门，就开心地对食堂的师傅说："哎哟哟哟喂，大老远地就闻到红烧肉的香味啦！师傅您的手艺太好啦！就冲这么好的厨艺，我也要多写几首好歌！"一席话，说得大师傅心里乐开了花，能得到军内外著名词作家的表扬，真是一件很荣幸的事呢，从此，他在食堂的工作干劲更大了。

阎肃常对老伴李文辉说："和人相处，一定要多赞扬别人，不要在普通人面前摆谱，人与人之间只有分工不同，没有高低贵贱之分。就拿我来说吧，我就不擅长做饭，也不会做红烧肉给你吃。"

李文辉莞尔一笑说："你呀，注定就是写歌的命，若是去做饭，没准咱家厨房里的锅碗瓢勺都有跳动的音符呢！"

1959 年 12 月，年仅十一岁的仇非被空政舞蹈队学员班特招入伍，他比阎肃小十九岁。那时，仇非和同龄的学员都管阎肃叫阎叔叔，过了几年，他们就改口叫阎老师，不过有些女学员比较顽皮，看到阎肃待人平易近人，调皮地喜欢叫"阎老肃""老阎肃"，甚至有的人直接叫他阎肃。阎肃从不在意别人对自己的称呼，只要对方觉得好就好。等那些年轻的学员长大后，人也变得都沉稳了，看到阎肃后都会恭恭敬敬地叫一声"阎老师"。那时，阎肃是学员班的文学教员兼文工团的文学与艺术欣赏教员，每当上课的时候，他经常表扬这批还未成年的小学员，以此来调动他们安心军营苦练基本功的信心。

在李文辉的记忆中，仇非在空政文工团舞蹈队学员班的时候，练功非常刻苦，节假日也在练。他很早就是舞蹈队的主力队员，经常和功夫最好的杨华跳双人舞，那种感觉像跳芭蕾舞，如托举、大旋转等动作非常精彩，阎肃也非常看好他！

正因为仇非的业务能力

阎肃与仇非谈论创作

强，在学员队表现出一定的领导能力，最终由他接任空政文工团第十一任团长。走上领导岗位后，仇非工作中认真负责，兢兢业业，是一位难得的好团长。

多年后，仇非仍记得阎肃让学员们背诵《岳阳楼记》的情景，难忘当年阎肃鼓励学员的暖人话语。

1999年12月20日，是澳门回归祖国大喜的日子，中国政府将恢复对澳门行使主权，中华人民共和国澳门特别行政区成立，结束了葡萄牙共和国统治澳门的历史。在澳门文化中心花园馆内，当雄壮的《义勇军进行曲》响起时，中华人民共和国国旗和中华人民共和国澳门特别行政区区旗庄严地升起来了，中国人民在完成祖国统一大业中又迈出重要的一步。

阎肃与同事们满怀激动心情，亲眼见证了中葡两国政府澳门政权交接仪式，参加了中华人民共和国庆祝澳门回归祖国活动的策划。在参加庆祝活动期间，六十九岁的阎肃快乐得像个小伙子，又唱又跳。1999年12月12日，阎肃与同行的同志们在澳门大三巴前合影留念，在澳门留下的照片里，不难看出，阎肃难以掩饰当时的激动心情，为祖国的强大而感到自豪。

阎肃（左六）参加庆祝澳门回归祖国活动与同事合影

　　阎肃的爱好比较广泛，知识面广。因此，他跟别人聊天的时候总能找到共同话题，能很快拉近彼此间的距离。在阎肃眼中的世界每天都是新的，他认为只要心存美好，世界才会美好，人生才会美好。

　　已步入八旬高龄的阎肃，看上去比实际年龄要年轻许多，就连心态也很年轻，有时他观看一场激烈的枪战片，完全进入剧情后，他也会跟着故事情节评论一番。他看书或是创作困乏的时候，喜欢在电脑上玩扑克牌，用来"换换"脑子，放松一下心情，玩赢了，他就开心地大笑；输了牌，他嘴里就会自言自语地说："看来这电脑反应挺快的，不比人脑差啊。"

　　阎肃总是以乐观的精神状态呈现在人们面前，当年轻人跟阎肃交谈的时候，发现他才思敏捷，记忆力惊人，就连讲话的神情也很丰富，怎么都看不出是八十多岁的老人。有人称赞阎肃越活越精彩、越活越达观、越活越睿智，一步一个台阶稳稳当当往前走，称他真不愧是一个时代的传说！

阎肃始终与时代的脉搏一起跳动、和谐共振，也许这就是他永葆艺术青春、生命力旺盛的重要原因吧。

4.　一片丹心永远向阳开

人间有情，岁月无情，春去秋来，大自然的规律是无法改变的。2015 年 9 月，阎肃因病住院了，上至中央领导、总政首长、空军首长，下至普通群众，听到这个消息后，都为阎肃的身体状况而担忧。人们喜欢他的歌，喜欢他为人处世的风格，希望他能早日康复，重返创作状态。

2015 年 11 月 29 日，中共中央宣传部授予阎肃"时代楷模"荣誉称号，称他是一位红心永向党、追梦筑梦、德艺双馨的文艺战士，并在中央电视台向全社会播放了"时代楷模"阎肃的先进事迹，号召全社会向他学习。

站在颁奖舞台上，李文辉接过那份沉甸甸的奖杯和荣誉证书时，心潮翻滚，多少年来，阎肃的付出与努力得到了军内外广大歌迷的认可，这正是他一生所追求的境界呀！

中央和军队主流媒体对阎肃先进事迹进行了集中报道后，在全军和社会各界引起强烈反响。解放军艺术学院把阎肃深植基层、情系官兵的事迹作为培育"四有"新一代革命军人的鲜活教材，教育引导学员从源头上打好"文艺战士"的厚实底色，为繁荣发展军事文艺不懈努力。

2015 年 12 月 10 日晚，国家及部队领导在国家大剧院音乐厅为阎肃举办《一片丹心向阳开——时代楷模阎肃作品音乐会》，希望能唤醒躺在病床上令人尊敬的老人。

当壮美悠扬的合唱《我爱祖国的蓝天》为音乐会拉开序幕时，阎肃在空军总医院重症监护室内，仍处于深度昏迷中。

在音乐会上，第一篇章《心中一轮红太阳》集萃了阎肃的歌剧作品，由三、四、五代"江姐"主唱者接力演唱时，那一首首《红梅赞》《绣红旗》《五洲人民齐欢笑》等著名的歌剧唱段仿佛跨越时空，将观众又带回到那个血雨腥风的年代里，沉浸在革命者炽热的激情中。

那一刻，守在病床前的李文辉，没能看到老伴睁开双眼，阎肃没能看一眼自己的作品再次被隆重唱响。

音乐会的第二篇章是《踏平坎坷成大道》，那一首首《军营男子汉》《雾里看花》《长城长》等经典歌曲唤醒观众的集体记忆，映射出一个时代的蓬勃生机与奋进道路上的璀璨星火，却唤不醒阎肃的记忆。第三篇章《万里春色满家园》，音乐厅唱响了《故乡是北京》《前门情思大碗茶》《唱脸谱》《变脸》《五星邀五环》等这些讴歌中国精神、中国力量的经典曲目，但人们仍听不到阎肃那久违的笑声。

第四篇章《只愿香甜满人间》，以阎肃晚年创作的作品为主。这位文艺老兵在耄耋之年依然潜心创作了《我和春天有个约会》《当兵前的那晚上》《人民空军忠于党》《大地情深》等一大批在官兵、群众中广泛传唱的优秀曲目。

这是一场主创作者本人没有到场的音乐会，这是一场史无前例震撼人心的音乐会，这是一场催人泪下的特殊音乐会。

这场音乐会结束之际，会场内，《红梅赞》再一次响起，剧院内的全体观众起立，齐声高唱，用歌声向这位有着六十五年艺术创作生涯的老人表达最真挚的敬意。

台下的观众，有国家、军队的领导，有社会各界的知名人士，还有远道而来的普通观众，大家带着崇敬的心情观看了这场演出。与以往不同的是，大家内心是沉重的，人们无法相信，那位和蔼可亲乐观开朗的老人，昨天还在忙着，人还那么精神，怎么会突然病倒了呢？

阎肃，这位让人敬重的老人啊，你可知道，你年过八旬了，做事还是那么认真！那么追求完美！你那么忙、那么累，把时间和精力全投到一台台精彩的晚会上，难道你不知道疲倦吗？那位曾经带给人们无数欢笑的老人，你可知道，大家都很喜欢你、惦记着你，有那么多部队首长和各级领导关心你、爱戴你！人们都希望你能健康长寿，为广大歌迷再写出喜闻乐见的歌曲来。

音乐会虽然结束了，但那一首首歌曲都写满了对党、对国家、对部队、对人民的忠诚与热爱。

"一片丹心向阳开"，是阎肃笔下的铮铮誓言，也是他人生轨迹的生动写照。

五天后的 12 月 15 日，由总政宣传部和空军政治部联合举办的"一片丹心向阳开"——"时代楷模"阎肃艺术成就研讨会在北京隆重召开。军内外知名专家、艺术家、评论家齐聚京西宾馆，品读这位"诗词大家""戏剧大家""艺术大家"的艺术成就，回忆阎肃从艺六十五年来先后创作一千多部经典文艺作品，因为，这些作品深受广大官兵和人民群众喜爱，感染和激励了几代中国人。

2015 年 12 月 24 日下午，由中宣部、文化部、解放军总政治部组织的阎肃同志先进事迹报告会在北京人民大会堂举行。阎肃的同事、家人及晚辈组成的五名报告团成员，从不同角度深情讲述了他们眼里和心中的阎肃那些难忘的点点滴滴，生动再现了阎肃真情待人、热情工作、热爱生活的崇高品格。报告会场内，近千名驻京部队官兵和地方群众代表接受了一次精神洗礼。

人民网、新华网、中国军网等中央重点新闻网站围绕阎肃先进事迹，开设了"时代歌者的追梦人生""天地之间一赤子"等专题宣传网页；《解放军报》法人微博、客户端等新媒体平台及时推送图文、视频，一时间，在全社会，因宣传时代楷模而集聚了强大的正能量。

接踵而至的荣誉，让这位名叫阎肃的艺坛老兵非比寻常的艺术人生传奇，很快传遍了神州大地，他对党的忠诚信仰、倾情创作和高尚艺德如一股热流，温暖了这个冬天，也温暖了无数人的心。

一片丹心向阳开，正是阎肃一辈子的生动写照。

5. 全军年龄最大的现役军人

"我来到这个世界上，没有想去打仗。只是因为祖国的需要，我才扛起了枪……"这是阎肃在 20 世纪 80 年代创作的一首军旅歌曲，也是他从军后的军旅体验，一经传唱，迅速在军内外唱响。

阎肃曾经两次入朝慰问参战志愿军官兵，这段经历让他坚定了要穿一辈子军装的从军志向，自从他穿上军装的那一天开始，就深深爱上了军队，爱上了军人这份职业。让他没想到的是，从二十三岁参军以来，这身军装竟然与他相伴一辈子，成为全军兵龄最长的老兵。在超过一个甲子年的军旅生涯里，他以笔为枪，用一个军队文艺工作者的激情，战斗在自己的岗位上。穿着最喜爱的军装，让他豪情万丈，让他热血沸腾，让他一生都坚守在艺术的制高点。

军装上那一枚枚沉甸甸的级别资历章，见证着阎肃军旅生涯的辉煌，见证着我军屈指可数、级别最高文艺工作者的至高荣耀，见证着文艺界最年长的"老国宝"。然而，阎肃这位全军级别最高的文职干部，面对这一切，总是谦虚地说："我只是在部队服役六十多年的一名普通老兵，我只是做了自己应该做的事！"

一心搞创作，无官一身轻。阎肃在部队最高的职务就是空军政治部文工团创作组组长，他没有担任过行政职务，六十多年的军旅生涯，他从空军文工团一名普通的创作员成为空军政治部文工团一级编剧，成长为全军文艺战线上级别最高的技术一级的文职特级军人。

李文辉谈到老伴阎肃的待遇时，她感慨地说："阎老从不向组织伸手要荣誉、要待遇，从来不为名利去争去抢，从不琢磨单位分配的事或给他安排的岗位有什么好处，也从没有埋怨过什么。但是，上天很眷顾勤奋之人，他得到了许多从未敢想的荣誉，得到了高层领导的赞赏，更重要的是受到了广大人民的喜爱。"

　　在阎肃看来，运气总是青睐埋头实干的人，越是安心工作、顺其自然的人，组织上给予他的都是最好的，得到的远远超过他所想象的，他自己都是一步一个脚印踏实走出来的。

　　他把火一样的青春，火一样的年华，都奉献给了部队。岁月如梭，时间转瞬即逝，昔日风华正茂、才华横溢的小伙子已成为艺术造诣极高、满头白发的老人，阎肃很怀念那些曾一起生活战斗过的好战友。

　　阎肃在西南军区文工团工作期间，与战友们结下了深厚的战友情，当年的战友已经陆续离开部队，走上新的岗位。当他们再次相聚时，昔日年轻人都已是双鬓染霜的老者了，退休后，在家享受天伦之乐。

　　往事如同一场场老电影，时常在李文辉脑海里一一闪现。每次阎肃和李文辉看到与战友们相聚的合影时，感慨不已，当年那一个个熟悉的面孔都深深镌刻在心底，他指着照片上的人能清楚地说出老战友的姓名：南开同学、老战友陶冶，南开四九级同学、北大数学教授苏先基……还有张毅，她是女中音，当年她和阎肃一起从西南军区文工团调入空政文工团的。张毅演唱《十送红军》，常常引发观众的赞叹，那真是一种美的享受。阎肃的记忆力非常好，他能给老伴讲出许多当年发生在战友们之间的酸甜苦辣和那些有趣的事。

　　在阎肃创作的歌曲中，书写军营、讴歌英雄，他始终以英雄为榜样，以优秀党员、军人的高标准来要求自己。无论取得多少荣誉，他从不炫耀自满，而是以"只愿香甜满人间"的大爱胸襟，成就了人生的大格局、大情怀、大境界，被誉为文学艺术界的"常青树"。作为享誉全国、全军的老艺术家，他秉承干一行、爱一行的信念，每项工作都争创一流；他坚守得之淡然、失之泰然、顺其自然、争其必然的人生信条，从未因职务待遇而患得患失。

　　有一年，阎肃和同事到贵州遵义采风，特意来到红军烈士陵园祭奠英烈，陵园坐落在市内凤凰山周岁麓的小龙山上，整个陵园坐北朝南，前临湘江河，后靠葱茏翠绿的凤凰山，与当年红军鏖战的红花岗、老鸦山遥遥相望。这里有七十七位红军烈士的坟墓，遵义人民不忘长征途中在这里牺牲的红军将士，经过四十年来的维修整理，现已建成颇具规模的红军烈士陵园，用来进行爱国主义教育。

阎肃与战友们聆听着讲解员的解说，脱帽致敬，神情肃穆，更加感到今天的幸福生活来之不易，只有加倍努力工作，才能对得起党、对得起军队、对得起文艺工作者的称号。

挡不住的是岁月脚步，不可抗衡的是生命规律，但一个人的心可以永远保持年轻，阎肃认为只要认认真真、踏踏实实、乐观地做好自己，只要超越自己的昨天，就不会愧对当下！

"蜂儿酿就百花蜜，只愿香甜满人间。"这是阎肃在歌剧《江姐》中写过的一句唱词，六十年来，他始终用发自心底的话要求自己，始终保持普通士兵本色。阎肃高唱主旋律一生跟党走，始终把实现自身价值与党、国家和军

阎肃（右二）与原西南军区文工团的老战友合影

阎肃（前排右五）和战友参观贵州红军烈士陵园时留影

队的事业紧紧联系在一起；他以"只愿香甜满人间"的大爱胸襟，成就了人生的大格局、大情怀、大境界，被誉为文学艺术界的"常青树"。

1997年，为表彰他为繁荣部队和社会的文艺事业做出了突出的贡献，中央军委决定给阎肃记二等功，这在文职干部中是很罕见的。一切看似意外，又都在情理之中，正是因为阎肃创作了歌曲《我爱祖国的蓝天》《长城长》和大型歌剧《江姐》《红灯照》《党的女儿》等一大批深受部队官兵和广大人民群众喜爱的优秀作品，共获得过全国性大奖十一项、全军性大奖十二项的殊荣。

1998年7月，阎肃（左三）与王晓岭等同事下部队采风时，在乐山大佛像前合影

2000年阎肃（前排左七）、丁家岐、羊鸣、石顺义在密山采风时合影

那天，阎肃回家后跟李文辉深有感慨地说："这些年，我只是做了自己最喜爱的事，没想到部队对我如此重视啊，空军政治部向上级给我报功的时候是三等功，等军委批下来的时候竟然是二等功。看来，一个人只要脚踏实地认真做事，把眼前的事情做好就行了，至于荣誉，不用自己去争去抢，组织上自然会给予考虑的！能给我这么大的荣誉说明军队和社会还很需要我，我只有加倍努力工作，才能不负组

织上对我的厚爱。"

在后来的日子里，阎肃更是以普通士兵的标准严格要求自己，继续在喜爱的文艺创作上纵横驰骋，也给人们留下一个又一个奇迹。

阎肃属于有特殊贡献的专家，八十五岁高龄的阎肃身穿军装跟年轻人一样忘我地工作着，穿着他最热爱的军装度过了奋斗而又美好的一生。

6.　荣获"感动中国"年度人物

阎肃家中有一张发黄的黑白老照片，照片上的他是一个二十岁出头的小伙子，腼腆地站在主席台上，胸前佩戴一朵大红花。因为他的嗓音浑厚、字正腔圆，他在西南军区文工团当歌唱演员，除了唱歌之外，还经常被安排登台朗诵或是友情出演。不管是分内还是分外的活，他都认真负责、任劳任怨。那一年，阎肃荣获全团一百多人中唯一的模范称号，这也是他参加工作后获得的第一个荣誉。那一年阎肃双喜临门，因工作突出，组织上批准他光荣加入中国共产党。

历经八十五个春秋岁月，阎肃始终挺立时代潮头，先后获得百余项国家和军队文艺大奖，在如此众多的荣誉中，他最看中的是部队授予的"优秀共产党员"称号。

2001 年 7 月，空军党委授予阎肃"优秀共产党员"称号时，他在事迹报告会上发言："我的成长离不开组织的培养和战友们的帮助，作为一名党员，我还要更加努力，才能回报党恩。"每一字每一句都是发自内心对共产党的热爱。

阎肃先后被毛泽东、周恩来、邓小平、江泽民、胡锦涛和习近平等党和国家领导人接见过，这种无上的光荣在全国文艺界是很少见的。工作以来阎肃始终没有动摇对党的坚定信念，每次都提醒自己："只要为党做的事，只要是大家拥护的事，就去好好干！"

2009 年 10 月 1 日，迎来伟大祖国的六十华诞，中宣部、中央文明办等十部委公布的 100 首爱国歌曲名单中，阎肃创作的《红梅赞》《我爱祖国的蓝天》《旗帜颂》三首歌名列其中。这 100 首爱国歌曲由主办单位邀请部分著名词曲作家进行评选，并综合全国网民投票结果和专家评选意见，最终遴选并向全国推荐的。阎肃创作《红梅赞》《我爱祖国的蓝天》歌曲是人们早已耳熟能详的，而最新创作的红色歌曲《旗帜颂》，歌词中的"旗帜"象征中国共产党的领导，表达了全国军民紧跟伟大的党阔步前进的决心。

总有一种力量让人泪流满面，总有一种声音在传播正能量！由中国中央电视台开始举办《感动中国》活动以来，每年从社会各行各业推选出十位人物，有的是从事国家高科技研究工作的院士、工程师，有的是负责一方工作的人民公仆，更多的则是"小人物"。他们中有些人为国家、民族贡献出了全部青春甚至生命，更多的则是在看似波澜不惊的平凡生活中赢得了尊重。在节目录制现场，无论是观众，还是主持人、受访者，似乎都被一种无声的精神力量感动着，不经意间热泪盈眶。

那些年的"感动中国"年度人物的颁奖词都是阎肃为别人写的，然而，当阎肃被评为 2015 年"感动中国"年度人物后，颁奖词却是别人为他写的。

2016 年 2 月 14 日晚 8 时，中央电视台举办的 2015 年《感动中国》节目正在播出，著名艺术家、空军政治部文工团创作员阎肃获此殊荣。颁奖嘉宾和台下的观众听到阎肃的名字时，全场肃穆，大家都知道，阎肃已于两天前病逝了，那位可爱的老艺术家再也不能亲临现场了，再也不能站在舞台上带给观众欢乐了，电视机前的观众朋友们再也听不到阎肃那爽朗的笑声了。

颁奖现场，阎肃的夫人李文辉在孙女阎沐月的陪同下，庄重地走上主席台为阎肃代领了熠熠生辉的奖杯和证书，此情此景，令全国电视机前的观众为其遗憾、感叹！

评奖组委会在给他的颁奖词中写道：

> 铁马秋风，战地黄花，楼船夜雪，边关冷月，这是一个战
> 士的风花雪月。唱红岩，唱蓝天，你一生都在唱，你的心一直
> 和人民相连。是一滴水，你要把自己融入大海；是一树梅，你
> 要让自己开在悬崖。一个兵，一条路，一颗心，一面旗。

"感动中国"的每一个人，都是具有震撼人心、令人感动的人物。
这些人物衬托着我们中华民族的文明，放飞追逐着我们的中国梦。阎肃
正是以激情拥抱大时代，高扬主旋律，用精心创作的一首首经典歌曲、
一部部歌剧激荡起无数人的壮志豪情。

第十章　红梅花香，永驻人间留芬芳

1. 艺坛硬汉的最后辉煌

2015 年 9 月 3 日，纪念中国人民抗日战争暨世界反法西斯战争胜利七十周年阅兵式在天安门广场举行，这是我国首次在抗战胜利纪念日举行大阅兵。

当天晚上，纪念中国人民抗日战争暨世界反法西斯战争胜利七十周年文艺晚会《胜利与和平》在北京人民大会堂隆重举行。19 时 55 分，欢快的迎宾曲响起，习近平等党和国家领导人与各国嘉宾，一同步入人民大会堂，与六千名中外人士共同观看晚会，共同纪念这个光辉的日子。

万人大礼堂内灯光璀璨。舞台正中，"胜利与和平"五个金色大字熠熠生辉，蜿蜒起伏的长城造型构成了舞台主背景，舞台两侧镶嵌的"中国人民抗日战争胜利七十周年"纪念章金光四射。一首首抗战经典歌曲，令全场观众群情激昂，掌声响起。这台晚会整体策划无疑又创造了奇迹，人们知道这成功的背后，仍然有着阎肃付出的辛勤汗水。

早在 2015 年春节过后不久，大型歌舞晚会《胜利与和平》组委会希望已是耄耋之年的阎肃能为晚会增添光彩，已是八十多岁高龄的阎肃，应邀担任此次晚会的首席策划、首席顾问，全身心投到晚会的创排中。谁也无法预料，这竟然是他近三十年来承担的无数大型晚会中的最后一场。

阎肃深感这台晚会意义重大，国家领导人非常重视，从3月9日至9月3日晚上正式演出，他在高强度的工作状态下，持续工作了近六个月，常常加班至深夜，在剧组里跟着"儿孙辈"的同行们一起熬夜、吃盒饭，有时要忙到凌晨一点多才回家，每天仅睡三四个小时。有时，他实在太累了，就简单打个盹，休息片刻，立刻有了精神，笑称自己："二十分钟后又是一条好汉。"

在策划晚会期间，人们惊讶地发现，阎肃犹如"经典歌词曲库"，几乎会唱所有的抗战歌曲，而这场晚会就是以抗战重要历史节点和典型事件场景为主线，选取抗战经典歌曲，把气势磅礴的大合唱作为主要表现形式，融合交响化和民族化的音乐、舞蹈、戏剧、情境表演、诗朗诵以多媒体艺术手段来展现。

阎肃在参与晚会策划讨论会的时候，都是第一个来，等排练节目结束又是最后一个走。有时，他为了一个创意、一句台词，寝食难安，精雕细琢，直到大家都认为满意为止。他与演职人员一起经过了十三次的修改、彩排，节目最终通过审查，为全国观众呈现了一台主题鲜明、气势恢宏的大型文艺晚会。

中央电视台向全国乃至世界的观众现场直播了《胜利与和平》，晚会可谓盛况空前，当最后一个音符戛然而止时，瞬间，欢呼声和掌声在人民大会堂久久地回响着，晚会获得了巨大的成功！一直在后台观看晚会的顾问、核心创作组成员阎肃"腾"地从椅子上站起来，激动地拍掌叫好。阎肃忘情地与大家握手拥抱，共庆成功，他为能参加如此重要的晚会策划感到由衷的高兴，他这辈子就希望自己能成为对社会、对国家、对军队有价值的人。这一点他做到了，他用近半年的呕心沥血，已经化作成功的辉煌。

每当演职人员想到阎肃为那场晚会付出的辛勤劳动时，忍不住潸然泪下，他简直是用生命创造出一台完美的艺术鸿篇巨制啊！

阎肃如同拧紧了发条的钟表，从艺六十五年，每天都在转个不停，担任总体设计、策划、撰稿，同时进行歌曲创作，只要组织需要他，阎肃就像一名时刻准备冲锋的战士一样，立刻投入"战斗"。

阎肃在忙完《胜利与和平》晚会后，他仍然很忙！

9 月 14 日白天，北京市昆明湖干休所里的年轻战士对阎肃充满了尊重、佩服和喜欢之情，即将退伍之际，都希望请这位德高望重的老前辈给自己题个字，一起合影留念，希望把这几年军旅生涯中最珍贵的相识当成特殊的礼物与珍贵的回忆。让他们意想不到的是，两天后，这位可爱可敬的军旅艺术家因病住院了，那一次见面，竟然是最后的诀别。

9 月 14 日晚上，阎肃赶回家的时候，他才发现肚子饿得"咕咕叫"了。进门对老伴说的第一句话就是："我还没吃饭呢！"他坐在沙发上，接着又说，"今天有点儿累，左腿没什么劲儿！"

李文辉看见老伴满脸的疲惫，急忙把热好的一盘饺子端上餐桌。多年来，在她精心照顾下，阎肃的身体一向都很好，没得过什么病。这是阎肃步入老年后，她第一次听老伴说"累"字。那天晚上，李文辉清楚地记得，她给老伴盛了十八个热饺子，但他只吃了八个就吃不下去了。李文辉带着阎肃到部队大院里的卫生所。值班医生经诊断后提出，阎肃应该去空军总医院做进一步的诊断。

听罢此话，李文辉心里有些着急，当天晚上，她陪着老伴直接去空军总医院。做完 CT 后，医生决定让阎肃留在医院输液，接受治疗。

阎肃住院后的第三天，中国人民抗日战争暨世界反法西斯战争胜利七十周年纪念活动总结大会在京召开。阎肃接到参会通知后，很希望能参加这个活动，他想与大家共同分享演出成功的喜悦，但医生考虑到他的身体状况不宜到场外活动，为此，阎肃感到很遗憾，但他没有强求，只能在病房里看电视直播。

9 月 29 日下午，院长和科室主任给阎肃检查，询问情况，也许是上天的恩宠，给这对风雨与共五十五年的夫妻留出一些时间，让他们共同度过最难过也最难忘的一天。李文辉抚摸着那双写过一首首经典歌曲的有力的手，聊起了几十年前的往事，聊他出生后为躲避战乱到重庆的日子，聊他们初次相见的情景，聊当年写歌剧《江姐》那难忘的十八天，聊他那些年写过的歌……往事如同陈酿多年的老酒，散发着醇厚的香味，一点点氤氲在他们心里。

那一天，阎肃躺在病床上，听着老伴讲着往事，笑着问："我哪天能出院啊？"李文辉安慰他说："你着什么急啊？在医院里要安心好好养病啊。"阎肃动情地轻声叹气说："我想回家了，等我出院后，哪里也不去了，就守在家里好好陪着你。"那一刻，李文辉心头一热，结婚这么多年来，从没听阎肃亲口对她说过一个爱字，但每时每刻，她都能感受到老伴深深爱着自己和孩子们以及这个家啊，这是一种亲情的陪伴。

那一天，他俩想说的话太多了，直到有好友来看望阎肃，两人才停止交流。等李文辉送走好友后，她发现躺在病床上的阎肃，头向右歪着，处于昏迷状态，闻讯赶来的医护人员感觉不妙，立刻把阎肃送进重症监护室。

那一天深夜，阎肃突然昏迷，空军几位首长赶到总医院探视，李文辉很理解组织上的关怀，当场向前来探望阎肃的领导说了想让阎肃办理退休的事。空军政治部主任范晓骏当即做出批示：2015年9月30日上午，尽最大努力尽快为阎老办好退休手续。

最终，处于昏迷中的阎肃没有亲耳听到首长宣布自己退休的命令，这对于热爱军营，喜欢这身军装的他来讲，也许是最好的选择吧。

那一天，虽然是初秋，但对于李文辉来讲，那是一个最阴冷的天，寒气袭来，纵有千般温情，万般柔情，也唤不醒昏迷中的老伴阎肃了。

那一天，是阎肃昏迷前夫妻俩的最后一次交流，他被送进ICU后，一切来得太突然了，让李文辉和全家人以及他的首长、战友、亲朋好友都没有反应过来。

那一天，这个在外人看来魅力四射的老人，这位驰骋乐坛的硬汉，真的病倒了，自从他重度昏迷后，人们再也听不到他那爽朗的笑声了。

10 月 14 日，阎肃在重症监护室内，医生诊断他为脑梗，病情也有所加重。他住院的事牵动着许多关心他、爱戴他的人的心，人们多么想再听听他那爽朗的笑声，多么想再看到他乐观的笑容，多么想再听听他新创作的歌曲啊。

在阎肃突发脑梗住院的近五个月里，李文辉和子女轮流守护在阎肃的身边，都希望他能尽快恢复健康，感慨着他应该在晚年轻松一些，应该多享点儿福。

2. 追梦中难忘的记忆

在阎肃昏迷的日子里，网友们不断在网上留言："那个快乐开朗的老爷子啥时候能醒过来？""我们喜欢他的歌！""何时能再听到他开心的笑声呢？"人们都是发自内心喜爱这个如同邻家大爷的词坛泰斗。

2015 年 9 月 14 日，自从阎肃住院后，中宣部、文化部、中央军委政治工作部领导十分关心他的病情，先后到医院看望他，空军党委、部队首长和政治部领导对阎肃的病情高度重视，专门做出部署，让空军总医院全力以赴做好医疗救治工作。一些知道消息的亲友和社会各界人士纷纷打电话或到医院看望慰问阎肃。

面对这么多关心和爱护阎肃的人们，李文辉心存感激，她表示："非常感谢各级组织、领导和各界朋友对阎肃及家人的关心！"

2015 年 9 月 16 日，就在阎肃住院后的第二天，空政文工团的战友们来探望他时，他还能跟大家聊天，他还惦记着 2016 年春晚的活动跟大家探讨着春晚是不是要围绕创新、创业方面考虑。

就在阎肃病重住院的几个月前，阎肃和姜春阳两位老战友在电话中再次聊起了歌曲《军营春秋》，这可是传遍军内外的军旅歌曲《军营男子汉》的姊妹篇啊，当年《军营男子汉》在部队广泛传唱后，部队领导希望他们再创作一首与新时代同步的类似歌曲，于是《军营春秋》应运而生，但是这首歌当时没有流传开来。

多年后，姜春阳把它重新谱曲，并录成光碟。然而，光碟寄给阎肃许多天后，姜春阳一直等着老战友、老搭档的评价，没想到，他却等来了阎肃病重入院的消息。那天，姜春阳放下电话，拄着拐杖，心急如焚地赶到空军总医院。他看到阎肃躺在病床上，并无大碍，心里的一块石头才算落了地。两人在病房里聊起了当年一起搞创作的情形，还让阎肃对新谱曲的《军营春秋》提建议。两人聊得很热乎，谈到兴致处，开心地笑出了声。

姜春阳临走的时候，再三叮嘱阎肃："好好保重啊，过几天我再来看你！"他以为老战友此次住院没什么大事，过些天就能出院了，两人还可以继续合作。

没想到，不到一个月的时间，当姜春阳再次来到医院时，阎肃已转到重症监护室。看到昔日开朗的老战友、好伙伴静静躺在病床上，闭着双眼，口鼻部位戴着氧气罩，姜春阳心里有说不出的滋味。他哽咽着对阎肃说："老伙计，你要撑下去呀，我们一起接着写歌作曲，你还记得吗，当年我们五个人为写一部反映高原官兵奉献精神的歌剧到西藏体验生活，有两人没到拉萨就被刷下去了，而我们三个人好不容易到了拉萨，我和另外一名战友却因为身体不合格，没能实现去五千米的高寒哨所体验生活的愿望。只有你的身体最棒，坚持到最后，希望你现在仍能闯过这一难关啊。"

这番真诚的话语，也许让病床上的阎肃有些反应，他的腿轻轻活动了一下。守在病床边的李文辉激动地喊了起来："老姜，老姜，你看，他的脚动了，他好久没这样动过了。"

姜春阳流下热泪，对着阎肃又呼唤着："阎老肃啊，你当年怎么挺过来的，今天你仍要像男子汉一样挺过来，还记得你写的《军营男子汉》

吗？你就是军营男子汉！你要挺得住！一定要挺得住！"为了唤醒阎肃对往日的记忆，姜春阳说了许多知心话，他希望老战友能尽快清醒起来，继续写出豪气冲天的歌词，希望他能顽强地闯过这一道鬼门关！

此时，病房里响起了《军营春秋》，这首欢快不失威严、柔美却不失血性的军旅歌曲仿佛让时间又回到那个激情岁月。听到这首歌，阎肃竟微微睁开了双眼，真的睁开眼了！也许他最后的愿望，就是希望这首军歌能在军营唱响！

据医护人员讲，这是阎肃到监护室以来表现最好的一天。

姜春阳解释说："这种奇迹都源于阎肃对军旅最深、最厚的感情，他的一生都与鼓舞士气的军歌打交道。"

10月15号，在医院最好的专家会诊治疗下，阎肃在昏迷二十多天后，才由病重慢慢转成中度，大家都盼望着他能尽快醒过来，尽快恢复健康。然而，阎肃仍昏迷未醒，静静躺在病床上，神态安详，仿佛睡着了。

所有人都希望阎肃是因为太累了，才在这里好好睡一觉，歇一歇就会醒来。

所有人都祈盼着：他的一生都是传奇，这一次仍能续写传奇，给大家一个惊喜！

但是，这位一生都在不断创造奇迹的老人实在太累了，太累了！不过，在他心里一定感知着眼前发生的一切，往事一定还在他脑海里一一闪现着。

那年，八十岁的阎肃回到重庆，和四九级的部分老校友相聚，久别重逢，百感滋味涌上心头，他们愉快地站在学校"我们爱南开"校碑前合影。回到北京后，老校友给他寄来照片，他拿着照片跟李文辉感慨地说："时间过得真快呀，转眼我们都老了，想当年我们班的同学都很努力，出现了好几位对国家有突出贡献的人，比如像航天院士袁宝华、部长张浩若等等。"言外之意，好像说他这辈子也没白活，能给军队、给国家、给歌迷写了那么多家喻户晓的歌曲，再累也值了！

2010 年，八十岁的阎肃（右二）回到重庆和南开中学部分四九级的老校友相聚

阎肃住院前，在家里又饱含深情地写出两首追梦之歌，一首是《全心全意》，由著名作曲家姜春阳谱曲，刘一祯演唱，讴歌我们党带领人民为实现中华民族伟大复兴中国梦不懈奋斗的光辉历程；另一首就是《风花雪月》，为献给改革强军伟大事业抒写的一首时代强音，歌词里这样写道："呼啸风花雪月，燃我强军梦。铁马雄风，激荡豪迈心胸；战地黄花，抒发壮丽深情；楼船夜雪，磨砺英雄肝胆；边关冷月，照我盘马弯弓。高歌队列中，心底在冲锋，战胜一切强敌，我是中国兵。"遗憾的是，阎肃没能听到演员演唱自己创作的最后两首歌。

2015 年底，入冬的京城，雪映数枝松。在空军总医院暖暖的病房里，昏迷中的阎肃安静地躺着。病房内，回响着《红梅赞》《我爱祖国的蓝天》《敢问路在何方》《军营男子汉》等歌曲，这些歌都是他曾经的呕心之作，如今成为呼唤这位老兵早一天醒来的心灵之声。

人们不会忘记，2015 年 12 月 10 日晚，《一片丹心向阳开——阎肃作品音乐会》在国家大剧院音乐厅举行。众多知名艺术家共聚一堂，精心选择阎肃创作的那些带有每个时代印迹的作品，通过这一首首家喻户晓的歌曲向阎肃表达最真挚的敬意。

当音乐会响起最后一曲《红梅赞》时，不论是各部门的首长还是阎肃最亲密的战友、朋友以及普通观众，全体起立，表情肃穆。一想到他本人因重病在身，不能莅临这隆重的音乐会现场，大家眼含热泪共同唱起了这首耳熟能详的歌。歌曲在剧院里激荡着人们的心灵，寄托着对阎肃的思念与感恩之情。大家默默为令人尊敬的军旅艺术家阎肃祈福，祝愿这样一位有梦想、有大爱、有智慧的老人，早日回到我们身边，再创生命的奇迹。

3. 雪花飘舞诉说离别情

一首歌、一部剧，能作为一个时代的记忆留存下来，都源于创作者对大时代的深刻把握和热情赞美。从新中国成立五十周年晚会《祖国颂》，到新中国成立六十周年晚会《复兴之路》；从建党八十周年晚会《岁月如歌》，到抗战胜利七十周年晚会《胜利与和平》，阎肃一生拥抱大时代、唱响主旋律，直到昏迷前的最后一刻，他仍然坚守在岗位上。

2016 年 2 月 12 日 3 时 07 分，阎肃因病在北京逝世，享年八十六岁。这一天，中国各大主流媒体相继报道了这一消息。曾创作出无数振奋人心歌曲的词坛泰斗，平静地远去了。他把一生都奉献给了舞台，奉献给他最热爱的事业，奉献给那些喜爱他的观众朋友们。

春寒料峭，冷风刺骨，却挡不住人们对老艺术家的追怀。

2 月 18 日上午，阎肃同志遗体告别仪式在北京八宝山殡仪馆一号院大厅举行。早上 7 点，阎肃的灵柩在子女及儿孙的护送下进入大厅。社会各界人士前来送别，还有得知阎肃病逝消息的上万名群众，也自发赶来送别这位慈祥的老人。

　　阎肃病重期间，党、国家和军队有关领导同志多次前往医院看望；他逝世后，党、国家和军队有关领导同志又通过各种形式对阎肃的逝世表示沉痛哀悼，向阎肃的亲属表示深切慰问。

　　阎肃身着空军制服，安详地躺在鲜花翠柏丛中，身上覆盖着鲜红的中国共产党党旗，如同一团火在时刻温暖着他。"文坛泰斗满腹经纶巨笔生花花鲜秀中华，时代楷模一腔赤诚大德流芳芳馨沁人间"，这三十个字的挽联诠释了阎肃一生一片丹心、一腔热血、一身正气，一辈子为信仰而歌、为时代放歌、为强军高歌的炽热情怀。

　　2月18日上午9时，在追悼会现场，举行告别仪式的大厅外，摆放着数不清的花圈，阎肃的生前好友、家乡代表、部队官兵代表以及喜爱他作品的上万名群众在《红梅赞》的旋律中，怀着沉痛的心情向阎肃深深鞠躬告别，送灵的队伍从灵堂一直排到大门以外。

　　告别大厅内回响着阎肃生前创作的《红梅赞》，它感染和激励了几代中国人对党的一片忠诚。虽然阎肃远去了，但他的作品早已融入这个伟大时代的滚滚洪流中，每一个音符都与中华民族奋力前行的节奏一起跃动着。

　　10点40分，阎肃的儿子阎宇捧着父亲的遗像走出告别大厅。遗像上的阎肃笑眯眯地看着为自己送行的人群，送行的队伍簇拥着灵车，人们看到阎肃熟悉的笑容，那一刻更是哭声一片，泪水已化作对这位让人尊敬的老艺术家深深的怀念。有的人泪流满面哽咽着唱起了阎肃创作的歌曲《敢问路在何方》，嘴里不停地念叨着：阎老啊，您一路走好！

　　许多人连夜从外地赶来，只为了送阎肃最后一程，他们站在寒冷的天气里，久久不愿离去。

　　一位年过半百的退休老人，听说阎肃老师逝世的消息后，当天买了印有阎肃事迹的六千份报纸，大清早从北京昌平区赶来参加追悼会，为的就是送阎老最后一程，他把这些报纸送给路人，还把报纸上有关阎肃去世的内容剪下来，贴在大牌子上，用来寄托哀思之情。

还有一些群众为了给阎肃送行，一夜没睡好觉，清晨五点多钟，就起床赶往八宝山公墓，他们一想到再也不能在电视上见到阎老先生那熟悉的笑容了，更加心痛。许多群众纷纷在留言簿上签名，以示悼念之情。

青年歌唱家李思思擦干泪水在微博里写道："请暂时藏起悲伤，用他最爱的笑伴阎肃老师驾鹤西归，一路花香，亦如他的作品永世流芳。"她记得有一次深夜录像时，担心阎肃肚子饿，特意为他准备了蛋糕当夜宵。阎肃吃了一块蛋糕后连声称赞说："真好吃啊，我给老伴也带回几块尝尝。"说完，把一块蛋糕装进盒子里，那神态看上去像个痴情的恋人，让李思思和其他在场的演职人员都能感受到阎肃对老伴的那份爱。

六小龄童非常喜爱《敢问路在何方》歌曲，当他得知阎肃去世的消息后，深感惋惜，称这是艺坛的巨大损失，阎肃先生的一生活出了精彩与辉煌，鼓舞和激励了一代又一代中国人，愿阎肃先生一路走好，在天堂再出新作！

著名主持人赵忠祥对阎肃更是充满了深切的怀念和无尽的感恩，他说："多年来我主持节目时，许多重要串词都是出自阎老的手笔，得到过他的热情指点，也承蒙他鼓励、学唱过《说唱脸谱》……阎老，我会永远怀念您。"

阎肃留给杨澜印象最深的是他的真性情："感怀他对后辈的鼓励，怀念他爽朗的笑声，谢谢他带给我们几代人的共同记忆。"

第五代"江姐"的扮演者、青年歌唱家王莉与阎肃相识近二十年。当年，阎肃称她是一位有灵气的演员，给了她极大的鼓舞和支持，也见证了她的成长。阎老希望她演的江姐有所创新，在保持美声唱法的发声方法上，再加上民族曲式，还可以加上"80后"对流行唱法的把握和运用，这样非常适合当代观众的审美。正是有了阎肃的建议，才有了王莉版美声唱法的英雄江姐形象诞生，才有第五代"江姐"八年来的一百多场演出，才有备受观众喜爱的结果……阎老的离开，让王莉非常难过。

空政文工团歌唱家刘和刚演唱过阎肃创作的《人民空军忠于党》《全

心全意》两首歌曲，他每次下部队演出，只要唱第一句，战士们就能跟着集体大合唱。刘和刚总是亲切地称呼阎肃老师为"老爷子"。他们一起在青歌赛上当评委的时候，老爷子上场前能把所有选手的演唱曲目过一遍，不熟悉的就在网上查资料，为了更好地给选手讲解作品，他那种认真工作的态度时刻感染着刘和刚，督促着他不断走向完美。

央视著名导演邓在军谈起"阎老哥"，不禁潸然泪下，她说："记得当年为了给国庆四十周年晚会创作歌曲，我把阎老哥关在宾馆两个多月，逼他写东西。最终他拿出了两首感人的歌曲，一首是《中国人》，另一首是《风雨同舟》。如今回想起这两首歌曲的思想内涵，能真切感受到阎老的爱国激情如同奔腾的黄河水，通过他美妙的艺术之笔淋漓尽致地流淌出来。"

回溯阎肃六十五年的艺术之路，翻阅他那一册册厚重的人生画卷，可以看到他当年一段段激情岁月；可以看到他对党、对人民的绝对忠诚；可以看到他的艺术追求始终与时代最强劲的脉搏一起跳动。

空政文工团的同事们对阎肃的评价非常高，只要一说起阎老，大家总会想起他主创的许多红色经典剧目及歌曲，特别是《江姐》，被誉为"中国歌剧的里程碑""民族艺术的瑰宝"，至今已被数百家文艺团体排演了半个多世纪，成为穿越时代的精神坐标！

八十多岁的老艺术家，正是用执着追求艺术、忠诚于党的方式，告诉年轻人如何去坚守岗位？如何去尊重观众？

人们只要提起阎肃，总忘不了他呕心沥血、倾情奉献给广大观众的一台台精彩的文艺晚会。他在电视节目中妙语连珠，在一场场大型晚会的幕后，他是公认的"智多星""点子王"。

在这寒冷的冬天里，漫天的雪花为你做证，人们还有很多很多的思念无法表达完，还有很多很多的话语没有对你讲完。阎老，您在远行的路上可曾听见，那些熟悉的歌声仍被人们唱响着！

4. 红岩上红梅永盛开

位于北京市天安门广场西侧的人民大会堂，于 1959 年 9 月建成，是历届全国人民代表大会、中国人民政治协商会议等大型集会召开的地方，也是中华人民共和国党和国家领导人及人民群众举行政治、外交活动的重要场所，更是共和国的象征建筑之一。

1964 年，阎肃创作的红色歌剧《江姐》就是在人民大会堂三层的小礼堂演出后，受到毛主席的亲切接见。这部歌剧成为经典之作，也是他的成名之作。

当时间跨越到五十三年后的 2017 年 6 月 19 日这一天，距离这位军旅艺术家去世一年四个月后，在人民大会堂重庆厅举办了阎肃经典作品研讨会，大家都表达了对阎肃的敬仰怀念之情。

著名艺术家袁熙坤将精心创作的阎肃铜像赠送河北省政府副秘书长李璞。李璞表示阎肃是河北保定的名人，也是河北的一张大名片，更是

在人民大会堂举办的阎肃经典作品研讨会

河北人民的骄傲。

当天晚上，"红梅赞——2017 阎肃经典作品全国公益巡演"在北京人民大会堂唱响。会场内，座无虚席，观众的年龄下至几岁孩童上到八旬老翁，他们都聚精会神地听着，尤其是四十岁以上的观众最多，那一首首经典歌曲从他们的记忆深处一点点浮现出来。

央视著名主持人朱迅站在舞台上面对观众，动情地讲述着她和阎肃的缘分。1999 年是世纪之交的一年，澳门回归，

音乐会由中央电视台著名主持人赵忠祥、朱迅主持

之前香港也回归了，回家的梦牵动着全球无数华人游子的心，那年的春晚有一个创意，请旅居世界各地的华人歌唱家同唱一首歌《风啊请你告诉我》。这首词的作者就是阎肃，当时的朱迅并不知道阎肃是谁，当她听到那首歌时，一下子让她泪流满面，那词、曲、歌喉、风貌、阵容，给人的感觉确是"词曲只应天上有"。

在国外留学十几年的朱迅正是听到这首备受鼓励的歌，才在人生最关键的时候做出了最正确的选择。第二年，她选择回国，有幸在中央电视台担任主持人。在每一次晚会上，她在与阎肃的倾心合作中感受到这位老人满脑子都装满了"金点子"，他睿智的语言点亮了无数瞬间。

著名艺术家《西游记》唐僧的扮演者迟重瑞身穿袈裟登台演唱了阎肃创作的《唐僧抒怀》《晴天月儿明》，背景是电视剧《西游记》中那一幕幕难忘的画面，让现场观众尽情享受着音乐与视觉之美。

著名歌唱家陈思思演唱的《香江谣》是阎肃 1997 年写的香港回归

曾扮演"江姐"的演员们再次唱响《红梅赞》

题材的作品，在 2017 年 7 月 1 日香港回归二十周年值得纪念的日子里，在公益音乐会上呈现出来，意义非凡，既表达了对阎肃的崇敬缅怀之心，又用歌声表达对香港回归祖国二十周年的喜悦之情，同时更抒发了对伟大祖国和香港繁荣昌盛的赞美之情。著名歌唱家于文华演唱了《北京小吃》，汤非演唱了《北京的桥》，郭公芳演唱了《前门情思大碗茶》，还有刘大成演唱了《敢问路在何方》、杨梓文祺演唱了《雾里看花》、霍勇演唱了《我爱祖国的蓝天》、刘一祯演唱了《长城长》、白雪演唱了《化蝶》等经典作品引起人们的共鸣，会场上掌声不断。

音乐会即将结束时，空政文工团著名艺术家孙少兰、王莉和伊泓远演唱的《红梅赞》《绣红旗》把晚会推向高潮。无疑，这是一场充满怀念的演唱会，这是一场对老艺术家致敬的演唱会，这更是一场伴随着几代人成长记忆的演唱会。

阎肃经典作品全国公益巡演组委会秘书长兼出品人张永君接受笔者采访时说："举办阎肃经典作品公益巡演主要是弘扬阎肃精神，传播正能量，不忘初心唱经典，伴着美妙的歌声和动人的旋律，走遍祖国的山山水水和大江南北，走好新时期的长征路。"

阎肃经典作品全国公益巡演从北京起动后，陆续在贵州遵义、上海、天津、重庆、石家庄、杭州、深圳、沈阳、太原等城市举办公益巡回演出活动。

　　这，就是阎肃！一个有着赤诚的红心、滚烫的爱心、纯真的童心、始终不忘初心，党的忠诚的文艺战士，他把艺术的根和魂深深融进军营这片沃土里，融进老百姓的喜怒哀乐中，他用真情写出了动人心魄的文字，他以满腔真情诠释着对党的无比忠诚和坚定信仰。在他的作品里饱含浓浓的中国风、民族情，都源于他对中国传统文化和老百姓的热爱。

　　河北省保定市的人们更为家乡能有阎肃这样优秀的艺术家而深感自豪与骄傲。出生于保定的阎肃，对那座出生并度过幼年、童年时期的古城，怀有深厚的感情，尽管一生中忙忙碌碌，没能静心再去感受那个城市的温度，但他的心始终牵挂着保定。李文辉在整理阎肃生前创作的所有歌词时，发现阎肃曾为家乡写过一首歌《我是保定人》，内容充满了对家乡的思念与热爱之情。

我是保定人

　　　　保定是我的家乡，
　　　　我是保定人。
　　　　好一座大方厚道，
　　　　坦坦荡荡魅力的城，
　　　　你是我的家乡，
　　　　我的依恋我的深情。
　　　　想着你这蓬勃朝气，
　　　　崭新面貌我更觉光荣。

　　　　好一个慷慨悲歌，
　　　　昂昂扬扬英雄的城。
　　　　你是我的亲人，
　　　　我的挚爱我的真情。
　　　　捧着你那壮丽胸襟，

豪迈气象我顽强奋进。

发扬你的拓展胆魂，

腾飞壮志我高歌前行。

啊，我的家乡山河，

我的父老乡亲，

我的姐妹兄弟，

我永远为你歌唱，

带着我的生命，

我的忠诚，

我的热爱。

阎肃，一个能勾起无数人内心深处难忘回忆的名字，一个给人以力量的名字，一个让人时刻感觉温暖的名字，一个与时代紧密相连的名字，他的作品与时代永存，他的精神与人们永在。

2016 年 6 月 28 日，在中国共产党成立九十五周年之际，中共中央组织部决定，追授阎肃同志"全国优秀共产党员"称号。对他来说，这份荣誉是对他一生最好的肯定！也是他拥有的最好的礼物。

5. 永远年轻的空军蓝

在西郊空军某家属院西楼一层门前，有个小小的院落，里面种着一株红梅树，每年花开花落之时，阵阵清香弥漫四周，无论是鲜花盛开的春季，还是寒冷的冬天，都给屋主人带来许多温馨与甜蜜的回忆。

在这个小院里，曾有一位心态如年轻人般年逾八旬、身穿空军军服的老人，以笔为枪，始终站在主旋律文化的一线，直至白发苍苍，他依然不忘初心为国抒写赞歌；他身为军人，把书写铁骨铮铮的强军战歌化作对党的一片忠诚。

如今，斯人已逝，他的老伴李文辉时常驻足在挂满枝头的梅花前默默守望着，时常陷入一个人的回忆。也许是命运的安排，也许历史的选择，年复一年，那个名叫阎肃的才子，让李文辉整整陪伴了一生。时间过得太快了，他俩携手一同走过青年，走进中年，又一同步入了白发苍苍的岁月，转眼间，他们亲手带大的孙子、孙女传承着忠诚本分的优秀品质走出大学校门，也各自走上了工作岗位。

李文辉很想再握紧老伴那双有力而温暖的大手，一起看茂密的梅花挂满枝头；很想在他的书房里，再看一眼他伏案看书创作的情景；很想再听他讲述去基层部队体验生活时那一幕幕难忘的情景；很想和他坐在那宽大的沙发里聊聊往事，很想，很想……

其实，那个名叫阎肃的人，当年何尝不想轻松一下，留出一些时间用来陪陪老伴呢？想当年，他们结婚之初，两人面对经济上的困难，既要照顾双方的老人，还要忙事业，忙家庭，但他两个从没有为贫苦而难过，他们携手度过了那个最艰苦的年代。在那个特殊的年代里，李文辉是阎肃最有力的坚强后盾！夫妻在患难时的真情流露，那种爱比铁还硬，比钢还强！

那时的阎肃经常抚摸着那身空军蓝军装，笑着对老伴说："我只要穿上这身军装，总觉得自己还很年轻，还有创作激情，还可以给人们写出好歌！"李文辉知道，老伴这一辈子什么都可以舍掉，唯独这身军装舍不得脱，正如他所愿，这身军装整整伴随了他一辈子。

阎肃实在太忙了，那时，李文辉真希望他能轻轻松松待在家里，两人好好聊聊天，一起回忆美好往事，多和孩子们开开心心在一起。但是，阎肃真的很忙！军内外大型晚会、春晚前的节目准备、电视台的青歌赛等文艺活动，都需要他这个"金点子"参与。让阎肃在家里歇一歇，已成为李文辉一种奢望。

带着满腹的才华，阎肃永远地离去了，李文辉时常坐在老伴的书房内，仿佛看到灯光下伏案搞创作的那个熟悉身影，让她联想到沙漠中负重前行的骆驼。当岁月的年轮把他带到第八十个春秋后，他仍与时间赛跑，他总想在有生之年创作出更多更好的作品。

坐在书桌前，李文辉仍能感受到阎肃曾用过的茶杯依然保留着昔日的温度；他曾吸过的烟仍散发出烟草的味道；他手中那支笔，仿佛又在空白的稿纸上写下一行行激情文字。

每次参与国家或军队举办大型庆祝活动策划时，阎肃如同年轻军人一样，随叫随到，时刻听从指挥。每次完成任务回到家，李文辉从没听到他说一声累、喊一声苦，仿佛那些工作很轻松，但李文辉心里知道，他实在是太累了，应该好好歇一歇了。

阎肃在倒下之前，曾参与策划的纪念抗战胜利七十周年大型晚会，那已成为他今生的绝唱，成为他的告别之作。他带着满意的笑容倒下了，因为那场晚会非常成功！

他倒下了，住进了病房，只有躺到病床上的那几天，他才意识到自己应该好好休息了。

让李文辉难忘的是他俩最后一次短暂的聊天。那一天，阎肃看着妻子昔日曾经青春靓丽的脸上悄然爬上了皱纹，面露愧疚地对李文辉说："我们这个家，就像顶帐篷，你就是中间那根顶梁柱啊！这些年来，家里大事小事全靠你，我陪你的时间实在太少了，这么多年来亏欠你的太多太多……"

就在阎肃住院昏迷的近五个月里，李文辉常常自责：如果老伴在倒下之前，能再做一顿他最爱吃的红烧肉就好了，如果再做一次他最爱吃的榨菜肉丝该多好呀，如果让他再尝尝甜里带酸的冰糖山楂该有多好啊……

世界上没有那么多的如果，她想起来，在他俩共庆金婚之时，生活中的阎肃不会甜言蜜语，却为李文辉创作了一首发自内心的情诗《伴君行》，诠释着他对生活、对亲人、对家庭浓浓的爱、深深的情。如今，每当李文辉动情地读这首诗时，忍不住流下热泪，每读一句，仿佛阎肃就在自己的身旁，温柔的目光在时刻注视着自己：

伴 君 行

一叶扁舟浪花中，
去年海北，
今岁江南明朝河东。
任黄花碧水，
青山红叶白发秋风，
随你奔波这久，
也算是五彩人生。
咽下了千杯喜，
百盅泪万盏情，
仍留得一颗心，
七分月三更梦。
淡定从容伴君行，
缘分早注定，
心海已相通。
携手坎坷路，
遥对夕阳红。
将惆怅、怨恼、寂寞、悲凉都抛却，
把忠诚、理解、宽容、和善拥怀中。
人生难得是相逢记得年年定情夜，
香飘渺月朦胧。

记得去年初相逢，
夜色朦胧华灯辉映。
星稀月明似前缘注定，

心中锦绣指上琴声。
也曾两心相拥，
奇山丽水话从容。
经历了三春花四时景五彩梦，
只为那一杯酒一句话一段情，
执手并肩伴君行。

春深又露重天朗气正清，
相邀泛扁舟共赋芦花丛。
把寒冷寂寞乡愁心痛，
付东流让欢乐甜美，
真诚感动慰平生。
古来天缘不雷同，
心中有爱自悠然。
千水醉万山红，
千杯喜、百盅泪、万盏情，
仍留得，一颗心、七分月、三更梦，
淡定从容伴君行。
············

将惆怅、怨恼、寂寞、悲凉，都抛却，
把忠诚、理解、宽容、和善、拥怀中。
············

然而，阎肃带着对人间对亲人的不舍，永远走了！

李文辉七十九岁生日那天，亲戚们都来为她点亮蜡烛，为她唱祝福生日的歌，李文辉看到周围亲人的笑脸，却唯独缺少了老伴那最熟悉的面容。面对点燃的蜡烛，李文辉在心中默默许了一个愿，她想以自己特殊的方式，实践《伴君行》，她不想给现在的每一天留下遗憾。

2018 年 1 月 11 日，八十一岁的李文辉应邀到重庆川剧艺术中心观看改编自阎肃同名剧本的新版川剧《江姐》。在首演当晚，剧院内座无虚席，有许多业内专家和满怀期待的近千名戏迷前来观看。领衔的是川剧领军人物、"三度梅"艺术家沈铁梅，同台还有孙勇波、胡瑜斌两位梅花奖得主，无疑，这部戏代表着当代川剧的顶级水平。戏迷们阵阵热情的掌声，让坐在剧场中央的李文辉百感交集，她没想到，第一次回到老伴阎肃的故乡，竟然是婚后五十七年的这一天，也是阎肃离世近两年的一天。

李文辉年轻的时候，每天忙着工作和带孩子，家里经济困难，也没机会去重庆；当她退休后，又忙着照看女儿阎茹的双胞胎，也把去重庆的事一推再推。当她有空余时间的时候，年纪大了，身体又不太好，李文辉没跟着阎肃回重庆，也成为她一生的遗憾。而此次重庆之行，她特意提前一天出发，想看看老伴以前生活、学习过的地方。

李文辉在南开校友会的帮助下，她在校史馆找到了 1949 年前后关于青年时代的阎肃的资料，百感交集。那天晚上，李文辉把复印的资料带回酒店，静下心来，慢慢看着那一行行尘封于历史的文字，回忆着老伴曾给她讲述的那段重庆岁月，脑子里闪现着那个才华横溢的青年阎肃。"说好一辈子牵手的老头子，怎么就丢下我先走了呢？"有时李文辉总觉得如同一场梦，她不相信老伴已经离去，然而，面对现实，她忍不住流下了热泪。

阎肃离世后的日子里，李文辉在古稀之年，学会了用电脑打字，上网查资料，她坐在书房那张熟悉的藤椅上，整理老伴生前创作的歌词，她要把他从艺六十五年来所有创作的歌曲找出来，要为他出版一本完整的歌谱集，因年代久远，那些歌谱比较零散，整理起来难度很大，但她每天都坚持做这件事。

那段时间，她敲击在键盘上的手指酸痛了，经常盯着屏幕看，她的

阎肃年轻时身穿军装的照片

眼睛难受得落泪，但她从不言放弃。李文辉看着整理出来的那一首首优美的歌词，情不自禁地赞叹阎肃能在花甲之年，心态仍然那么年轻，思维永远那么时髦超前，他创作的歌词总能跟上时代的节拍，能让年轻人接受。历时近三年时间，李文辉终于完成了阎肃作品集的收集整理工作。

在阎肃众多的老照片里，有一张他年轻时身穿军装的黑白照片，他的脸上洋溢着春天般的笑容，一头乌黑的头发还有些波浪卷，看上去很时髦。至今，让李文辉好奇的是，真不知他当时怎么会有如此雅兴去理发馆烫了发，但看上去又像是自然卷。阎肃健在的那些年里，李文辉每次整理照片，都想问一问阎肃当初拍这张照片时头发怎么是卷着的，每次话到嘴边的时候，总会被某句话或某件事突然打岔，跳了过去。这件事让她深感遗憾，一辈子过去了，也没来得及问问阎肃当年拍照时的情景，对她来讲，这至今仍是个谜！

其实，这个谜不难解开，当阎肃步入老年人的队伍后，仍能创作出柔情蜜意、缠缠绵绵，备受青年歌迷喜欢的歌曲，最重要的原因是：他始终保持着开朗、乐观的心态，他的内心永远是时髦的，他永远有一颗年轻人的心，他永远都是一位能跟得上时代节拍的人。

2019年9月中央宣传部等部门在全国广泛开展了"最美奋斗者"

学习宣传活动，亿万群众踊跃为奋斗者点赞投票，阎肃当选其中，这说明他在人民群众心目中的重要位置。在阎肃的军旅生涯中，他始终保持最好的姿态奋斗在新时代长征路上。

在人们眼里，阎肃从未老过，也永远不会老，他是一位当之无愧的优秀艺术家！在人们心里，阎肃从未离开过这个世界，他创作的歌曲永远留在歌迷心中，就像门前小院里那株迎风傲雪的红梅，在冰霜季节仍能绽放出夺人的光彩，永远闪亮地留存在人们的记忆里。阎肃在半个多世纪创作了众多作品，在时光流转中始终没有褪色，反而历久弥新，成为人们心中的集体记忆。

在李文辉的记忆里，阎肃永远那么年轻，那么时髦，那么乐观地面对一切。他一直没有离去，没有走远，他依然鲜亮地活在自己心中，活在人民心中，就像那株迎春的红梅，在寒风中绽放出美丽的花朵。

后记：年轻的心

"我爱祖国的蓝天，晴空万里，阳光灿烂，白云为我铺大道，东风送我飞向前——"这是留在我儿时记忆里印象最深的一首歌。我是在军营里长大的，每天晚上，熄灯号吹响前，喇叭里就响起这首悠扬的军歌，在整个营区上空回响着。每次听到这首歌，我感觉自己仿佛在蓝天中飞翔，听着这优美的歌声伴我进入甜蜜的梦乡。那时，我最大的愿望就是长大后当一名女飞行员！一晃多年过去了，儿时的那个梦想让我遥不可及，但，这首歌是我听到的最美的军歌。

人与人之间的相遇真是一种缘，在阎肃老师人生中的最后一个生日里，我见到了他。2015年5月9日，我如约到北京电视台《我家有明星》栏目组，采访台湾著名作曲家左宏元先生。那天，我看到贵宾室内还有一位满头白发、态度和蔼的老人，我欣喜地叫出了声："这不是才华横溢的艺术大家阎肃老师吗？"生活中的他跟屏幕上的形象一样亲切乐观，此次，他作为应邀嘉宾来电视台录制节目。当我提出跟阎肃合影时，他很爽快地答应了。

那一天，阎肃在北京电视台度过了愉快而温馨的人生中最后一个生日，我和现场的观众都见证了那激动人心的一幕。没想到，不到一年时间，他带着对生活的热爱，对音乐的执着，恋恋不舍地走

2015 年 5 月 9 日，在北京电视台贵宾室，本书作者与阎肃老师合影

了，他那乐观的形象、充满智慧的语言永远定格在人们心中。至今，阎肃创作的歌仍在各大文艺晚会上传唱着，许多歌迷都以不同方式深切怀念着他。

2017 年初夏的一天，我按约定时间来到空军某家属院，采访阎肃夫人李文辉。李阿姨已是年逾八旬的老人，从她慈祥的面容里仍能感觉到她当年的温婉与美丽，我被她眉宇间流露出的睿智和善良所感动。采访中，我能感受到，李文辉阿姨是一位内心强大的女性。

坐在客厅的沙发上，我环视屋内四周的摆设，看到依墙而立整面墙的大书柜里，整齐地摆放着各种书籍、获奖荣誉证书以及许多金光闪闪的奖杯。还有三张放大的阎肃老师照片也摆在其中，与整个书柜融为一体。我静静地感受着人们可敬可爱的著名词人曾留在这里的气息，就在这个居室内，阎老创作出了许多经典歌曲、歌剧，写出了一段段让人们难忘的晚会精彩台词。

　　李阿姨思维清晰，语言表达流畅，能准确地回忆当年她与阎肃相识相爱相伴五十六年风风雨雨里的每个重要时间节点和经历的事情，当她打开记忆的闸门，那一幕幕往事如同放映老电影般在她脑海里清晰地闪现着。李阿姨说，阎肃生前为人低调谦和，不喜欢让别人给自己树碑立传，如今，她希望读者通过此书更多地了解阎肃生活中最真实的一面。

　　阎肃老师一生都忙于写歌剧、写歌词、为晚会出点子，无论写什么都能出彩，我惊诧于他在创作生涯中，是什么动力让他保持着旺盛的创作力？是什么原因让他的名气越来越大？是什么秘籍让他由一名普通的军队文艺工作者，成为全军文艺工作者中级别最高的技术一级文职干部？我带着心中这些问号，在采访与写作过程中，找到了答案。

　　每一次聆听李阿姨的讲述，都让我感受到阎肃老师能取得这么多成就，与李阿姨默默地支持分不开，与他们最真挚的爱情分不开……他们相濡以沫，从青年一直相伴到老年，忠贞不渝，恩爱永远。

　　尤其让我敬佩的是，李阿姨在古稀之年，还学会用电脑上网、查资料、打字。在阎老离去的日子里，她坐在老伴曾坐过的藤椅上，把阎肃从艺六十五年来创作的所有歌曲做了整理，并为阎肃出版歌词书籍，以示对老伴的怀念，更为那些喜欢阎肃的歌迷们留下一些记忆。

　　在此书写作过程中，我找出阎肃当年创作的歌剧以及最具影响力的歌词，认真观看，细细品味，一遍遍重温着阎肃老师曾经创作的经典作品。时常被歌剧《江姐》中的唱词深深吸引着，每句都很精彩。同时，也让我想到了那首铿锵有力、豪情万丈的《军营男子汉》歌曲曾在军内外唱响，还有《敢问路在何方》等经典歌曲传遍祖国大江南北，让我更加敬佩阎肃老师的神来之笔。尤其让我惊喜的是，阎肃步入老年之后，仍能创作出《前门情思大碗茶》《故乡是北京》《北京的桥》等一批符合时代潮流、散发出浓浓京腔京韵的系列歌曲。他以年轻人的心态活跃在各类大型文艺晚会上，为晚会想出一个个金点子，青歌赛上有着他智慧风趣幽默的点评，为节目增色许多，赢得广大观众的喜爱。

走过春夏秋冬，经历了辉煌岁月，滚滚红尘中，能与灵魂相通的人一路前行，并且携手相伴到老，无疑是人生中的一大幸事。在李文辉阿姨心中，老伴阎肃永远那么年轻，思维永远都那么时髦超前。阎肃和蔼可亲的形象早已深深留在人们记忆深处，鲜亮地活在人们心中！他始终保持积极乐观的人生态度，启迪着后人，激励着后人奋发向上！阎肃是当之无愧的"最美奋斗者"！

在书稿即将付梓之时，非常感谢李文辉阿姨接受我的多次采访，并为本书提供配文照片，感谢她在耄耋之年抽出时间五次审改书稿，感谢她写的授权书中对我认真和执着的态度给予充分肯定！非常感谢花山文艺出版社编辑老师的辛勤付出！愿本书给读者呈现一位才华横溢、乐观向上、给人们带来音乐之美的真实阎肃，愿本书给读者送去一份美好的心情！

衷心祝愿李阿姨身体健康、平安快乐！

仇秀莉

2020 年 2 月 18 日

授权书

　　《一片丹心向阳开》是女作家仇秀莉同志
根据我提供的文字资料及图片而创作，她写
我审阅，五易其稿，秀莉同志的认真态度、执着的
精神让我感动。

　　这是我和老伴阎肃同志，这是我们五十多
年共同生活的历程，走过来的历史，共同经历的足迹。

　　　　我授权给　仇秀莉

　　　　　　　　　授权人
　　　　　　　　　　李文辉
　　　　　　　　2019年12月25日

授 权 书

　　《一片丹心向阳开》是女作家仇秀莉同志根据我提供的文字资料及图片而创作，她写我审阅，五易其稿，秀莉同志的认真态度、执着的精神让我感动。

　　这是我和老伴阎肃同志，这是我们五十多年共同生活的历程，走过来的历史，共同经历的足迹。

　　我授权给仇秀莉。

授权人：李文辉

2019 年 12 月 25 日